LOVELAND PUBLIC LIBRARY
000591004

W9-CRQ-608

+spa

GRANTRAVESÍA

E. K. JOHNSTON

Las Mil Noches

GRANTRAVESÍA

LAS MIL NOCHES

Título original: *A Thousand Nights*

© 2015, E. K. Johnston

Traducción: Karina Simpson

Publicado según acuerdo con Sandra Bruna Agencia Literaria, S.L.,
en asociación con Adams Literary. Todos los derechos reservados.

Diseño de portada: Marci Senders
Imagen de portada: © 2015, Peter Strain
Adaptación de portada: Rodrigo Morlesin

D.R. © 2016, Editorial Océano, S.L.
Milanesat 21-23, Edificio Océano
08017 Barcelona, España
www.oceano.com

D. R. © 2016, Editorial Océano de México, S.A. de C.V.
Eugenio Sue 55, Col. Polanco Chapultepec
Del. Miguel Hidalgo, C.P. 11560, México, D.F.
Tel. (55) 9178 5100 • info@oceano.com.mx
www.oceano.mx • www.grantravesia.com

Primera edición: 2016

ISBN: 978-607-735-841-1

Reservados todos los derechos. Ninguna parte de esta publicación
puede ser reproducida, almacenada o transmitida por ningún medio
sin permiso del editor. Cualquier forma de reproducción, distribución,
comunicación pública o transformación de esta obra sólo puede ser
realizada con la autorización de sus titulares, salvo excepción prevista
por la ley. Diríjase a CEDRO (Centro Español de Derechos Reprográficos,
www.cedro.org) si necesita fotocopiar o escanear algún fragmento de
esta obra.

Impreso en México / *Printed in Mexico*

Para el Dr. Daviau, quien me llevó al desierto,
pasado y presente, y me enseñó a buscar cosas.
Para Jo, Amy y Melissa, que me animaron
mientras aprendía a escribir John Druitt.
Y para Tessa, quien nunca deja de insistir.

Loveland Public Library
Loveland, CO

i

No sabemos por qué vinimos del mar a esta tierra inclemente y polvorienta, pero sabemos que somos mejores que ella.

Las criaturas que aquí viven se arrastran bajo este sol devastador, y a duras penas comen lo que pueden encontrar en la arena, antes de volver a ella como comida para los cuervos de arena o algo peor. No nos preocupa el sol, y para nosotros la arena no es otra cosa que una fuente de incomodidad transitoria. Somos más fuertes, más resistentes y estamos mejor adaptados para la vida. Pero cuando llegamos aquí enfrentamos dificultades.

Los humanos eran muchos, y nosotros pocos. No los comprendíamos ni ellos a nosotros, y por eso nos temían. Nos recibieron con armas toscas, piedras pesadas y fuego brillante, y descubrimos que nuestra sangre podía manchar la arena tan fácil como la suya, hasta que aprendimos a construir cuerpos que no sangraran. Nos retiramos al desierto, lejos de los oasis, a lugares abrasados por el sol a donde no podían seguirnos. Desde ahí, observamos. Y esperamos a que llegara nuestro momento.

Ellos morían y nosotros no. Evaluamos nuestra vida y de esa forma aprendimos más sobre ellos. Los observamos domesticar el uro y luego el caballo. Observamos cómo aprendieron a esquilar a las ovejas y a cardar la lana. Cuando ellos hilaban, sentíamos el tirón

Loveland Public Library
Loveland, CO

de cada giro del huso, y cuando tejían sentíamos una excitación en los huesos.

Codiciábamos las cosas que hacían, ya que no poseíamos nada más que tiempo, pero teníamos poca disposición para dominar por nosotros mismos el oficio. Siempre era más fácil tomar. Así que tomábamos. Apresábamos a las tejedoras y las traíamos a nuestros hogares del desierto. Las alimentábamos con arena y les parecía un festín, y antes de morir hacían maravillas para nosotros. A los artesanos del cobre, a quienes arrancábamos de su cama y prendíamos con fuegos tan calientes que se les ampollaba la piel. Creaban baratijas y cuchillas antes de pagar con la vida, y las decorábamos nosotros mismos con sus mercancías.

Cuando ellos trabajaban nos sentíamos avivados, y pronto los más jóvenes entre nosotros se aventuraron para cazar a otros artesanos. Regresaban con fuerza y poder, y fabricaban los collares con los huesos de los dedos de quienes usaban sus propias manos para hacerlos.

Nunca fue suficiente para mí.

Ansiaba más.

Y un día en el desierto conocí a un cazador que se había desviado más allá del alcance de su guardia.

Y lo tomé.

Lo tomé.

uno

Lo-Melkhiin mató a trescientas jóvenes antes de llegar a mi aldea en busca de una esposa.

Aquélla que escogiera entre nosotras sería una heroína. Daría vida a las demás. Lo-Melkhiin no regresaría a la misma aldea sino hasta que se casara con una joven de cada campamento, de cada pueblo y de cada distrito dentro de las murallas de la ciudad: ésa era la ley, impuesta por la desesperación. Aquélla a la que él escogiera nos daría la esperanza de un futuro y de amor a quienes nos quedáramos atrás.

Ciertamente, después de partir, ella se convertiría en un pequeño dios para su propia gente. Se iría de nosotros, pero nos aferraríamos a una parte de su espíritu y lo nutriríamos con el poder de nuestros recuerdos. Su nombre sería murmurado en un silencio reverencial, alrededor de nuevos santuarios construidos en su honor. Las otras jóvenes cantarían himnos de agradecimiento, voces suaves acarreadas por los vientos del desierto y desperdigadas sobre la arena fina. Sus padres traerían flores de néctar dulce, incluso de la cumbre del árido desierto, y también ciruela verde encurtida, para dejar como ofrendas. Aquélla que él escogiera de entre nosotras nunca sería olvidada.

Ella continuaría estando muerta.

Todas las veces, la historia comenzaba de la misma manera: Lo-Melkhiin escogía a una joven y se la llevaba de vuelta a su qasr para convertirla en su esposa. Algunas duraban una noche, otras lograban vivir treinta, pero al final todas eran alimento para los cuervos de arena. Iba a cada rincón de la tierra, a cada pueblo y ciudad. Todas las tribus y todas las familias estaban en riesgo. Él las consumía de la misma forma en que un niño cuidadoso come dátiles: uno a la vez, siempre buscando el más dulce. Una por una, ninguna le parecía adecuada.

Cuando vino a mi aldea no temía por mí misma. Hacía mucho que me había resignado a llevar una vida a la sombra de mi hermana, mayor que yo por diez lunas y mi gemela de año. Ella era la belleza. Yo, la segunda. Antes de la ley de Lo-Melkhiin, antes de que el terror de su lecho matrimonial cruzara la arena igual que un sediento árbol de ciruela verde estira sus raíces en busca de agua, yo sabía que me casaría después que mi hermana, quizá con un hermano o primo de su prometido. Ella era un premio, pero también estaba renuente a separarse de mí, y en nuestra aldea era bien conocido que veníamos en par. Yo no sería una esposa inferior en su casa (nuestro padre era demasiado poderoso para eso), pero me desposaría un hombre inferior.

—Tú no eres desagradable —me dijo mi hermana cuando vimos arder el desierto bajo el sol de nuestro verano catorce, y yo supe que era verdad.

Las madres de ambas eran hermosas y nuestro padre también era apuesto. Por lo que podía ver de mí misma, mi hermana y yo nos parecíamos mucho. Teníamos la piel de bronce quemado, de un café más oscuro que la arena, y era más negruzca en las partes en que estaba expuesta al viento y al cielo. Nuestro cabello era lo suficientemente largo para sentarnos sobre él, y era oscuro: del color del espacio que rodea las estrellas cuando la noche está en su punto culminante. Yo había decidido que la diferencia debía estar en nuestros rostros, en la forma de nuestros ojos o en la inclinación de nuestras bocas. Sabía que el rostro de mi hermana era tan hermoso que podía arrancarme el aliento. Nunca había visto el mío. Sólo teníamos un poco de bronce o cobre y el agua que había al fondo de nuestro pozo.

—Yo no soy tú —le dije. No sentía resentimiento. Ella nunca me había hecho sentir inferior y despreciaba a quienes lo hacían.

—Es verdad —dijo ella—. Y los hombres no tendrán la imaginación para vernos como seres separados. Lamento eso.

—Yo no —respondí, y no lo lamentaba—, ya que te amo más que a la lluvia.

—Es extraordinario —dijo y se rio—, porque miras mi rostro todos los días y no te cansas de él —y corrimos juntas, a paso firme, a través de la arena serpenteante.

Juntas éramos fuertes, cargábamos el cántaro con agua para repartir el peso entre las dos. Sus gruesas paredes de cerámica lo hacían pesado, incluso cuando estaba vacío, pero tenía cuatro asas y nosotras teníamos cuatro manos. Aprendimos el truco cuando éramos pequeñas, y nos recompensaban con higos confitados por derramar tan poca agua al caminar. Incluso cuando ya éramos lo bastante mayores para cargar un cántaro cada una, hacíamos la labor juntas, y más que eso. En la mayoría de las cosas, desde tejer y cocinar hasta cazar las serpientes venenosas que venían a nuestro pozo, éramos equitativas. Mi voz era mejor para entonar las canciones y relatar las historias de nuestras tradiciones, pero mi hermana podía encontrar sus propias palabras para hablar y no confiaba en las hazañas de otros para expresar lo que quería. Quizás ese fuego era lo que la hacía hermosa; quizás eso era lo que separaba el rostro de mi hermana del mío. Quizá por eso no me hastiaba de él.

Temía que Lo-Melkhiin pensara que el rostro de mi hermana era algo, por fin, de lo cual él tampoco se hartaría. Al principio sólo se había casado con doncellas hermosas, las hijas de nuestros señores más importantes y los mercaderes más ricos. Pero cuando sus esposas comenzaron a morir, a los poderosos del desierto no les agradó y comenzaron a buscar a sus nuevas novias en otros lugares. Exploraron las aldeas en busca de mujeres aptas y por algún tiempo nadie prestó atención al anfitrión de las pobres hijas que iban hacia la muerte. Sin embargo, pronto las aldeas más pequeñas contaron a sus muertos y cesaron el comercio con las ciudades. Desde entonces se impuso la ley: una joven de cada aldea y una de cada distrito dentro de las murallas de la ciudad, y después el ciclo comenzaría de nuevo. Muchas jóvenes habían muerto y yo no quería perder a mi hermana. Las historias eran muy claras sobre dos cosas: Lo-Melkhiin siempre tomaba a una joven y ella siempre, siempre moría.

Cuando el polvo se levantó sobre el desierto supimos que él venía en camino. Él sabría cuántos éramos y quién tenía hijas que debían presentarle. El censo era parte de la ley, era la forma en que los hombres se decían a sí mismos que aquello era justo.

—Pero no es justo —susurró mi hermana cuando estábamos tumbadas bajo el cielo y mirábamos las estrellas que se elevaban en nuestro verano diecisiete—. No se casan y mueren.

—No —respondí—, no lo hacen.

Así que nos pusimos de pie a la sombra de la carpa de nuestro padre y esperamos. A nuestro alrededor el aire estaba impregnado con llantos y gemidos; las madres abrazaban a sus hijas; los padres caminaban de un lado a otro, incapaces de intervenir, renuentes a burlar la ley. Nuestro padre no estaba ahí. Había partido a comerciar. No sabíamos que Lo-Melkhiin vendría. Nuestro padre volvería para encontrar que su flor más hermosa ya no estaba y sólo le quedaría la maleza para usarla como le conviniera.

Mi cabello estaba suelto bajo mi velo y ambos se agitaban salvajemente alrededor de mi rostro. Mi hermana se había recogido el cabello en una trenza y estaba de pie con los hombros derechos y el velo hacia atrás. Sus ojos se dirigían hacia la tormenta que se avecinaba, pero la tormenta que destilaba su mirada la hacía lucir más hermosa. Yo no podía perderla, pero cuando Lo-Melkhiin la viera…

Pensé en todas las historias que había oído, aquéllas que escuché en murmullos alrededor del fogón de mi madre y otras dichas en la voz resonante de mi padre cuando los ancianos de la aldea se reunían en su carpa para el consejo. Yo los conocía a todos: de dónde proveníamos, quiénes habían sido nuestros ancestros, quiénes eran los héroes presentes en mi linaje, qué pequeños dioses había creado y amado mi familia. Intenté pensar si existía algo en las historias que pudiera usar, pero no encontré nada. El mundo nunca antes había visto a nadie como Lo-Melkhiin y no contenía historias para combatirlo.

Quizás historias completas no, pero tal vez habría algo más pequeño. Un hilo en la historia de un guerrero que sitió una ciudad amurallada. Un fragmento en la historia de un padre que tenía dos hijas y había sido obligado a escoger a cuál de ellas enviaría al desierto de noche. Una intriga en la historia de dos amantes que se casaron en contra de los deseos de sus padres. Un camino en la historia de una mujer anciana cuyos hijos le fueron arrebatados, de forma ilegal, para luchar en una guerra que no era la suya. Había historias y más historias.

Ni un solo relato que pudiera evocar salvaría a mi hermana de un matrimonio breve y cruel, pero yo tenía partes de historias en abundancia. Las sostuve entre las manos como si fueran miles de granos de arena y luego se escurrieron entre mis dedos, incluso mientras trataba de recoger más. Pero yo conocía la arena. Había nacido en ella y aprendí a caminar sobre ella. Soplaba en mi rostro y la encontraba en mis alimentos. Sabía que sólo debía sostenerla lo suficiente y encontrar el fuego correcto para que se endureciera como vidrio y formara algo que pudiera usar.

Mi hermana observaba la nube de polvo de Lo-Melkhiin, pero yo miraba la arena. Cobré fuerza de su valentía frente a esa tormenta, ella tomó mi mano y sonrió, aunque no sabía lo que yo intentaría hacer. Ella había aceptado ser quien nos salvara, ser convertida en un pequeño dios y acerca de quien se entonarían canciones tiempo después de haberse marchado. La que muriera. Pero yo no lo permitiría.

Para cuando los ancianos del pueblo divisaron los destellos de las armaduras de bronce en la nube de polvo y escucharon los pasos demasiado fuerte de los caballos que montaban, demasiado fuerte, bajo el sol —el momento en que el viento jaló la trenza de mi hermana y soltó algunos mechones para juguetear con ellos, como si también temiera perderla—, para ese entonces yo tenía un plan.

dos

Cuando Lo-Melkhiin llegó, algunas de las jóvenes rasgaron su velo y se cortaron el cabello con navajas para esquilar. Las miré y sentí su miedo. Yo era la única que tenía una hermana de la edad correcta, la única que era la segunda. Podía estar de pie junto a ella y no ser vista. Las otras no tenían a nadie que las protegiera de esa forma. Enfrentarían solas a Lo-Melkhiin y se desfiguraban con la esperanza de que eso desviara su atención sobre ellas.

Lo-Melkhiin no siempre se daba cuenta, no más. Ahora que no elegía sólo a la más hermosa, parecía que las escogía al azar. De todas formas su prometida no duraría mucho tiempo. Cuando estaba de viaje con la caravana, nuestro padre había escuchado rumores de que Lo-Melkhiin se llevaría a su nueva prometida a su qasr en el Gran Oasis, la entrenarían con nuevas habilidades y la perfumarían para que ya no despidiera el olor del desierto. No importaba su apariencia en medio del polvo de su aldea, porque la arena podía ser lavada. Pero si había una joven que fuera como mi hermana, que atraía las miradas de los hombres y los pequeños dioses cuando pasaba con el cántaro de agua balanceándose sobre su cadera, Lo-Melkhiin se aseguraría de tomarla.

Mi hermana estaba vestida con lino blanco que brillaba con el sol y cuyo reflejo hería los ojos. Se veía sencilla y llamativa, y todavía más porque estaba rodeada de jóvenes que se lamentaban con terror conforme los caballos se aproximaban. Y supe que debía actuar con rapidez.

Fui hacia la carpa de su madre, donde mi hermana fue concebida y nació y aprendió a bailar. Su madre estaba sentada sobre las almohadas de su lecho, llorando en silencio. Me acerqué, me arrodillé a su lado y extendí la seda de mi velo para que se secara los ojos con él.

—Señora madre —le dije, porque así se les llamaba a las madres que no te habían llevado en su vientre—, señora madre, debemos ser veloces si queremos salvar a tu hija.

La madre de mi hermana levantó la vista y se aferró a la seda que le ofrecí.

—¿Cómo? —me preguntó, y pude vislumbrar una esperanza desesperada arder en sus ojos.

—Vísteme con las ropas de mi hermana —le propuse—. Trenza mi cabello como lo harías con el suyo y entrégame esos talismanes que a ella no le afligiría perder.

—Le afligirá perder a su hermana —dijo la madre de mi hermana, pero sus manos ya habían comenzado con la tarea. Igual que yo, estaba impaciente por salvar a su hija, y no pensaba demasiado en el costo.

—Alguien debe ser elegido —musité. Aún no tenía miedo—. Y mi madre también tiene hijos.

—Quizá —dijo la madre de mi hermana—, pero un hijo no es lo mismo que una hija.

No le dije que una hija es menos que un hijo. Ella lo sabía porque había tenido hermanos. A su hija, mi hermana, ya no le quedaban hermanos y su matrimonio sería lo que mantendría a su madre con vida si nuestro padre fallecía. Mi madre sobreviviría sin mí, pero sin mi hermana su madre no podía asegurar lo mismo. Yo salvaría más que mi hermana, aunque ésa no hubiera sido mi intención. Nunca pensé que tal vez, sólo tal vez mi madre sufriría por mí, por ningún otro motivo que el dolor de su corazón.

Mi hermana irrumpió en la carpa al momento en que su madre me abrochaba el último collar dorado alrededor del cuello. Yo vestía su dishdashah púrpura, atado a mis muñecas y a mis caderas con un cordón trenzado. Mi hermana y yo habíamos bordado de negro el cuello, el pecho y los brazos, nosotras mismas, cosiendo un mapa con los susurros que nos decíamos la una a la otra al trabajar. Hacerlo nos había tomado la mejor parte de nuestro invierno quince, desde los hilos desordenados hasta la tela terminada. Estaba destinado a ser su vestido de nupcias, y yo no tenía nada como eso. Ella me había dicho, mientras dábamos puntada tras puntada, que dado que había puesto mis manos para confeccionarlo, era tan mío como suyo. Había secretos anidados en este vestido —sueños y confesiones que habíamos guardado hasta de nuestras madres—, en la urdimbre y la trama y en las decoraciones y el pigmento. Estaba destinado a ser suyo, pero deseaba que lo compartiéramos. Me veía hermosa, envuelta en púrpura y negro, y la belleza era justo lo que necesitaba en ese momento.

—No —dijo mi hermana cuando su mirada perdió el brillo vaporoso del sol del desierto y me vio claramente parada ante ella. Supo, por una sola vez, que los ojos que nos miraran se deslizarían más allá de ella y se fijarían en mí—. No, hermana mía, no debes hacerlo.

—Es demasiado tarde —respondí—. Los hombres de Lo-Melkhiin ya vienen por nosotras.

—Gracias, hija de mi corazón —suspiró la madre de mi hermana. Siempre había sido justa y bondadosa conmigo cuando yo era pequeña. Me había enseñado las formas de lamentación junto con mi hermana, pero en ese momento supe que también me amaba a mí—. Te rezaré, una vez que hayas partido.

Mi hermana tomó mi mano y me condujo hacia la luz del sol para que los hombres de Lo-Melkhiin no encontraran motivo para arrastrarnos fuera de la carpa. Yo caminaría hacia mi destino y ella iría detrás de mí. Por primera vez, yo era la que atraía las miradas. Nos reunimos de nuevo con las otras jóvenes, me miraban fijamente conforme caminaba y pasaba junto a ellas con mis finos ropajes. Me detuve al frente de todas, oscura y brillante. Mi hermana, que se había visto tan radiante en su sencillo atavío, ahora parecía inconclusa a mi lado. Adorable, pero secundaria. Podía escuchar a los hombres murmurando.

—Lástima —susurraron—. Lástima que no vimos que era tan hermosa como su hermana.

No los miré. Sostuve la mano de mi hermana y caminamos hacia los caballos que pisoteaban y sudaban junto al pozo. Pasamos por las carpas de las otras familias, aquéllas con menos ovejas y menos hijos. Las jóvenes nos siguieron y se mantuvieron cerca. Parecían percibir que podían esconderse bajo mi sombra, en mi oasis púrpura y quizás estar a salvo. Nutríamos nuestras vidas con el pozo, y ahora una de nosotras iría hasta allí para encontrar su muerte.

Lo-Melkhiin no se bajó del caballo. Estaba sentado por encima de nosotras, vertiendo una sombra a través de la arena donde estábamos paradas. No podía ver su rostro. Cuando levanté la vista, lo único que pude observar fue su figura negra y la iridiscencia del sol, tan brillante que no pude soportarlo.

Preferí observar el caballo. Pero no miraría el suelo. Detrás de mí estaban de pie las otras jóvenes, y detrás de ellas los ancianos de la aldea sostenían a sus madres. Me pregunté quién estaría sosteniendo a mi madre, ahora que no estaban mi padre ni mis hermanos, pero no me di la vuelta para saberlo. Deseaba ser de piedra, estar decidida, pero el temor susurraba en mi corazón. ¿Qué sucedería si mi hermana era elegida, a pesar de mis esfuerzos? ¿Qué pasaría si la elegida era yo y moría? Alejé esos pensamientos de mi mente y evoqué las historias que había tejido para urdir mi plan. Aquellos héroes no flaqueaban. Transitaban su camino, sin importar lo que yaciera delante de ellos, y no miraban atrás.

—Conviérteme en un pequeño dios —le susurré a mi hermana—. Cuando haya partido.

—Te convertiré en un pequeño dios ahora —me dijo, y los arreos tintinearon cuando los hombres de Lo-Melkhiin desmontaron y se acercaron—. ¿De qué servirá venerarte cuando hayas muerto? Comenzaremos a adorarte en el momento en que te lleven, y para cuando llegues al qasr serás un pequeño dios.

Toda mi vida les había rezado a los pequeños dioses. El padre del padre de nuestro padre había sido un gran pastor, tenía más ovejas que las que un hombre podía contar en un día. Había vendido lana a las aldeas cercanas y también lejanas, y a él le dirigíamos nuestras plegarias cuando nuestro padre salía con la caravana. Nuestro padre siempre volvía a casa sano y salvo, con presentes para nuestras madres, trabajo para mis hermanos y ganancias para todos nosotros, pero a veces me preguntaba si eso era obra del pequeño dios. Por primera vez deseé que nuestro padre estuviera aquí. Sabía que no habría podido salvarme, pero quizá le hubiera pre-

21

guntado si alguna vez había sentido que el pequeño dios al que le rezábamos lo ayudaba en el camino.

—Gracias, hermana —dije. No estaba segura de si eso me ayudaría, pero ciertamente no me dañaría.

El guardia de Lo-Melkhiin apretó mi brazo con la mano, pero yo lo seguí por mi propia voluntad hacia los caballos. Su rostro estaba cubierto por una mascada, pero su mirada lo traicionaba. Me di cuenta de que él quería estar ahí tanto como yo, aunque debía cumplir con su deber, igual que yo. Cuando vio que no me resistía se relajó y entonces su mano me guio en vez de aprisionarme. Yo estaba erguida y no miré hacia atrás, aunque podía escuchar a mis espaldas los lamentos de mi madre, quien comenzaba a llorar su pérdida. Tal vez debí acudir a ella y no a la madre de mi hermana. Pero no me habría ayudado. Hubiera hecho lo que mi padre no podría hacer y hubiera intentado mantenerme a salvo. Y eso me habría costado perder a mi hermana.

—Te amo —exclamé. Las palabras iban dirigidas a todos, a mis madres, y al mismo tiempo, eran sólo para mi hermana.

Cuando me subieron al caballo ella estaba de rodillas, con su lino blanco bronceado por la arena y su cabello cubriéndole el rostro. Cantaba en la lengua de la familia, aquélla que el padre del padre de mi padre pronunciaba cuando cuidaba de las ovejas, aquélla que yo escuchaba sentada sobre la rodilla de mi padre cuando se la enseñaba a mis hermanos y nos acomodábamos muy juntos para escucharlo. La madre de mi hermana se arrodillaba junto a él y también cantaba. Yo podía escuchar las palabras, pero no las comprendía. Sabía que iban dirigidas hacia mí, podía sentir cómo el viento jalaba mi velo, curioso por ver el rostro de la niña que recibía semejantes plegarias fervorosas.

Lo-Melkhiin estaba sentado sobre su caballo y reía sólo de pensar que mi madre lloraba por perderme. Pero yo sabía que no era así. Podía sentirlo muy profundo, en mi alma.

tres

Los caballos de Lo-Melkhiin eran veloces, como los círculos de viento que danzaban en la arena. Las carpas de nuestro padre y las carpas alrededor de nuestro pozo fueron tragadas por la oscuridad de la noche antes de que pudiera mirar atrás. Habían sido mi mundo entero antes de que el guardia me sentara sobre la montura del caballo y ahora las había perdido. Nunca más podría contar historias a mis hermanas, usando la cálida luz de la lámpara para crear sombras en la lona con mis manos. Sería una reina, aunque por poco tiempo, y nunca volvería a vivir en una carpa.

Lo-Melkhiin cabalgaba a la cabeza de la partida y sus guardias estaban desplegados a mi alrededor en una formación relajada. No necesitaban molestarse. Yo nunca antes había montado a caballo y estaba concentrada en mantenerme erguida. Incluso si pudiera escapar, no había a dónde ir. Si volvía a mi hogar en la aldea, los guardias tan sólo tenían que seguirme hasta ahí, y si intentaba huir a través del desierto sería alimento para los cuervos de arena más pronto que si continuaba mi camino. Así que observé a los guardias, miré la forma en que se sentaban y cómo presionaban las piernas contra los flancos de sus caballos. Me esforcé para imitarlos, y después de un rato me dolieron los músculos. Me alegré de que mi velo cubriera mi rostro. No deseaba que me vieran sufrir.

Cuando el sol estaba en el cenit nos detuvimos para dar de beber a los caballos. Eran de la raza salvaje del desierto y podían caminar todo el día si debían hacerlo, pero su andar sería más fácil si los dejábamos descansar. Lo-Melkhiin no usaba espuelas. Siempre creí que los caballos eran costosos, ya que ni siquiera nuestro padre tenía uno, y ahora estaba segura de que lo eran porque Lo-Melkhiin era amable con el suyo. Él mismo sostuvo la cabeza de la bestia y elevó el odre hasta sus labios para que bebiera. Su mano era ligera sobre la cabeza del caballo, y entonces comenzaron mis preguntas.

¿Qué clase de hombre podía tener tanta sangre en las manos como para escoger a una esposa a tan sólo instantes de verla, a sabiendas de que pronto sería añadida a la letanía de las muertas, pero ordenaba una parada en el camino a casa para brindarle un momento de descanso a los caballos? En mi apuro por salvar a mi hermana, no me había detenido a pensarlo. Había considerado su vida, la felicidad de su madre, y no había pensado acerca de lo que sería mi matrimonio. Una noche o treinta, conocería a Lo-Melkhiin, quien se reía de las lágrimas de mi hermana y le daba de beber a su caballo con sus propias manos.

Habíamos hablado de matrimonio, por supuesto, mi hermana, nuestras madres y yo. Habíamos cosido el dishdashah púrpura que yo vestía, y lo habíamos colmado con los anhelos y los sueños de nuestro futuro. Sabíamos que algún día nuestro padre anunciaría al futuro esposo de mi hermana y poco después al mío, y nos mudaríamos a las carpas de las familias de nuestros esposos. Habría un festín y cánticos y todas las tradiciones antiguas. Y la noche de bodas. Pero ahora no tendría nada de eso, excepto lo último.

Miré hacia abajo desde mi postura sobre el lomo del caballo. Nadie había venido a ayudarme a desmontar y yo estaba determinada a no caer en el intento. El guardia que me había alejado de mi hermana era alto y vestía pieles para montar bastante más adecuadas para el desierto que mi vestido. Él se acercó a mí con un odre. Lo tomé y bebí sólo un poco antes de devolverlo, y él no me miró a los ojos.

—Sal —dijo Lo-Melkhiin. Fue la primera palabra que le escuché pronunciar.

El guardia me pasó su contenedor de sal, una pequeña caja que llevaba en la cintura. Cuando lo sostuve entre las manos me di cuenta de que era de madera y valía más que la tela que yo llevaba puesta. Dentro de la caja estaba el precioso mineral que nos mantendría vivos bajo el sol del desierto. Lamí mi dedo y lo cubrí con los granos blancos y ásperos. Sabía que su sabor sería repugnante, pero deslicé la mano bajo mi velo y me forcé a comerlo todo, y luego el guardia me pasó de nuevo el odre. Me tomé más tiempo esta vez para limpiar de mi boca el sabor, pero aun así pude observar que guardó el contenedor con cuidado, de forma segura, casi amorosamente. Para él valía más que la madera.

—Gracias —le dije.

Demasiado tarde me pregunté si eso estaba permitido. Algunos hombres no permitían a sus esposas hablar fuera de la casa, y ciertamente no a otros hombres. Todavía no era una esposa, pero era como si estuviera casada, y Lo-Melkhiin quizás era el tipo de marido que esperaba una criatura recatada y retraída.

—No tiene qué agradecer —respondió el guardia, y no percibí miedo en su voz. Seguía sin mirarme y supe que era porque se compadecía de mí. Se compadecía por mi muerte.

Lo-Melkhiin se meció hacia atrás sobre su montura, su pesada túnica se infló detrás de él y sus botas ligeras golpearon el vientre del caballo. A esa señal, los otros guardias remontaron. Yo me acomodé, intenté encontrar un lugar en mi asiento que no me lastimara, pero no lo hallé. Rechiné los dientes ocultos por mi velo y continuamos el camino.

El tiempo es extraño en el desierto. Dicen que en la ciudad, los Escépticos han encontrado una manera de medir el tiempo con agua y vidrio, pero en el desierto la arena es interminable y se lleva el tiempo con ella. No puedes decir qué tan lejos has llegado, o cuán lejos debes llegar. La arena es lo que te mata, si mueres en el desierto, porque está en todas partes y no le importa si logras salir. Así que cabalgamos por horas, pero yo lo sentí como si hubieran sido días enteros. No estábamos en una ruta de caravanas, así que no encontramos a viajeros de otras aldeas. Si hubiera tenido que adivinar, habría dicho que cabalgábamos en línea recta de regreso al qasr de Lo-Melkhiin, donde otros viajeros habrían seguido la ruta enrevesada que era segura por los oasis. Pero nuestra dirección, igual que nuestra duración, se movía de un lado a otro con la arena.

Conforme el sol se acercaba al horizonte, y el cielo se tornaba de un azul intenso hacia un rojo cada vez más profundo, observé una deformación a la distancia y supe que al fin estábamos cerca. El padre del padre del padre de Lo-Melkhiin había construido el qasr con piedra blanca. Nuestro padre y hermanos nos habían contado sobre él, ya que lo habían visto cuando estaban fuera con la caravana, y ahora que mi madre y la madre de mi hermana ya no realizaban viajes, les gustaba escuchar las historias del mundo. Durante el día el qasr brillaba, acumulaba los rayos del sol y se calentaba lento mientras el día progresaba. Cuando la noche se acercaba y el desierto se enfriaba, el calor salía de las paredes e intentaba encontrar de nuevo el sol, pero como el sol se estaba poniendo el calor se movía en líneas ondeantes, vistas desde la distancia como por de un velo hecho con la seda más fina, borroso e impreciso. Pero no era una visión falsa, divisada por alguien insolado y delirante. Era sólido, y nos estábamos acercando.

La ciudad constaba de tres partes. En el corazón estaba el qasr, donde Lo-Melkhiin vivía, recibía a los peticionarios y yacía el templo. Alrededor se desplegaban las calles sinuosas y las casas de color pálido, el polvo y las carpas sucias. Y alrededor de todo se encontraba la muralla, alta y fuerte. A lo largo de generaciones no había habido invasiones, pero la muralla pertenecía a una época menos pacífica. Prosperábamos bajo la sombra de Lo-Melkhiin, o al menos los hombres lo hacían, y eran ellos quienes llevaban el registro de todo, desde los granos y las ovejas hasta la vida y la muerte.

Las puertas de la ciudad estaban abiertas, dado que esperaban la llegada de Lo-Melkhiin. Imaginé que tiempo atrás la gente habría venido a ver a la futura esposa de Lo-Melkhiin para darle sus bendiciones. En mi aldea, cuando pasaba la novia cantábamos para desearle prosperidad y una larga vida. Aquellas canciones no se escuchaban dentro del qasr, no para mí. Había personas en las calles que venían a ver a su reina efímera mientras yo pasaba debajo de las torres, pero estaban en silencio y no cantaban. Casi nadie me miraba por mucho tiempo. Las madres jalaban a sus hijos y los escondían detrás de puertas y no tras cortinas de carpas como en mi aldea. Los guardias ahora cabalgaban muy cerca de mí, pero Lo-Melkhiin andaba solo. No temía a su propia gente, a la mayoría de ellos no los gobernaba con tanta severidad.

Los caballos sentían que nos aproximábamos a casa y cabrioleaban por las calles. Los guardias se enderezaron sobre sus monturas intentando verse gallardos, aunque estaban cubiertos de polvo. Yo tan sólo podía aferrarme a las riendas y rezar para no caer. La ciudad me había espabilado de nuevo con sus luces cálidas brillando. Tenía la falsa sensación de estar en casa. Las largas horas atravesando el desierto me habían adormecido y había olvidado mi cuerpo doliente, pero ahora mis músculos gritaban. Cuando al fin arribamos a los establos, los guardias desmontaron y el guardia de la sal se acercó a mí para ayudarme a bajar. Casi me dejé caer sobre sus brazos, y cuando me puse de pie en el suelo esperó un momento antes de soltarme. Estiré las piernas y mi espalda, un ardor me fulminó los huesos. Me mordí la lengua para minar el dolor, me rehusaba a apoyarme en el guardia.

—Ésta tiene algo más que su hermoso rostro para darse bríos —dijo Lo-Melkhiin. No sonrió al decirlo. Me pareció extraño, ya que se había reído del malestar de mi hermana antes, pero su atención ya estaba puesta en un nuevo hombre que portaba una fina túnica roja. Supuse que era el mayordomo y sus palabras lo confirmaron.

—Las habitaciones de la novia han sido preparadas, mi señor —dijo—. Lo mismo que las suyas, si está dispuesto para entrar.

—Daré una caminata por la muralla unos momentos —dijo Lo-Melkhiin—. Deseo mirar las estrellas.

—Como diga, mi señor —respondió el mayordomo con una reverencia. Le hizo un gesto al guardia de la sal, quien aún estaba a mi lado—. Ven aquí.

Los otros guardias desaparecieron y el guardia de la sal de nuevo me tomó del brazo, esta vez con delicadeza. Siguió al mayordomo al interior; mi escolta me miró fijamente debido a mi titubeo al caminar, pero no hizo comentario alguno. Continuamos a lo largo de un corredor y después atravesamos un jardín. Ahí encontré un sonido que nunca antes había escuchado, como de murmullos suaves, pero estaba demasiado oscuro para ver qué lo originaba. Me recordó algo que había escuchado mucho tiempo atrás, pero la sensación de la ciudad y el qasr habían alejado el desierto de mi memoria.

Al otro extremo del jardín esperaba una mujer. Era anciana y sus ropas eran lisas, aunque de tejido fino. Su espalda estaba descubierta y me dirigió una sonrisa. Era la primera sonrisa que veía desde la mañana. Me condujo hacia un cuarto de baño iluminado, despidió al guardia de la sal y al mayordomo, y fui tras ella siguiendo el aroma de su perfume intenso y los susurros de la seda de sus ropas. Otras mujeres nos esperaban ahí con cepillos, aceites y telas tan finas que refulgían a la luz de la lámpara.

Me lavarían y prepararían como a una novia, pero yo sabía que me estaban vistiendo para encontrar mi muerte. Y aun así escuchaba ese sonido que jalaba el torbellino de mis pensamientos. En ese momento decidí que sobreviviría la noche porque deseaba saber qué era lo que creaba ese sonido. Me acerqué a las escaleras y las subí paso a paso, hasta internarme en el harem de Lo-Melkhiin.

cuatro

Cuando el sol consumió nuestro quinto verano tuvimos una estación de lluvias como ninguna que haya visto desde entonces. Comenzó, silenciosa, una neblina oscura en el horizonte, y yo no sabía que era algo a lo que debía temerse. Mi hermana y yo estábamos con las ovejas, que en la época de calor no se alejaban porque sabían que si deambulaban por ahí morirían. El primer signo fue cuando el carnero se asustó, balando con más desesperación que si fuéramos a degollarlo para la cena. Nos embistió y también a las ovejas, y entonces lloramos. Había sido nuestra mascota y le habíamos dado mucho, lo alimentábamos con los mejores pastos que podíamos encontrar y nos recargábamos en su costado para darle algo de sombra y protegerlo del calor del sol.

Me tumbó con una embestida y estaba a punto de pisarme cuando llegaron mis hermanos. No nos gritaron ni bromearon con nosotras, como era su costumbre. Éste fue el segundo signo, y entonces nos asustamos en verdad. Nos quitaron los bastones y condujeron a nuestro pequeño rebaño hasta la aldea, y cuando me caí, porque mis piernas estaban débiles por el golpe del carnero, mi hermano mayor —el único hermano que tenía mi hermana— me levantó y me cargó, cuando en otro momento me habría desdeñado. Huimos, no hacia las carpas sino a las cavernas en forma de panal en las que consagrábamos a nuestros muertos. Entonces el cielo se había oscurecido mucho más y ya era de una negrura extraña. No era la noche oscura que yo conocía, era gris, hervía y en sus orillas se asomaba un color verdoso que no me gustó.

Cuando llegamos a las cavernas nuestras madres nos esperaban a la entrada. Estaban vestidas en sus ropas blancas sacerdotales porque habían estado en los días de funerales y ayuno, y a sus pies yacían los restos dispersos de una ceremonia apresurada. Nunca íbamos ahí con los vivos —al menos nunca habíamos ido desde que nací—, así que sabía por las enseñanzas de mi madre que como no habíamos llevado un cadáver debíamos rogar para que se nos permitiera la entrada.

Detrás de nosotros, el resto de la gente de mi aldea trepaba y cargaba todo lo que podía. No era todo. Abajo, donde las carpas estaban apiñadas, podía ver que mis objetos preciados habían sido dejados atrás. El miedo se apoderó de mí, aunque no sabía aún por qué, y me aferré a mi hermana y al velo sacerdotal de mi madre.

—¿Entramos? —preguntó nuestro padre, con el tono silencioso y reverencial que usaba cuando mi madre portaba esas vestimentas y no la voz imponente que usaba en nuestra carpa.

Nuestras madres se miraron y algo sucedió entre ellas. Aún no habían comenzando a hablarnos sobre este ritual —del pequeño y terrible poder que ellas tenían con los muertos entre los aldeanos—, pero pude verlo en sus ojos, sin saber cómo descifrarlo. Mi madre asintió y la madre de mi hermana elevó sus manos.

—Hemos otorgado las ofrendas y realizado los ritos —señaló la madre de mi hermana—. No hemos escuchado que los muertos hablen en contra de nosotros, así que los invitamos a entrar, aunque habrá que pagar un precio por ello.

—Tendré que arriesgarme —les dijo nuestro padre—, porque las nubes se acercan y no tenemos otro lugar a dónde ir. Nubes. La palabra se sentía extraña al tocar mi lengua conforme la repetía, y temía su peso dentro de mi boca. Ahora estaban más cerca, oscuras y densas, bajas en el cielo. Habían esperado a que nos refugiáramos, pero ya no aguantarían mucho más.

—Entonces entren —dijo mi madre. Se dirigió a nuestro padre, pero abrió grandes los brazos para incluir a todos—. Entren, pero caminen con cuidado. Los muertos tienen sueño ligero cuando hay un viento como éste en el aire.

Las ovejas permanecieron fuera con el hermano mayor de mi hermana que las cuidaba. Nos internamos en las cavernas y nuestras madres extendieron mantas blancas sobre el suelo para que nos sentáramos. Nuestro padre se acercó a cada familia y les aconsejó dónde posarse y la mejor forma de acomodar sus pertenencias para no perturbar a los muertos. Luego volvió con nosotros.

—Vengan —nos llamó a mi hermana y a mí—. Deben ver esto para que conozcan lo que es.

Nunca antes nos había hablado de forma directa. Sus órdenes siempre nos habían llegado por nuestras madres o por el hermano de mi hermana. Nosotras éramos las niñas pequeñas y habíamos nacido tan cerca la una de la otra que pocos hombres podían distinguir quién era ella y quién era yo, salvo porque la mayor de nosotras ya era más hermosa. No sabíamos qué hacer, así que mi madre nos empujó hacia delante y la madre de mi hermana trenzó la orilla de la túnica de mi padre en nuestras manos.

—No lo suelten —nos dijo. Antes había mencionado un precio—. Sin importar lo que suceda, sosténganse fuerte y vuelvan con nosotros.

Seguimos a nuestro padre hasta la boca de las cavernas, donde el hermano de mi hermana esperaba con las ovejas. Las nubes ahora estaban encima de nosotros y se extendían hasta donde alcanzaba la mirada. No me gustó el sabor del aire y cuando arrugué la nariz nuestro padre sonrió.

—Sí, hija mía —dijo—. Recuerda este olor. Recuerda los cielos, su aspecto. Recuerda cómo las ovejas te preocuparon y te tumbaron. Recuerda todo eso y recuerda lo que sucederá ahora.

Sonrió. Nunca me había dicho tanto. Yo tenía miedo, pero también sentía que la arena en mi corazón se volvía de vidrio. Lo que fuera que viniera, mi padre quería que mi hermana y yo lo viéramos, lo conociéramos para estar a salvo cuando volviera a suceder. Así comprendí que nos amaba.

Mientras mirábamos, el cielo se tornó negro y finalmente las nubes no pudieron contenerse más. Estallaron en una tromba y las ovejas se alteraron y se apretaron unas contra otras junto a la colina. Por un momento vi que era agua. Y era ensordecedor. Toda el agua que había visto en mi vida provenía de nuestro pozo. Me había bañado con ella y la había bebido y regado la viña del melón, pero nunca antes había visto algo así.

—Se llama lluvia —dijo nuestro padre—. Cae sobre las colinas verdes muy lejos de aquí y llega hasta nosotros por el lecho seco del wadi. Pero cuando los pequeños dioses lo deseen, las nubes se alejarán de aquellas colinas verdes y vendrán a nosotros veloces, y traerán esa agua que verán sólo pocas veces en la vida. Necesitamos el agua, pero es peligrosa, y pronto verán por qué.

Observamos. La lluvia se vertía del cielo en forma de innumerables cántaros. Golpeaba la roca sobre nosotros, despegaba la arena y la devolvía al lecho del wadi. Las ovejas estaban empapadas, igual que cuando mojábamos su lana en tinturas, y despedían un olor que me gustaba todavía menos que el aroma que precedió a la lluvia.

Se escuchaba un sonido rugiente detrás de las carpas, donde no alcanzaba a ver. Nuestro padre nos miró, observó nuestras manos aferradas a su túnica y miró al hermano de mi hermana, quien estaba parado más allá de la pared de la caverna, tan mojado como las ovejas, pero con una energía ardiente en los ojos que no hablaba de miedo.

Hubo otro sonido y por un largo momento no supe qué era. Era mi hermana gritando. Nunca antes la había escuchado emitir ese sonido y la miré fijamente porque pensé que tal vez la lluvia la habría herido. Nuestro padre tomó mi rostro entre sus manos y me forzó a mirar de nuevo hacia las carpas. Detrás de ellas una enorme pared gris se había levantado donde debería estar el wadi. Se cernió sobre el círculo donde habíamos dormido y comido y jugado, y se estrelló sobre él, arrasando con el cuero y las cuerdas como si no fueran nada.

La pared continuaba hacia nosotros, subía de prisa por la ladera hacia las cavernas. Sentí que un grito se formaba y salía de mi pecho. El agua se había apoderado de las carpas y los lugares donde dormíamos. Si llegaba a las cavernas no podríamos escapar. Nuestro padre estaba parado frente a nosotras y nos aferramos a él conforme el agua se acercaba. Se estiraba para alcanzarnos y por un momento creí que nos arrastraría a todos. Pero entonces, como si hubiera sido vista por un pequeño dios, la corriente se replegó, y aunque lamió las sandalias de mi padre, a él no se lo llevó.

Fue entonces que el carnero se aterrorizó de nuevo. Las ovejas se movían a su alrededor, con el agua arremolinándose en sus flancos, y su malestar aumentaba la irritación de él. El carnero arremetió contra el hermano de mi hermana, quien observaba la corriente de agua pasar, y lo embistió. Lanzó un gritó y cayó, rodó cuesta abajo hasta que el agua se cerró sobre su cabeza y se lo llevó.

Nuestro padre se arrodilló, pero no se movió. De haberlo hecho nos habría llevado a mi hermana y a mí con él, y aunque el agua lo hubiera salvado, con seguridad nos habría llevado a nosotras. En cambio observamos, impotentes, conforme la oscura forma de mi hermano era llevada más y más lejos por el wadi, hasta que desapareció de nuestra vista.

—Vengan —dijo mi padre—. Ya no hay nada más que ver.

El precio del que mi madre nos había advertido había sido pagado, y la madre de mi hermana gimió de dolor cuando mi padre se lo dijo. Abrazó a mi hermana con fuerza y lloró. La muerte había cobrado su cuota y el hermano de mi hermana nunca más estaría entre ellos. Sus restos se habían perdido en el desierto y mi hermana y yo habíamos aprendido acerca del terrible costo del brote del verdor y de la vida.

Mientras las mujeres de Lo-Melkhiin me bañaban y me perfumaban me di cuenta de que el sonido del jardín era el sonido que habíamos escuchado al inicio del diluvio. Era tan suave que al principio no lo reconocí, hasta que la mujer me condujo a la pila caliente y hundió mi cabeza en el agua para mojar mis cabellos. El agua me tapó la nariz y las orejas, y al salir estaba tosiendo. A ellas eso les dio lástima, así como les daba lástima todo lo concerniente a mí. Era una novia condenada, tan pueblerina que nunca había tenido la suficiente

38

agua para un baño apropiado. Pero cuando mis ojos se aclararon, supe que ése era el sonido.

Era el sonido de la muerte y de la lluvia y del verdor. Era el sonido del costo y el valor. Pero si pudiera encontrar algo como la túnica de nuestro padre, si pudiera encontrar algo a qué aferrarme, entonces sería el sonido de la esperanza.

cinco

La alcoba olía a salvia, jazmín y miedo. No había rastros de ovejas ni de arena, ya que nos encontrábamos en el centro del qasr, e incluso el desierto luchaba por encontrarme ahí. Me senté en almohadas con fundas de la seda más fina y me colgaron paños y velos de un material transparente que no conocía. Debieron limpiarlo desde que la última esposa murió, pero algo permanecía de ella. El aire aún estaba quieto y denso, y no sentía el más mínimo aliento del viento. Las lámparas ardían inmóviles, sin titilar. Esperé.

Habían cortado mis uñas al ras, de las manos y los pies, y las sobé con fuerza para suavizar los bordes. Con las uñas así no podía jalar un hilo de mi velo y pasarían algunos días antes de que pudiera tejer de nuevo sin hacerlo con la torpeza de una novicia. Cuando me enfrentara con la piel desnuda de Lo-Melkhiin no podría marcarla. También habían revisado mis dientes. Las mujeres de la ciudad limpiaban sus dientes con agua de menta, pero nosotros los frotábamos con arena fina recolectada en el lecho del wadi. Los cráneos en nuestras catacumbas tenían las dentaduras intactas, incluso los de mis parientes que habían muerto en la vejez. Las mujeres que me bañaron tenían huecos en la boca o sonrisas chuecas. Me preguntaba si temían que yo lo fuera a morder, pero supongo que nada podían hacer al respecto.

Si mi hermana hubiera sido parte de mi casamiento, ella habría esperado conmigo, al igual que nuestras madres. Habrían murmurado secretos, cosas nunca dichas a los hombres en voz alta, pero en ese momento estaba sola. No me habían dado alimento alguno y me sentía contenta. Mis nervios estaban calmados, pero de haber tenido el estómago lleno con la comida citadina, nueva y diferente para mí, me habría sentido distinta.

No me habían dejado una vela de tiempo y no podía mirar el cielo ni leer el reloj de agua que estaba en el rincón. Pero no creo haber esperado mucho antes de que él llegara.

Vestía sedas, al igual que yo, pero las suyas eran de azul oscuro, que contrastaban con su piel aun más pálida que la mía. Lo-Melkhiin alguna vez fue un gran cazador, pero ahora no pasaba mucho tiempo bajo el sol. Sus pantalones estaban amarrados debajo de la cintura con un cinturón enjoyado que lo envolvía tres veces y que se abrochaba con la cabeza de una serpiente comiéndose la cola. La luz de la lámpara brillaba sobre el metal repujado de la asidera, la más fina que yo había visto jamás. Su camisa tenía mangas anchas. Mis ropas estaban atadas con sencillez para que cuando fueran jaladas mi cuerpo desnudo se revelara al instante. No tenía idea de cómo debía desvestirlo a él.

Estaba sentado derecho y en una postura refinada, cruzando los tobillos y con las manos sobre las rodillas. No se veía como un predador, excepto por su mirada que refulgía al verme. Respiré despacio, como respira un antílope cuando percibe el olor de un león en el aire.

—Mi esposa ordinaria —dijo observándome con detenimiento. Su voz era muy suave, como la que usó cuando le habló al caballo, pero yo no esperaba que me mostrara la misma gentileza que había tenido con la bestia—. No me temes. Dime por qué.

—No hay motivo para temer —dije.

—¿Acaso no te preocupa que ordenaré tu muerte, en esta misma alcoba, si no me complaces? —preguntó.

—Sé que puedes y que lo harías —respondí—. El diluvio vendrá, veloz y sin advertencia, porque el suelo no está acostumbrado a él. Y por ello no vale la pena temerle.

—Eso es verdad —dijo él, y sonrió. Sus dientes estaban derechos y no había huecos entre ellos—. Pero creo que lograrás quedarte más de una noche.

—Soy tuya para lo que ordenes, esposo —dije y lo miré a los ojos.

Cuando mi madre se dirigía a mi padre, a menudo decía eso. A él le agradaba esa forma en que ella se ponía en sus manos. Hasta este momento, no me había dado cuenta de que mi madre era quien lo permitía y por eso ella tenía más poder de lo que él mismo imaginaba. Lo-Melkhiin pensaba que yo era inferior a él, pero su cálculo no era el único.

Lo-Melkhiin sonrió.

—Cuéntame sobre tu hermana —dijo—. Los hombres murmuraban que ella era la mejor y estaban sorprendidos porque no la elegí. Lo hiciste a propósito y quisiera saber por qué.

Había algo en su sonrisa que encendió una flama en mi alma. Los fragmentos de las historias que sabía vinieron prestos a mí, aquéllos con la forma de mi hermana y aquéllos que le darían forma a ella.

—Hay un ardor en mi hermana —dije—, y no quiero que lo poseas.

—Aún podría tenerlo —respondió—. Quizá mueras pronto, como has dicho.

—La ley te detiene —dije—. Los hombres de la ciudad y de los rebaños no lo permitirán. Si la rompes una vez y robas a una hija, ¿qué te detendrá de hacerlo de nuevo?

—Soy paciente —dijo Lo-Melkhiin—. Tal vez simplemente esperaré.

—Entonces ella será demasiado vieja —dije—. Es mi gemela de año, y para cuando vuelvas ya estará casada.

—Las altivas no se casan jóvenes —dijo—. Esperan que llegue un fuego a la altura del suyo. No vi eso en tu aldea.

—Mi hermana encuentra el fuego en los demás —dije—. Su esposo podría ser el hombre más silencioso en el mercado hasta que la vea. Entonces él arderá con una flama que esté a su altura.

—Estás muy segura de tu hermana —dijo.

—Tanto como mi alma —respondí.

Él rio, echó la cabeza hacia atrás y sus dientes resplandecieron con la luz. De nuevo sentí que algo se removía en mi interior y mi propio fuego se tornó más ardiente. Conocía esta sensación. La había sentido cuando me alejaba de la aldea y mi hermana se arrodilló a rezar. Tal vez incluso ahora ella vestía las ropas sacerdotales blancas y había reunido a las demás mujeres. Me incliné hacia él.

—En el desierto, cuando el sol calienta más intensamente, hay un viento que puede arrancar la carne de los huesos —dije—. Cuando es la temporada, dejamos a los camellos viejos afuera para que mueran. Nos ocultamos en la seguridad de nuestras carpas con suficiente alimento y agua para sobrevivir hasta que los vientos se hayan ido. Y esperamos.

"Al principio los camellos gimen, cuando el viento comienza a soplar. Saben lo que viene. Pueden olerlo. Pero los amarramos con fuerza y no pueden romper las ataduras que los retienen en la tierra. Aun así lo intentan. Lo intentan para salvar su vida. Lanzan gritos cuando las primeras ráfagas de calor los golpean. Así es como sabemos que ya no es seguro salir, y por ello no matamos a los camellos antes de que llegue el viento. Ellos son nuestra última defensa contra él.

"Chillan una y otra vez. Si el viento es lo bastante caliente, pronto deja de soplar, pero a veces se queda por más tiempo. Una vez mi hermana ya no podía soportarlo. Robó el arco de mi hermano, despegó la cortina de la carpa y la sostuvo hacia fuera para protegerse del viento. El viento estaba a su favor, y entonces le lanzó una flecha al camello para que dejara de gritar. Nuestro padre estaba tan sorprendido que ni siquiera la reprendió.

—Tu hermana es una tonta —dijo Lo-Melkhiin—. Y además de corazón blando, si es que no podía soportar el sufrimiento del camello.

—No, esposo —dije—, mi hermana es astuta. Sostuvo el arco contra la cortina de la carpa para no quemarse. Y mató al camello antes de que éste entrara en pánico e intentara soltarse.

"Habría permanecido amarrado y se habría roto los huesos. Y necesitábamos que los huesos estuvieran fuertes y enteros —dije. El fuego se propagaba con cada palabra que pronunciaba—. Usamos los huesos de los camellos como perchas para las carpas, para mantener el techo sobre nuestras cabezas. Los usamos para abrir y apuntalar la cortina por la que sale el humo. El viento caliente no siempre llega. A veces un viejo camello muere y debe ser desollado y limpiado al igual que los antílopes, y sus huesos son inservibles porque no han sido curados por el viento. No podemos usarlos para construir nada. Apenas nos sirven como leña.

"Mi hermana no es tonta y no tiene el corazón blando —insistí—. Mi hermana lucha por su hogar y toma los riesgos que debe tomar. Por ese motivo hoy me puse delante de ella y por eso no te permitiría tenerla. Mi hermana arde, pero no arderá para ti.

Lo-Melkhiin fue veloz y tomó mis manos antes de que siquiera pudiera pensar en reaccionar. Estaba en su derecho de tocarme cuando lo deseara, por supuesto, así que fue lo mejor no moverme. Ahí donde nuestra piel se tocó había un fuego distinto. Pensé que podía verlo, hilos dorados y azules, arena del desierto y cielo del desierto, sangrando desde mi cuerpo hacia el suyo, pero ese día había pasado largo tiempo bajo el sol, así que no confiaba en lo que veían mis ojos. Él contuvo la respiración una vez, luego cinco, luego diez. Una hebra de fuego cobrizo voló de sus dedos a los míos, tan leve que me pregunté por qué imaginaría todo eso, y luego me soltó.

—Bien hecho, esposa —me dijo y se puso de pie—. Harás un buen trabajo en mi casa.

Y luego desapareció, el aire denso se agitó detrás de él conforme entraba en la noche.

Me desplomé sobre las almohadas, cansada y regocijada a la vez. Me pregunté si mi hermana habría sentido algo del fuego que había compartido con ella esta noche. Me preguntaba si ardía y si sabía por qué. Debió rezar todo el día, ya sea a un pequeño dios de la familia o al santuario que prometió hacer para mí. Porque había sentido mi alma encenderse, y cuando Lo-Melkhiin se acercó a mí pude ver el hechizo de las flamas. No sabía qué significaba o qué había sucedido, pero no me importaba. Escuchaba el canto de las aves en el jardín del otro lado de la pared, y aunque no podía leer el reloj de agua, sabía que el amanecer estaba cerca. Había pasado la noche como la esposa de Lo-Melkhiin.

Y había sobrevivido.

ii

Lo-Melkhiin cabalgó y se internó en el desierto como un hombre, y al salir era otra cosa.

Había ido a cazar leones, porque a su madre le gustaba hilar madejas con el pelo de sus melenas rubias, y porque éstos asediaban las aldeas a las orillas del desierto. Cabalgaba solo, como era digno de un cazador de su clase, pero Nadarqui el Visionario observó su progreso desde los peñascos de piedra roja, y Sareyah el de los Pies Veloces se paró a su lado, listo para correr hacia Lo-Melkhiin si necesitaba ayuda.

Algunos dicen que Lo-Melkhiin aquel día encontró a un dios cruel en las dunas. Otros afirman que ahí negoció con un demonio. Los Escépticos buscaron en sus escritos en losas de mármol y dijeron que permaneció demasiado tiempo bajo el sol. Dios, demonio o lo que fuese, no importaba. La verdadera diferencia era yo.

Cuando lo vi, supe que sería mío. Era más alto que la mayoría, con los hombros hacia atrás; nunca había molido su propio grano. El tejido de sus ropas era apretado y había algo en su mirada que expresaba poder. Yo lo deseaba, al igual que había deseado muchas cosas. Así que lo tomé.

Su mente era más dura de lo que esperaba y requería un esfuerzo especial colarme entre las grietas. Amaba bien a su gente y tenía a muchos de ellos. Su sentido del deber era fuerte. Era capaz de remendar una armadura y de hornear pan, aunque su puesto rara vez requería que lo hiciera. Pero en el fondo, debajo del orgullo que le daba su trabajo y su hogar, existía una ansiedad que lo arrastraba a un abismo en sus pensamientos.

Era tan joven. Su padre había gobernado muy mal y su madre se encontraba muy enferma.

Ahí fue donde clavé mis garras y dientes. Me lancé sobre sus dudas y las coloqué desnudas bajo el sol. Ahí donde él se acobardaba, yo lo conquistaba.

Luchó —como los mejores—, pero era demasiado tarde. Yo lo tenía y fue mío. Pisé sus deberes y enterré a sus amores. Sólo guardé aquellas piezas de él que deseaba. El poder. El conocimiento. La habilidad de gobernar.

Cuando abrí sus ojos por primera vez, el mundo era más pequeño, pero mío. El aire colmaba sus pulmones porque yo lo permitía. Podría haberlo apagado fácilmente. Si lo hubiera querido, podría haber logrado que se quitara los zapatos y que la arena le quemara los pies.

Lo mantenía en un rincón de su mente, lo cual no siempre había hecho antes. Por lo regular, cuando tomaba a alguien se consumía rápido y me dejaban hambriento. Pero Lo-Melkhiin era distinto. Era más fuerte. Y me complacía escucharlo gritar.

Escuché un rugido y me detuve, inclinándome sobre su lanza. Mi lanza. La sostuve en sus manos, mis manos, conforme el león se acercaba. Lo-Melkhiin sabía cómo matarlos sin arruinar la piel. Podía hacer que su muerte fuera rápida e indolora, y llevar a la manada de vuelta con su madre, quien los amaba a pesar de estar enferma.

Pero también había hienas cerca, y cuando yo arrojaba su lanza, mi lanza, atravesé la pata del león. Mi presa rugió de nuevo, esta vez de dolor. Las hienas escucharon el llamado y respondieron, su risa rodaba a través de las dunas conforme se dispersaban para rodear a la bestia herida.

El león intentó defenderse, pero las hienas eran muchas y sus quijadas demasiado fuertes. Destrozaron a la bestia dorada en mil pedazos, pelo y sangre y huesos desperdigados sobre la arena, y luego la comieron, porque podían hacerlo.

Obligué a Lo-Melkhiin a mirar.

seis

Una brisa me despertó, aire de olor dulce que no había sido tocado por el incienso denso. Y por un momento olvidé dónde había dormido, pero cuando la criada colocó la bandeja a un lado de mi cabeza hundida entre almohadas, recordé. Inhalé el aire limpio que entraba por la puerta abierta, la cual no vi la noche anterior, cuando las velas nublaron mis ojos. Entonces me senté.

—Señora bendita —dijo la criada—, debe beber el té.

Me pregunté si también habría venido a traer el desayuno a las otras jóvenes y encontrado los cadáveres sobre la seda. No mostraba sorpresa alguna por verme viva, y tampoco alivio.

Sostenía la copa frente a mí, de una cerámica tan delgada que me maravillé de que pudiera contener el líquido, y la tomé con ambas manos. Sabía horrible, reconocí el sabor de las hierbas por la descripción que mi madre me había hecho de ellas. Éste era el té que evitaba que se prendara un bebé en el vientre. Lo-Melkhiin solamente había tocado mis manos, pero lo tomé de todas formas.

La noche anterior en la alcoba habían estado presentes poderes que yo no comprendía. Bajo la suave luz del sol era difícil recordar, pero más fácil creer. Aún sentía la leve excitación en mi pecho y sabía que no podía dudar. La llama que había volado entre nosotros, primero de mí hacia él y luego de regreso en diferentes colores, no era como nada que hubiera visto o escuchado. Y en este lugar no sabía a quién podía preguntar al respecto.

—Señora bendita —dijo la criada—, ¿va a comer?

Me pregunté si esperaba que rompiera en lágrimas o lamentaciones. Crucé mis tobillos y estiré la mano para recibir el cuenco con el alimento. Ella se inclinó para dármelo, y sentí el bronce frío en mis dedos. La comida era sencilla, como si el cocinero que la había preparado supiera que había nacido en el desierto y temiera que mi nuevo entorno pudiera enfermarme. Unté humus sobre el pan y comí despacio mientras la criada me observaba.

Pensé que ella tendría el mismo número de veranos que yo, aunque debajo de su velo su piel se adivinaba más clara. No había mirado el sol ni sentido el viento como yo. Tenía las uñas cortas, como las mías, y su cabello estaba atado con esmero en bucles alrededor de su cabeza. Un estilo más elaborado que lo que yo jamás hubiera intentado. Me pregunté cómo podría emularlo, ya que no podía ver cómo estaba amarrado detrás de las sedas. Entonces recordé el cuarto de baño de la noche anterior y pensé que quizá nunca más tendría que peinar mi propio cabello. El cabello de una reina sería elegante y adornado por alguien más.

Cuando terminé, colocó el cuenco sobre la bandeja y jaló un cordón cerca del pie de la cama. Sonó un suave repique que llamó a las otras criadas hacia la alcoba. Comenzaron a abrir postigos y ventanas, el aire y la luz entraron a raudales, y una de ellas se llevo la bandeja. La primera joven me extendió las manos y me sacó de la cama. La seguí a través del pasillo, donde volví a escuchar los murmullos del agua. Me detuve para ver si ella me dejaría quedarme ahí, y cuando me di cuenta de que no me empujaba, miré hacia la fuente del sonido. Había sobrevivido la noche para ver esto y no sufrí decepción alguna.

Era la estatua de una mujer erguida y orgullosa, con cada pie sobre el lomo de un león. En las manos sostenía un cántaro boca abajo y de él brotaba un delgado chorro de agua, que caía sobre piedras multicolores. Ella era hermosa, pero había algo en su mirada que no me agradó, algo que no concordaba con su rostro.

—Señora bendita —dijo la criada—, ésa es la madre de Lo-Melkhiin, esculpida por Firh Tocado por la Piedra para celebrar su recuperación.

La madre de Lo-Melkhiin había sufrido larga y arduamente; su salud se consumía como huesos al sol, blancos y quebradizos y despojados de todo lo que daba vida. Cuando Lo-Melkhiin salió del desierto, poseído por el demonio que encontró ahí, la curó, pero ella ya no se acercaba al sol. Me preguntaba si alguna vez ella habría conocido a las esposas de su hijo, o si ignoraba sobre ellas.

—Señora bendita —dijo la criada, y la seguí hacia el cuarto de baño.

Ese día me vistieron con mayor sencillez y usaron mucho menos perfume. Cepillaron mi cabello, lo rizaron y lo sujetaron bajo mi velo. No sabía qué había sucedido con el dishdashah púrpura de mi hermana que usé ahí. Me pareció de tanta fineza cuando me lo puse y ahora ni siquiera recordaba cuándo me lo habían quitado. Me pregunté si lo habrían desechado o si se lo habrían dado a alguien más. O tal vez lo habían guardado para enterrarme con él.

El vestido que ahora usaba era mucho más fino, la seda más delgada y las puntadas tan diminutas que tenía que entrecerrar los ojos para distinguirlas. Pintaron mi rostro, lo cual no habían hecho la noche anterior, y delinearon mis ojos, primero de negro y después de azul para que combinaran con el color del vestido. Con los ojos cerrados, vi a la gente de mi aldea despertar por la mañana y prepararse para comenzar el día.

Nuestro padre, de regreso, encontraría que su segunda hija había partido. Quizá lloraría por mí, al recordar a la niña que había sostenido su túnica cuando llegó el diluvio, y a la mujer que había intercambiado lugares con mi hermana por un matrimonio. Mis hermanos no sabrían qué decirle. Los habíamos visto muy poco después de que mi hermana y yo llegamos a nuestro verano diez y dejamos el rebaño para aprender los oficios que nos servirían durante el matrimonio. Los miré dentro del ojo de mi mente y me dirigí hacia la carpa donde mi madre, mi hermana y la madre de mi hermana ahora dormían juntas.

Hice a un lado la cortina de la carpa y me incliné para entrar. Ahí estaba el santuario de mi hermana, más pequeño que el que había hecho para mí en las cavernas, pero elaborado con hermosura. Estaba hecho de piedras oscuras y atado con un círculo de tela morada que yo sabía que era del vestido que habíamos confeccionado juntas, aquél que le había quitado cuando salvé su vida. Sobre él estaba colocada una vela en vez de una lámpara. Estas velas se consumían más rápido y eran más costosas, pero la luz era más clara y se decía que los pequeños dioses prestaban más atención a la luz que más se parecía al sol.

Mi hermana se arrodilló ante el santuario y susurró en la lengua de la familia. Mi madre se arrodilló junto a ella, aunque no emitió palabra alguna. Su rostro estaba manchado por las lágrimas y supe que no rezaría por mí hasta que sus plegarias estuvieran hechas de rabia y esperanza. Las plegarias de llanto eran para los muertos, como aquéllas que dijimos cuando el diluvio se llevó al hermano de mi hermana, y para los bebés que mi madre había perdido. La madre de mi hermana anudó hebras negras y las colocó sobre la seda morada para terminar el atado. Esperé que recordaran que mi hermana necesitaba un nuevo vestido. No era necesario que este santuario se convirtiera en el centro de su vida.

—Señora bendita —dijo la criada, y abrí los ojos.

—Anoche tenía un dishdashah púrpura —dije. Las palabras fluyeron con espontaneidad, y fue lo primero que dije en horas. Las criadas brincaron, pero luego suavizaron sus rostros.

—Sí, señora bendita —dijo la joven que me había llevado el desayuno.

—Deseo tenerlo de vuelta —dije—. Mi hermana lo hizo conmigo y no quiero que sea destruido.

—Por supuesto, señora bendita —respondió.

Yo no estaba acostumbrada al ocio, así que el día me pareció interminable. En mi alcoba no había utensilios para realizar algún oficio, y la criada que se sentó a mi lado no hablaba. Soporté la mañana y una comida de pimientos asados, y cuando cayó la noche me llevaron de vuelta al cuarto de baño. Lavaron mi rostro, soltaron mi cabello y lo cepillaron con perfume. Una vez más me envolvieron en sedas finas, con nudos tan frágiles que en cualquier momento me dejarían desnuda, y una vez más me condujeron a mi alcoba para esperar.

Lo-Melkhiin vino al igual que la noche anterior y se sentó, esta vez sobre el lecho.

—Aún no me temes —dijo.

—Aún no tengo nada que temer —respondí.

—Dime más acerca de tu hermana —dijo—. Si estás dispuesta a morir por ella, debe ser digna de leyendas.

—Lo es —dije—. Juntas confeccionamos un vestido que era lo suficientemente hermoso como para engañar a un rey y que escogiera una urraca en vez de una alondra.

—Ese vestido está perdido para ella —dijo Lo-Melkhiin—. Si hubiera querido podría haberlo destruido. Sé que has pedido que te lo devuelvan.

—Mi hermana hará otros vestidos —dije—. Mi padre también ama a su madre y le lleva las sedas más finas. Su madre no es tan tonta como para desperdiciarlas en ella misma. Y le ha enseñado a mi hermana a hacer las faldas y velos más delicados para que cuando vaya al mercado atraiga las miradas de todos los hombres. Ella coserá sus propios secretos ahora, y serán aún más poderosos, ya que no serán compartidos con nadie, ni siquiera conmigo.

—Quizá la vea en el mercado y decida romper la ley —dijo Lo-Melkhiin.

—No lo harás —respondí. No le temía, y por ello me resultaba fácil decirle la verdad—. Necesitas a los mercaderes. Si rompes la ley en el mercado, se preguntarán qué otras leyes estás dispuesto a faltar.

Lo-Melkhiin sonrió como león y una vez más tomó mis manos. De nuevo se lo permití sin oponer resistencia, aunque esta noche sus dedos estaban aferrados con más fuerza a mis muñecas. Observé fuego púrpura y negro, seda y secretos, viajaban de mis manos a las suyas. La sangre rugía en mis orejas y el destello de las lámparas era más radiante, y después el fuego cobrizo viajó de sus dedos a los míos. Esas luces no eran una visión imaginaria. La luz fría era su poder, estaba segura de ello, y de alguna manera el fuego cobrizo era mío y esta noche brillaba más aún. Con mi vista y mi oído despejados, le dejé ver a Lo-Melkhiin que no me intimidaría. Él se inclinó hacia mí y posó sus labios en el centro de mi frente. No podría decir que fue un beso, pero parecía ser todo lo que él necesitaba.

—Lo bordamos juntas a lo largo de muchas noches del desierto, y tejimos esos secretos con hilos irrompibles —dije las palabras en mi voz de narradora. Sus dedos no me soltaron. Sentí que deseaba saber, que me obligaría a contarlo, pero yo sentía mi propio fuego y no sería forzada.

Casi todos los secretos eran cosas nimias. Cuál de las ovejas que intentaríamos proteger era parte de su dote; qué olla se llevaría cuando se casara y partiera de las carpas de nuestro padre; qué alimentos nunca serviría una vez que dirigiera su propio hogar. No eran nada y lo eran todo. Eran mi hermana y nunca le diría a él de lo que se había perdido.

Por la mañana encontré a mis pies un dishdashah doblado con esmero, hecho de seda morada y bordado con hilo negro. Me sentí viva al verlo.

siete

En los días que siguieron aprendí cierto grado de la operación del qasr. Las jóvenes que me traían el té y ropas limpias cada mañana, y presumiblemente aquéllas que amortajarían mi cuerpo cuando Lo-Melkhiin al fin se hartara de mí, todas ellas eran bonitas. Vestían simples batas blancas con un fondo debajo, del color que mi madre usaba cuando fungía como sacerdotisa, pero de un estilo bastante más severo. Su cabello era oscuro como el mío, pero más corto y trenzado en un solo bucle alrededor de su cabeza. Yo anhelaba peinar mi cabello con un estilo de ese tipo, pero cada día, cuando me vestían, la mujer que me peinaba buscaba experimentar. Los diseños elaborados ponían peso en lugares extraños y a menudo tenía dolor de cabeza para el medio día. Además, me provocaba comezón.

Las encargadas en el cuarto de baño eran muy parecidas, a pesar de que sólo usaban sus fondos cuando trabajaban. Cada mañana me daban un baño, y confieso que no era poco el placer que sentía al recibir esa gran cantidad de agua cristalina que vertían sobre mí. Estaba tan caliente que emitía vapor, y parecía que respiraba el agua en mis pulmones al mismo tiempo que estaba sentada dentro de ella. Si tenía que estar ahí, gozaría lo que más pudiera de este lugar.

Las tardes me agradaban menos. Caminaba por los jardines antes de que el sol se tornara más caliente, o salía de nuevo cuando éste comenzaba a ponerse y las flores nocturnas se abrían, pero pronto me cansé de las mismas estatuas, con sus miradas hechizadas, y las mismas fuentes, aunque amaba sus cánticos. Al cuarto día tomé la orilla del vestido de una de las criadas cuando iba a dejarme sola.

—Por favor —dije, como le hubiera hablado a mi madre—, ¿acaso no hay algún oficio que pueda hacer? Las horas son largas y no estoy acostumbrada al ocio.

Ella titubeó y supe por qué. Como esposa de Lo-Melkhiin yo debía dirigir los salones de oficios del qasr y supervisar los bordados y tejidos. De todas formas, no me darían nada con filo, ni cordones fuertes para tejer, por temor a que los usara contra mí misma. Entonces quedaba el hilado. Supuse que podía hacer algún daño con la rueda del huso, pero una vez que estuviera rota no tendría nada más que un disco de cerámica. Me levanté al recordar que aquí no era la hija de nadie. Aquí yo era una reina, por el tiempo que durara viva.

—Hilaré —dije, tomando la decisión por ella—. Es mi actividad favorita y no deseo interrumpir el proceso que ustedes las maestras han establecido.

—Sí, señora bendita —dijo la joven, y me condujo hacia el corredor.

Cuando entramos en la sala de tejido todas las cabezas voltearon y cesaron las conversaciones. Había un par de docenas de mujeres sentadas en grupos realizando diversas labores, y el silencio era tal que si alguna de ellas hubiera dejado caer una aguja el sonido habría provocado eco. La joven parecía como si quisiera que la tierra tragara sus huesos, pero yo caminé con orgullo. La seguí hasta los alteros de lana recién cardada y ella me entregó un huso antes de ir a tomar su lugar con las bordadoras.

Le tomó a mis dedos algún tiempo recobrar su habilidad. En casa no había tenido mucha ocasión para hilar, ya que había comenzado a bordar en cuanto comprendí la valía del bordado. Además, nuestra lana era mucho más burda. Mi madre pudo haber tenido hebras más finas si las hubiera deseado, pero nos las llevaba mi padre. No las hacíamos nosotras. Mis manos estaban agrietadas por el viento del desierto y cubiertas de callosidades por mis años usando el cayado de pastoreo. El hilo se atoraba en ellas y se deshilaba, una y otra vez tenía que volver a empezar.

Las demás no decían nada, pero sentía sus miradas sobre mí. Antes había deseado su atención, había querido que recordaran quién y qué era yo. Ahora me miraban, pero veían a una pobre joven del desierto que ni siquiera podía hilar apropiadamente, y deseaba que dejaran de hacerlo.

—Señora bendita —dijo una voz a la altura de mi codo. Ahí estaba una mujer mayor, con dedos torcidos y sonrisa amable. Me extendió un par de guantes blancos suaves, yo los tomé y le agradecí con un gesto.

—La estirpe del desierto es fuerte —dijo. Era un dicho antiguo que a nuestro padre le gustaba decir a nuestros hermanos cuando se quejaban por el viento, la arena y sus rebaños.

—Y debemos encontrar la manera de vivir en la carpa de nuestro padre —completé sus palabras, y su sonrisa creció.

Volvió a su asiento y yo tomé de nuevo el huso. Ahora el hilo crecía bajo mis dedos y caía en círculos dentro del canasto que estaba entre mis pies, formando hebras parejas. Sentí que las miradas de mis compañeras volvían a su trabajo, y cuando ya no me veían olvidé que estaba ahí para escuchar sus palabras.

Mi madre me había dicho que cuando se casó con nuestro padre, cuando él aún no había construido la fortuna para establecer un campamento permanente en la aldea de su padre, ella y la madre de mi hermana se fueron con él a la caravana. Era una vida más difícil para ellos. Además de las constantes travesías, cada noche estaban a merced de las nuevas esposas de los mercaderes y sus madres. Todos los hombres respetaban a nuestro padre como un mercader que estaba listo para establecerse por sí mismo, pero las mujeres no estaban tan seguras de eso. ¿Por qué se había casado, entonces, si no era lo bastante acaudalado para mantener a sus mujeres en casa? ¿Y por qué se había casado dos veces?

Pero cada noche, mi madre y la madre de mi hermana se escabullían dentro de las carpas de las mujeres y se llevaban sus hilos. Siempre había algo que arreglar, y a veces, si las ventas de mi padre habían sido prósperas, tenían piezas más finas. Los demás admiraban el trabajo que realizaban, veían lo que lograban juntas, y entonces comprendían que nuestro padre no era ingenuo y tampoco lo eran sus esposas. Entonces las demás mujeres comenzaban a hablarles. Por medio de ellas, mis madres aprendieron más acerca de los hábitos de los hombres con los que mi padre comerciaba, que lo que él hubiera soñado.

—Con la mirada en tu trabajo —me decía mi madre con la intención de prepararme para convertirme en la esposa de un comerciante— es fácil olvidar quién está presente para escuchar las palabras que salen de su boca. Tú y tu hermana deben recordarlo cuando sean desposadas. Realicen un buen trabajo y aquéllas con las que trabajen les confesarán cosas inimaginables.

Quizás era el consejo de la mujer de un comerciante, pero también me sería útil en el qasr. Mientras hilaba, las mujeres a mi alrededor comenzaron a hablar. Al principio era en voz baja, como los susurros de los juncos sedientos del wadi. Aquel día no dijeron nada sobre Lo-Melkhiin o el qasr, pero no contuvieron su lengua en mi presencia. Yo sabía que, si vivía, tal vez pronto escucharía algo que pudiera servirme.

En cambio, me concentré en la rueda del huso. Ése también era un truco que había aprendido de mi madre. Hilar no requiere pensar demasiado, y cuando te has acostumbrado al peso del huso y a sentir la lana, tus ojos ya no son necesarios. La madre de mi madre hiló estando ciega los últimos diez años de su vida, y los hilos que mi madre usó para bordar su dishdashah nupcial eran tan finos como cualquiera que nuestro padre hubiera podido comprarle después. Hilar es un oficio de soñador y yo deseaba soñar con mi hermana y con un lugar que no estuviera tan cerrado e impregnado de temor.

Respiré más despacio para acompasarla con el ritmo del huso, y mis ojos iban y venían con la rueca. El hilo que hilaba era crudo —más tarde lo teñirían—, pero pronto vi el fuego negro del cabello oscuro de mi hermana en el color blanco manchado de la lana.

Ella estaba en las cavernas, en la colina en la que enterramos a nuestros muertos, y donde habíamos visto la lluvia por vez primera. Mi madre y la madre de mi hermana estaban de pie a su lado, y todas iban ataviadas con las ropas blancas sacerdotales que las mujeres de mi familia vestían en ese sitio. Podía ver su boca moverse, aunque no escuchaba sus palabras, y así supe que ninguna de ellas había muerto. Mi hermana estaba aprendiendo las canciones y no se encontraba enterrando a alguien, y nuestras madres le enseñaban a emular su trabajo.

La escena me desconcertó. Seguro mi hermana sería desposada y abandonaría las carpas de mi padre. Si ella tuviera que entonar los cánticos para ofrecer a los muertos, cantaría para su esposo. Si ella aprendiera nuestras canciones, si estuviera vinculada con las cavernas de nuestra familia, quizá los muertos no permitirían que los dejara. Siempre necesitarían que ella los conservara. Pero yo sabía que la visión ante mí no mentía. Mi hermana estaba aprendiendo nuestros propios cánticos para los muertos y eso significaba que se quedaría por siempre en las carpas de nuestro padre, por siempre cerca de mi santuario.

Me pregunté si mi padre sabría lo que ellas hacían. No podía imaginar que él otorgara su consentimiento. Por supuesto que él respetaba a los muertos, y no poco porque el padre del padre de su padre era el pequeño dios al cual debíamos su oficio. Ese santuario era el que se visitaba más a menudo en nuestras catacumbas. Incluso en la estación de sequía, tenía flores de agua dulce sobre él y raíces encurtidas. Y no era ése el santuario frente al cual mi hermana estaba parada.

Este santuario era nuevo, la roca aún se veía de blanco desteñido por el sol del desierto y no estaba ensombrecida por el tiempo debajo de la tierra. Sobre él estaban dispersos fragmentos de tela morada que reconocí de inmediato. Cuando habíamos cortado el dishdashah para la boda de mi hermana, su madre había guardado los retazos para usar en amuletos que fabricarían después. No habíamos comenzado a hacerlos, así que los retazos permanecieron en su caja de hilos. Pero ahora estaban en el santuario, expuestos para que los admiraran los pequeños dioses.

Expuestos para que *yo* los admirara.

Era mi santuario el que le enseñaban a mantener. El santuario que me convertiría en un pequeño dios cuando muriera, y el mismo que ella había prometido construir mientras yo aún vivía. Las había visto rezar frente a otro santuario más pequeño dentro de la carpa, y pensado en toda su extensión en el juramento que me había hecho. Le habría dicho a mi madre, tal vez para posponer su duelo, y después debieron decidir juntas mudar su adoración a nuestro lugar sagrado. Ella nunca se iría. No ahora. Sería mía para siempre.

—¿Señora bendita? —dijo la mujer amable que me habló minutos atrás—. Señora bendita, es hora de que se vaya.

Me espabilé del trance. Estaba rodeada de hilo blanco y pardo, hilado y enrollado con esmero, y las lámparas estaban encendidas. Habían pasado horas.

—Se los agradezco —les dije a todas ellas—. Las veré mañana.

Ellas asintieron. Era un lindo deseo.

Esa noche, Lo-Melkhiin vino a mí y me pidió que le hablara de mi hermana.

—Ahora mi padre ya estará de vuelta con la caravana —le dije. Aún no había tomado mis manos, pero sentía que mi piel ardía de todas formas. Giraba ardiendo, como la rueda del huso—. Él habrá traído noticias sobre el matrimonio de mi hermana.

—¿Su matrimonio? —preguntó—. Estás mintiendo.

—No es así —respondí, aunque sí mentía—. En estas últimas estaciones mi padre ha buscado un esposo para mi hermana y ha encontrado uno a su gusto y al de ella.

—¿A tu padre le importan tanto los gustos de tu hermana?

—Mi hermana debe amar al hombre con que se case —afirmé, y el calor dentro de mí aumentó de pronto—. Y en él ella mezclará todos los fuegos de la creación.

Mentí, pero sobreviví para ver la mañana.

ocho

En la séptima mañana, una anciana me llevó el té. No era anciana como las tejedoras expertas, con los dedos retorcidos y hombros encorvados, con su cabello pálido trenzado en ese estilo simple y rizado del cual tenía tantos celos. Era vieja como una roca del desierto, blanqueada y dura, con todas las impurezas erosionadas. Y su cabello, que colgaba suelto sobre su rostro, era de un color marrón que yo nunca antes había visto.

Fue su cabello lo que la delató. Era la madre de Lo-Melkhiin, quien había estado muy enferma y luego fue sanada por él en los días en que volvió del desierto. Su cabello no se había recuperado igual que ella, una vez que su enfermedad terminó, y ya que no volvería a crecer, ella se había confeccionado una peluca con la melena del león que amaba tanto. No podía ser trenzada o aceitada, y ya no podía ser más dominada que la bestia misma. Contemplarla era una visión de otro mundo, tan temprano en la mañana con la luz dorada del sol rodeándola, pero aun así era hermosa.

Me senté y tomé la copa de su mano. Me pregunté si debía levantarme por completo y hacer una reverencia, pero antes de poder moverme de nuevo, ella tomó asiento entre los cojines al pie de mi cama y metió los pies debajo de sí misma, como si fuera hija de pastores.

—Siete noches —me dijo—. Supongo que no podré evitarte por mucho más tiempo.

Me pregunté si había pensado en cuidar a todas las esposas de su hijo desde un principio y aprendió a ignorarlas como lo hacía el resto de los residentes del qasr. Las mujeres en el salón de tejido todavía no me hablaban, aunque conversaban entre ellas mismas en voz más alta y eran menos cautelosas. Al menos ya no parecían sorprendidas cuando aparecía cada mañana y ya no evitaban mi mirada cuando les decía que las vería al día siguiente.

—Es un honor conocerla —dije. No sabía qué hacer ni cómo llamarla, así que bebí mi té para no ofenderla.

—Mi hijo dice que no le temes —me dijo.

Yo no sabía que se contaban las cosas. Tampoco sabía si ella aprobaba sus matrimonios. No tenía idea de si ella le temía.

—Sí le temo —dije, lo cual era cercano a la verdad—. Le temo como temo al sol del desierto y a las serpientes venenosas. Son parte de la existencia que vivo. Pero el sol nos da luz y las serpientes alimentarán a una caravana si las atrapan y las cocinan.

—Y bajo el reinado de mi hijo tenemos paz y prosperidad —dijo, con una voz más amarga. Su esposo no había reinado bien.

—Y no puedo escapar de él —asentí.

Me miró por largo rato y yo terminé de beber el té.

—Te contaré sobre mi hijo —dijo—. No del hombre que es ahora, porque sabes tanto como yo. Te hablaré de cómo era de niño y cómo era cuando aprendió a cazar.

Me pregunté si quería que me compadeciera de él, pero recordé a las otras que habían vivido en estos aposentos antes que yo y mi corazón se tornó inconmovible. De todas formas, no tenía otros asuntos ese día y nuestro padre siempre le había dicho a mis hermanos que las mejores rutas son las mejor conocidas.

—La escucho —dije.

—Ven a los jardines cuando te hayas vestido y conversaremos —respondió y salió. La puerta de madera se cerró tras ella.

Las criadas entraron, sin aliento y entusiasmadas, aunque hicieron lo que pudieron para mantener su rostro inexpresivo. Ese día, al fin, mi cabello estaba enredado de forma simple en mi cabeza, aunque le dieron vueltas en vez de trenzarlo, lo cual se veía mejor y era más difícil amarrarlo. Cuando terminaron de peinarlo pensé que tendría más pinzas que las estacas que sostenían las carpas de mi padre. Después me condujeron hacia el jardín, aquél con la fuente que había visto en mi primera noche ahí, y tomé asiento junto a la madre de Lo-Melkhiin. Frente a nosotros había un canasto con higos y un cuenco con agua dulce.

—Yo provengo del sur —me dijo—. Donde nuestro desierto es azul y parece agua, pero te matará si la bebes.

Nuestro padre me había contado acerca de eso, y mis hermanos también lo habían visto. Era nuestra historia favorita. Un desierto azul enorme e infinito que ondeaba bajo el viento y crecía o se encogía con el tamaño de la luna. Había criaturas que vivían dentro del agua, debajo de la superficie, como nuestras serpientes e insectos excavadores; pero si un hombre bebía de ella enloquecía y moría, como si hubiera intentado beber arena.

—Ahí tenemos animales diferentes —continuó; tomé conciencia de mí misma y presté atención—. Así que cuando mi señor vino para casarse conmigo y me trajo mi primera piel de león supe que debía seguirlo de vuelta para ver a la criatura que era dueña de un pelaje tan glorioso.

Me pregunté cómo habría sido no temer a los leones.

Cuando mi hermana y yo comenzamos a pastorear a los rebaños, nos dijeron cómo matar chacales y hienas, *pero*, insistieron mis hermanos, *si viene una leona permitan que tome la oveja que desee.* Los machos, y eso lo aprendí cuando era mayor, eran diferentes, pero también feroces, en especial cuando se encontraban solos.

—Yo lo amaba, aunque era un poco inocente —dijo—. Era amable y justo. En tiempos mejores habría sido un mejor gobernante. Pero no estaba destinado a serlo. Me enfermé y eso que hace que el agua venga a nosotros falló. Los señores en los que confiaba lo traicionaron y se dedicaron a cuidar de sus propios bolsillos en vez de cuidar a su gente de los pueblos y aldeas. Entonces nació mi hijo.

Creo que Lo-Melkhiin tenía diez veranos más que yo. Para cuando yo nací estábamos acostumbrados a los tiempos difíciles. Mi padre viajaba más lejos y estaba cada vez menos en casa. Mi madre y la madre de mi hermana habían aprendido a estirar cada hilo, cada hogaza de pan, cada trozo de carne tanto como pudieran. Nosotros no padecíamos hambre, y tampoco quienes vivían en las carpas de mi padre, pero en los pueblos no la pasaban tan bien.

—Mi hijo creció duro, como los tiempos, pero con la gentileza de la sonrisa de su padre —dijo—. Yo sabía que sería un mejor gobernante que su padre, y mi esposo también lo sabía. Dedicaba horas a asegurarse de que Lo-Melkhiin tuviera los mejores maestros y expertos en armas. Si había algún oficio que mi hijo deseara intentar con sus propias manos, su padre encontraba un experto que se lo enseñara.

"Pero lo que más amaba era la caza —dijo—. Aprendió los secretos del desierto con la facilidad con que un halcón aprende a volar. Para cuando cumplió doce veranos ya traía a casa más carne que los cazadores del qasr, aunque era magra en aquellos tiempos. Viajó por todas partes y conoció más de la tierra y del desierto de lo que su padre jamás hubiera podido ver, protegido por sus leales guardias a donde quiera que iba.

Yo había escuchado de los guardias de los que hablaba. Sus nombres ahora eran leyenda, como la de él. Pies Veloces y Mirada Visionaria no lo habían salvado de eso, fuera lo que fuera, el último día que se internó en el desierto. Pero su madre se expresaba de ellos con cariño, así que hice todo lo posible por controlar mis emociones; de lo contrario, se habrían desbocado en la expresión de mi rostro.

—Cazó su primer león en su verano dieciséis —dijo—. La bestia había estado robando ovejas de una aldea cercana a la ciudad y la gente estaba preocupada porque pronto desarrollaría un gusto por los niños. Mi esposo prohibió a Lo-Melkhiin ir tras ella, pero de todas maneras le ordenó a sus guardias que lo sacaran y tres días después volvió con una piel fina.

"Después de eso, fue como si las bestias quisieran provocarlo —dijo—. Aunque supongo que no tenían más estrategias que nosotros y fueron forzadas a encontrar la presa fácil de las ovejas. Y cada vez que salía a cabalgar, volvía a casa con una piel. Yo las amaba mucho. Eran suaves y su olor evocaba salvajismo. Para entonces yo me estaba debilitando, quebrando bajo el sol, y las pieles que mi hijo me traía eran una de las pocas alegrías que yo aún tenía.

Cardó sus dedos a través de los cabellos de su peluca conforme conversábamos, sonriendo al recordar.

—Y más tarde partió para ir a buscar una última piel —la sonrisa se desvaneció de su rostro—. Y tú ya sabes lo que sucedió después de eso.

Estábamos sentadas, escuchando el correr del agua en la fuente; el sol trepó hasta colocarse por encima de nosotras.

—Mi señora madre —dije pausadamente, sin detenerme a pensar en lo extraño que resultaba llamarla de la misma forma en que me dirigía a la madre de mi hermana—, ¿por qué me dice todo esto?

—Me placería que conocieras bien a tu marido —dijo—. No es justo que pienses que sólo es un monstruo. Los hombres de la corte te dirán que ha hecho mucho bien para nosotros, y que tu muerte y la de las demás son el precio que debemos pagar. Yo deseaba decirte que él era bueno antes, y que su padre y yo añorábamos que se convirtiera en un mejor hombre. Él no es un hombre. Pero cada día que tú vivas, rezaré a los pequeños dioses de mi hogar para que vuelva a ser ese hombre alguna vez.

Entonces se marchó. Permanecí sentada en el jardín hasta que los rayos del sol golpearon tan fuerte que me vi forzada a buscar el cobijo de la sombra. Aún no me importaba que Lo-Melkhiin una vez hubiera amado a su madre y a su pueblo. Derramaba sangre y mantenía la paz, pero sólo la paz era de notarse. Yo no me encontraba conforme con eso, aunque no quería que la muerte de otra joven pagara el precio a cambio. Los siete días que llevaba en el qasr habían fortalecido mi determinación para vivir siete días más, y luego más. Pero ahora poseía un mapa de las rutas de comercio, o al menos uno mejor que el que tenía antes de que la madre de Lo-Melkhiin me hablara acerca de su hijo. Quizás existía una debilidad, una falta en él que yo podía aprovechar.

Sin embargo también reflexionaba en lo que me había confiado al final, aquello que todas las historias confirmaban: él ya no era un hombre.

nueve

Esa tarde no asistí al salón de tejido. En cambio, atravesé los jardines para admirar las grandiosas estatuas que los artistas de Lo-Melkhiin habían creado. Cuando vi de nuevo la estatua de su madre, erguida y fuerte sobre los lomos del par de leones, me detuve. El primer día que vi la estatua pensé que era impresionante y hermosa. Ahora, después de conocer a la mujer en carne y hueso, ya no estaba tan segura. La estatua parecía más dura, y no porque estuviera hecha de piedra. El rostro era más anguloso, la curva de la boca hacia abajo y los hombros más anchos de lo que eran en la vida real.

Y lo peor eran los ojos.

Había visto lo mismo en las demás estatuas en los jardines del qasr. No parecía importar si eran hombres, mujeres o animales. Todas estaban talladas en una belleza incómoda que ninguna criatura viva podría reproducir. Y todas poseían ojos que no estaban del todo bien, con la vista fija en el canto externo, como si esperaran encontrar horrores tácitos ahí. Mirar cualquiera por demasiado tiempo era cortejar la locura.

—¿Le gusta? —dijo una voz detrás de mí. Me di la vuelta y vi al guardia que me había ofrecido sal en el desierto. No vestía su uniforme, la armadura de piel que desviaba las espadas y las flechas, y seguro era mortal usarla bajo al sol, pero portaba pantalones de lino y una túnica con un cinturón. La caja de madera tallada colgaba de él, junto a su cuchillo para comer.

—Me resulta impresionante —le dije—. Pero después de conocer a la persona, no creo que me guste.

—A mí tampoco me place —confesó él y se acercó a mí—. Y me siento con derecho a decirlo, ya que fui yo quien la talló.

Me quedé sin palabras. Nunca antes había conocido a un tallador de piedra, mucho menos a uno tan famoso como Firh Tocado por la Piedra.

—Mi señor, lo lamento —dije—, no fue mi intención ofenderlo.

—No soy señor —respondió—, y hablo con la verdad cuando digo que no me gusta. No me agradan muchas de las estatuas que he hecho para Lo-Melkhiin, aunque para mí es un gran honor exhibirlas en lugares tan refinados como sus propios jardines.

—Creí que eras un miembro de la guardia —dije. Por primera vez en la vida deseé tener el don de mi hermana con las palabras. Yo era capaz de narrar bien las historias, pero no estaba dotada para fabularlas.

—Lo soy —dijo—. Vine aquí para servir al padre de Lo-Melkhiin justo antes de que muriera, y después permanecí para servir a Lo-Melkhiin.

—Entonces, ¿tallar esculturas es una distracción para ti? —pregunté. Mi madre no aprobaba el ocio, y debido a que mis hermanos no se rebajarían para tejer, muchos de ellos tallaban herramientas con huesos por las noches, cuando se reunían alrededor de la fogata.

—Una vez lo fue —dijo—. Podía fabricar varas para flechas o estacas para las carpas. No hacía nada más fino que eso. Mantenía mis manos ocupadas durante las largas guardias en que las noches eran frías.

Observé la estatua. Pensé que había sido un largo camino desde las flechas y las estacas junto al fuego nocturno hasta tallar la roca al centro de los jardines de Lo-Melkhiin.

—¿Qué te provocó comenzar a tallar la piedra? —pregunté.

Su semblante se ensombreció.

—Cabalgué con Lo-Melkhiin para traer a una novia —dijo. Había olvidado con quién hablaba, y vislumbré el momento en que recordaba; sacudió la cabeza al mirarme.

—Está bien —dije—. Por favor, continúa.

—Muy bien —dijo—. En aquellas cabalgatas éramos pocos y Lo-Melkhiin tomaba su turno para hacer guardia y ensillar al caballo, como si él mismo fuera un guardia común. Nos hablaba y nosotros a él, y me observaba tallar. Dijo que yo tenía buenas manos para la piedra, si es que deseaba hacerlo; al volver, encontré un gigantesco bloque de piedra que había sido partido en cuatro partes para mí.

"Lo ignoré durante algún tiempo. Seis esposas, me parece. O quizás ocho. Mis disculpas, mi señora, pero a veces no me gusta llevar la cuenta.

No podía culpar a los habitantes del qasr. Las esposas de Lo-Melkhiin se contaban en cientos, y algunas apenas habían sobrevivido lo suficiente como para dejar una huella en el modo de vida del qasr. Era demasiado esperar que estuvieran de luto.

—Cada vez que cabalgábamos, Lo-Melkhiin me observaba tallar y me decía que tenía manos para la piedra. Y cada vez yo no escuchaba —dijo—. Entonces una noche soñé, más vívidamente que nunca, con una estatua que estaba atrapada en un enorme bloque: la estatua de la madre de Lo-Melkhiin, de pie sobre un par de leones.

"Cuando desperté, mis herramientas ya estaban en mis manos, y estaba casi sobre mis pies antes de pensar siquiera en levantarme. Nunca antes había tallado piedra, y la estatua que había visto en mi sueño era bellísima. Sabía que era ridículo pensar que podría hacer algo de semejante calidad en mi primer intento. Incluso las varas para flechas requieren práctica.

"No me detuve para comer ni beber, ni siquiera cuando el sol estaba postrado en lo alto del lugar donde trabajaba. Mis manos se agrietaron y sangraron; mi garganta gritaba por agua, pero no me detuve. Me cociné bajo el sol, y no me importó. Sólo podía pensar en la estatua, aquélla que liberaría de la piedra."

Si uno separa el carnero de las ovejas cuando están en calor, él se volverá loco intentando atraparlas. No importa cómo lo ates. Si puede olerlas, romperá todos sus huesos, y los tuyos, en su intento por llegar a ellas. Me parecía que la locura que había poseído al escultor era algo parecido.

—Finalmente, estaba terminada. Salí de mi trance y Lo-Melkhiin se encontraba ahí. Creo que me había estado observando por algún tiempo, aunque yo estaba inmerso en el trabajo y no percibí cuando llegó —dijo—. La miró, de arriba abajo, y declaró que era perfecta. Me agradeció por haber hecho un trabajo tan maravilloso en nombre de su madre y me llamó Firh Tocado por la Piedra, porque cuando la piedra y yo trabajamos juntos, forjamos belleza. Me preguntó qué beneficio yo deseaba de su parte y le dije que me sentía feliz siendo guardia. Yo no amo la piedra, sino la arena y el cielo. Y no deseaba abandonarlos

—¿Y las otras estatuas? —pregunté—. ¿Qué hay con ellas?

—Aquéllas las tallé en trances de locura —dijo—. A veces Lo-Melkhiin cabalga conmigo y luego me da piedra. Y siempre la tallo, aunque no me agrade hacerlo, y los resultados me acosan en todos los jardines de este lugar.

Observé sus manos. Eran de color café oscuro, curtidas por el sol y el viento, con callos por las riendas de su caballo y el asta de la lanza que llevaba cuando era su turno caminar por la muralla. No observé cortes o daños. Habían pasado siete días desde que había llegado a ese lugar, y eso no habría sido tiempo suficiente para que sanaran si la locura de tallar se hubiera apoderado de él.

—¿No tallaste nada cuando yo llegué? —pregunté.

Una sonrisa se dibujó en su rostro, en verdad sonrió por primera vez desde que comenzó a hablar conmigo.

—Tallé varas para flechas, mi señora —dijo—, es la tradición del padre del padre de mi padre. No las intercambio por oro y rebaños, como él lo hacía. En cambio, las uso para librarme de tareas en las barracas que prefiero no realizar. Entonces tengo tiempo libre para venir aquí, al jardín.

—Estoy sorprendida —dije—. Pensaría, por lo que has dicho, que preferirías estar lo más lejos posible de tus estatuas.

—Está en lo cierto, señora bendita —respondió—. Pero las flores son adorables, a pesar de la piedra, y las fuentes aún me maravillan tanto como el día en que llegué aquí. Por aquellas dos hermosuras ignoro el desagrado que me causan las estatuas y sus ojos. Parece que nunca podré arreglar sus ojos.

—Las fuentes son magníficas —coincidí, pero de pronto me sentí incómoda.

Al parecer, los hombres siempre pasaban por alto las cosas desagradables en favor de aquellas que marchaban bien. Los ojos de las estatuas, por los sonidos melodiosos de la fuente. La muerte de sus hijas, por la recompensa de sus ventas. Este qasr encerraba una gran belleza, pero también contenía una enorme fealdad y temor. Yo no sería como esos hombres que volteaban la mirada de una cosa para ver la otra. Yo recordaría el costo de esto. Ya sea que lo supiera o no, las manos del escultor se movían sobre los cuerpos de los leones, como si los estuviera tallando una vez más. Yo no dudaba que de haber tenido sus herramientas, habría encontrado una nueva roca para perfilar en ella una espantosa muestra de vida. Aun así, no podía odiarle. Me había dado sal en el desierto y había posado sus ojos en los míos mientras que los otros guardias evitaban mirarme. Era posible que él, quien había venido a servir a un hombre a quien amaba, fuera un prisionero tanto como lo era yo, aunque él era retenido por promesas muy distintas de las mías. Yo no podía ser salvada de la muerte que me esperaba entre estas paredes de piedra, pero él podía encontrar su libertad en la arena y el cielo. Observé que estaba absorto en la música silenciosa y de patrones eternamente cambiantes del agua cayendo.

—Que tus manos encuentren aquello que amas —murmuré, demasiado suave como para que mis pequeños dioses lo escucharan—, que tu trabajo no te atemorice sino que te brinde gozo y le lleve alegría a los demás. Que talles para ti mismo y no para Lo-Melkhiin.

Lo dejé ahí, con las manos sobre los flancos de los leones que le disgustaban y sus ojos mirando el agua caer. Conforme me acerqué al arco del jardín, escuché un crujido en los matorrales y supe que una de las criadas nos había observado mientras conversábamos. Probablemente mi matrimonio era poco convencional, y hasta ahora no consumado, pero parecía que al menos mis acompañantes me prestaban atención. No me dejarían con otro hombre sin un chaperón, ni siquiera con uno tan respetado como Firh Tocado por la Piedra.

Lo-Melkhiin le había otorgado ese nombre, eso afirmó él.

Me pregunté cuál habría sido su nombre antes, si es que tenía uno, o si el sol lo habría evaporado de su mente el día en que talló a la madre de Lo-Melkhiin.

diez

En la décima mañana, cuando desperté a solas en mi cómoda alcoba y no estaba muerta no me sorprendí. Un escalofrío corrió por mi sangre y las paredes se cernieron sobre mí. Había visto el inusitado poder menguar y crecer entre las manos de Lo-Melkhiin y las mías. Tenía la sospecha de que mi muerte inevitable no sería el resultado del veneno, ni de una espada o de sus dedos aplastando mi tráquea. Algo estaba sucediendo aquí, algo que yo no comprendía; algún malvado pequeño dios de la familia de Lo-Melkhiin, o quizás el demonio de las historias, jugaba con nuestros dedos entrelazados. Ése sería mi final. No podía rezar al pequeño dios que mi hermana había hecho de mí. Las palabras se atoraban en mi garganta. Pero podía rezar, como siempre lo había hecho, a los restos del padre del padre de nuestro padre, aunque estuvieran muy lejos.

Respiré profundo, como mi madre me había enseñado, y dibujé en mi mente la imagen del cielo azul cristalino y la arena marrón en calma. Antes, cuando mi hermana y yo hacíamos esto, nos tomábamos de la mano y nos pellizcábamos la una a la otra para evitar soltar risitas. De ninguna manera carecíamos de piedad, pero éramos niñas, y los niños encuentran la risa donde quiera que puedan. Mi madre fruncía el ceño, pero la madre de mi hermana sonreía con nosotras.

—Los pequeños dioses escuchan tantas cosas tristes, tantos anhelos sin esperanza —decía—. Permítanles escuchar la risa por una vez.

Ahora no me reí y las nubes se agitaban a través del desierto en mi mente. En vano intenté llamar al cielo azul para enfocarlo, pero no vino a mí, y la arena suave estaba agujerada en tantos lugares por rocas filosas, y los arbustos con espinas tan largas que parecía que perforarían el corazón de un cordero si la pobre criatura se tropezaba con ellos. Abrí los ojos y lamenté mi fracaso. Tal vez en realidad estaba demasiado lejos de los lugares donde yacían mis muertos para ofrecerles mis plegarias.

En la parte superior del baúl de madera que estaba en la esquina de mi alcoba yacía doblado el dishdashah que mi hermana y yo habíamos confeccionado, aquél que alguien me había traído cuando deseé tenerlo. Me levanté y crucé la alcoba para ir por él, con los pies descalzos ya acostumbrados a los pisos de mármol desprovistos de alfombras.

Esta vez no evoqué el desierto. En vez de ello, vi las manos de mi hermana mientras bordábamos la fina tela. Escuché su voz susurrándome al oído. Y había algo más, algo más profundo en la visión. Solté la concentración en mi respiración y me dejé llevar.

Era un sonido regular, rítmico y reconfortante. Era el telar en que había sido manufacturada la tela. Yo no sabía quién la había hecho —nuestro padre la había traído consigo cuando volvió con la caravana—, pero podía sentir sus manos en la lanzadera del telar, la forma en que sus manos elegían las cuerdas de la urdimbre para hacer un patrón en la trama. La tela de mi dishdashah había sido del púrpura más intenso, una marca de la riqueza de nuestro padre. Esta vez el tejido era del anaranjado más brillante, con hilo fino de oro añadido como un acento decorativo más o menos cada media palma. Aunque el color era menos exquisito, gracias al patrón y al peso de la tela era invaluable. Esta pieza vestiría a una reina.

Sentí la fuerza del tejido y lo llamé hacia mí. Observé el fuego anaranjado correr de la tela hasta mis manos, y aunque el color no se desprendió, me sentí más fuerte, más en calma. Pensé que ahora sí podría llamar al cielo azul del desierto, pero me di cuenta de que ya no lo necesitaba.

Cuando abrí los ojos, una joven criada estaba arrodillada al pie de mi lecho. No la había visto antes y deseé que hubiera alguna consistencia en las mujeres que acudían a mis aposentos. No me había interrumpido y yo estaba contenta por eso. Tenía los ojos muy abiertos, pero no sabía el motivo hasta que miré mis manos, aún sosteniendo el dishdashah. Su color era pálido a la luz de mi alcoba, pero innegable: el brillo cobrizo que envolvía mis manos y la seda púrpura oscuro. Alarmada, abrí los dedos y el dishdashah cayó, llevándose esa extraña luz con él.

—Señora bendita —suspiró la joven, y pensé que haría una genuflexión frente a mí. Al menos no voló por los aires.

—No prestes atención a eso —dije—. Los pequeños dioses muestran cómo nos favorecen de formas que no siempre podemos comprender.

—Sí, señora bendita —dijo, pero era claro que, al igual que yo, no pensaba que la luz proviniera de un pequeño dios. Inhaló y se puso de pie—. Mi señor ofrecerá un gran festín esta noche —dijo, como si nada hubiera pasado—. Hay una lluvia de estrellas y ha llamado a los Escépticos y a los

Sacerdotes para debatir el asunto. Él la invita a asistir; de lo contrario, no la verá.

Me pregunté si eso significaba que esa noche estaría a salvo. Si no asistía, Lo-Melkhiin no me vería y no podría matarme. Si asistía, seguramente no me mataría frente a todos. Sentí ese escalofrío una vez más, como cuando desperté, pero era menor debido al fuego cobrizo que había llamado para mí. Lo-Melkhiin no me mataría con sus propias manos, estaba segura de ello. Un poder extraño residía en él, incluso residía un poder extraño en mí también, y no aprendería acerca de él escondida en mi alcoba o con las mujeres mientras tejían.

—Asistiré —dije, y ella me sonrió.

Entonces me ayudó a vestirme con una túnica ligera para la mañana, ya que pronto comenzaría a prepararme para lo que vendría. Rompí mi ayuno con pan y aceite y luego fui conducida al cuarto de baño. Las preparaciones eran aún más elaboradas que las de mi noche de bodas, presumiblemente porque esta ocasión implicaba un peinado más elaborado para esa noche. Me senté durante horas mientras me exfoliaban, me frotaban con piedra pómez, me decoraban con henna, me trenzaban y rizaban el cabello. El agua estaba caliente y podría haberme dejado llevar por el trance del tejido o incluso llamar al desierto de cielo azul, pero me preocupaba que, si lo intentaba, la extraña luz reapareciera. No deseaba sobresaltar a mis acompañantes. Entonces permanecí sentada y escuché su conversación.

—El año pasado, mi señor llamó a los Escépticos —dijo la maestra de la henna, las manos oscuras dibujando patrones en mi piel—. Los Sacerdotes estaban molestos, pero por supuesto no podían decir nada al respecto.

—Los Escépticos dijeron que las estrellas no son pequeños dioses, sino rocas y fuego —dijo la joven encargada de elegir las sales de baño.

—¿Entonces quién enciende el fuego lo bastante caliente para quemar una roca? —dijo la maestra de la henna—. ¿Y cómo permanece en llamas en el cielo sin que nadie se ocupe de él?

—Estoy segura de que los Escépticos tienen una respuesta —dijo la joven.

—Por supuesto que la tienen —la maestra de la henna terminó con mis brazos y comenzó a peinar la tintura en mis cabellos; lo hacía por el aroma, no por el color—. Pero al escuchar sus respuestas y las de los Sacerdotes, podemos ver una imagen más clara del cielo.

Continuaron discutiendo mientras trabajaban en mi cabello, y yo me replegué en mis pensamientos a pesar de mi determinación de hacer lo contrario. En las carpas de mi padre no había Escépticos. Éstos sólo vivían en la ciudad y en algunas aldeas más grandes. A diferencia de los Sacerdotes, que pueden trabajar a solas, los Escépticos requieren de la compañía de sus compañeros para debatir grandes preguntas que se han planteado a sí mismos. Las aldeas pequeñas y los campamentos pueden designar a gente para cuidar los restos de los muertos y los altares de los pequeños dioses, pero no siempre pueden servirse de un hombre para que no haga nada más que pensar, sin importar cuán grandiosos sean sus pensamientos. Yo nunca había conocido a un Escéptico; esta noche lo haría.

No estaba familiarizada con la forma en que me correspondía actuar por mi rango. Mientras que los sirvientes eran deferentes conmigo y Firh Tocado por la Piedra había sido respetuoso, no estaba segura de si podía dar órdenes. Si conversaba con un Escéptico, quizá me desdeñaría por ser una simple joven nacida en una carpa que vino a morir a manos de Lo-Melkhiin como todas aquéllas que me habían precedido. Quizás el hecho de que hubiera sobrevivido hasta ahora le parecería lo bastante interesante para entablar la conversación que necesitaba. Deseaba preguntarle acerca del poder de los pequeños dioses, si alguien sabía cuán lejos llegaba su poder. Yo ya conocía la respuesta de los Sacerdotes, porque me la había transmitido mi madre, pero ahora anhelaba otra opinión.

Cuando mi cabello estuvo peinado de forma satisfactoria, las mujeres me trajeron fruta para comer y descansé un poco antes de los pasos finales de mi decoración. Aprendí cómo sentarme con las trenzas enrolladas en la cabeza y cómo sostener una copa sin arruinar los tatuajes de mis dedos y muñecas. La maestra de la henna me observaba de cerca y luego asintió en un gesto de aprobación.

—Esta noche no se preocupe demasiado por los modales de la corte, señora bendita —dijo, en voz baja y cerca de mi oído—. Sólo alumbrarán las antorchas y al comer todos estarán de pie. Con suerte, todas las miradas estarán dirigidas a las estrellas.

—Con suerte —dije y sonreí. Ella sonrió de vuelta, al principio vacilante, pero cuando comprendió que yo no temía ostentó una sonrisa verdadera.

Finalmente cayó la noche y el cielo se oscureció. Era momento de vestirme para la cena. La mujer encargada de la vestimenta cortó el atuendo que tenía puesto, ya que no podían sacarlo por encima de la cabeza. Trajeron uno nuevo para la ocasión.

—Es un dishdashah para estar de pie —dijo la mujer de la vestimenta. No debe sentarse a menos que una de sus propias acompañantes esté cerca para ayudarle a pararse de nuevo. No se caerá mientras esté de pie, pero si se inclina se soltarán las ataduras y no se sostendrán cuando vuelva a moverse. Me mostraron la prenda. No podía ocultar la sorpresa de mi rostro. La luz que arrojaban las lámparas de aceite titilaba, pero brillaba con más intensidad que las velas de sebo que usábamos en las carpas. No era turbia ni tenue, porque los mosaicos en los cuartos de baño reflejaban la luz vertida por las lámparas y la magnificaban, así era tan reluciente como lo había sido durante el día. No había equivocación alguna en lo que veía, aunque parpadee varias veces para asegurarme de que no me había extraviado en una visión.

La tela era anaranjada como el fuego y tejida con hilo de oro: al igual que los mosaicos, refulgía a la luz de la lámpara. La seda gruesa susurraba conforme la mujer de la vestimenta la envolvía a mi alrededor, deteniéndome de vez en cuando mientras sus asistentes mantenían la tela en su lugar. Incluso el patrón en el mantón concordaba con la visión que había tenido.

—Fue hilado especialmente para contrastar con el color de su piel, señora bendita —dijo la mujer de la vestimenta. Era evidente que había confundido el motivo de mi asombro—. Aun así, no sabíamos nada acerca del hilo de oro. Eso fue una sorpresa para todas nosotras.

—Es verdad —dije con cautela, recorriendo un dedo a lo largo de la tela. Se formaron ondas sobre ella, variaciones de color se extendían en la parte superior como nubes dispersas en un caluroso día de verano, pero mucho más luminosas a la vista.

—Incluso relucirá en la oscuridad —dijo la maestra de la henna—. Después de todo, quizás algunas miradas se apartarán de las estrellas.

Me mantuve de pie en silencio mientras terminaban. Su excitación por el dishdashah aquietaba su temor de que yo fuera a morir esa noche. Yo ya no sentía miedo tampoco, pero un nuevo temor crecía en su lugar. Aún deseaba conversar con un Escéptico, pero ahora debería ser más cuidadosa acerca de lo que dijera. Nunca había sabido de una persona que soñara con el futuro mientras aún vivía. A veces un pequeño dios otorgaba su guía, pero siempre era algo vago. Mi visión había sido impresionantemente específica. Cerré los ojos y una vez más evoqué ese cielo azul del desierto, como lo había hecho tantas veces antes de llegar a este lugar. La imagen llegó en cuanto la evoqué, pero esta vez era diferente que antes.

El cielo aún era de un azul deslumbrante y la arena de un marrón suave, pero ya no estaba al natural. Observé, como nunca antes había visto, que el cielo estaba tejido, la arena era parte del patrón y las dos piezas estaban unidas en la costura a lo largo del horizonte lejano. Mi corazón se aceleró y al principio creí estar asustada, pero al abrir los ojos vi cómo me miraban las mujeres, como si en verdad fuera una reina, y supe que no era temor aquello que sentía, que se precipitaba con la sangre por mis venas.

iii

*L*o-Melkhiin la conocía bien, a aquélla, la primera. Sabía cómo era su apariencia. Su aroma. La forma de su sonrisa. La recordó por largo tiempo porque la amaba. Yo la recuerdo porque la robé.

Era más pequeña que Lo-Melkhiin y su rostro estuvo iluminado con alegría durante toda la ceremonia matrimonial y el banquete que se convidó después. La gente no sabía lo que sucedería, no en ese momento. No habían comenzado a sospechar. Lo único que sabían era que Lo-Melkhiin estaba feliz por casarse, al fin, y sus tierras se recuperaban lentamente del mal gobierno. Aún no comprendían que habría un precio. Lo-Melkhiin lo sabía, por supuesto, y gritaba encolerizado, pero no podía hacer nada para detenerme.

Cuando el alimento fue consumido y las canciones fueron cantadas, condujeron a Lo-Melkhiin y a su novia al lecho en una alcoba con sedas colgantes y anchas ventanas para permitir la entrada de la luz de la luna. Lo-Melkhiin estaba de pie en el espacio iluminado por la luna, y ella se acercó a él, su cabello oscuro sangraba su color bajo el resplandor plateado. El viento de la noche desértica era frío, pero sus labios sobre los de él eran tibios. Por un momento, Lo-Melkhiin fue vencido. Detuvo sus gritos sordos al sentir su caricia, entibiada por su beso. Cuando apreté con mis manos su cintura esbelta, él recordó y gritó de nuevo.

Fui torpe aquella noche. La luz fría hizo efecto demasiado rápido y ella estaba demasiado enamorada del hombre con quien creyó haberse casado. Me tomaría tiempo y varias esposas más para refinar mis métodos. Pienso que de haber podido controlarme a mí mismo mejor, ella habría sobrevivido hasta el día siguiente. Habría vivido para ver los próximos diez días. Yo aprendería en las noches por venir que el miedo ardía velozmente, pero el amor ardía con fuerza. Ambos eran útiles, lo cual era afortunado, ya que muy pronto nadie amaría a Lo-Melkhiin.

Nada que importara aquella noche. Tomé de ella lo que necesitaba y obligué a Lo-Melkhiin a observar mientras ella se marchitaba y languidecía entre mis manos. Su cabello oscuro se tornó gris, luego plateado y al fin blanco. Sus ojos perdieron su resplandor lleno de vida y se convirtieron en objetos inanimados dentro de su cráneo. Su piel se apretó contra sus huesos y luego se hundió cuando sus huesos se colapsaron. Mi única queja es que ella jamás profirió un grito, pero Lo-Melkhiin bramó lo suficiente por los dos.

Por la mañana, cuando las criadas despertaron a Lo-Melkhiin, lloraron de miedo y angustia ante la vista de ese bulto con el que compartía el lecho nupcial. Fingí angustia también, y lo hice tan bien que me creyeron. Ella fue enterrada y yo simulé estar de luto incluso cuando las tierras prosperaban. Pero un rey no puede permanecer sin estar casado, y pronto el consejo rogó a Lo-Melkhiin que dejara de lado su pena y contrajera matrimonio de nuevo. No fue preciso insistirle demasiado.

La segunda boda se llevó a cabo casi de la misma forma que aquéllas que siguieron. Sí existían rumores de que Lo-Melkhiin no debía casarse de nuevo, pero eran tan silenciosos como las pisadas de un perro salvaje cazando en el desierto. El tiempo pasó y las jóvenes murieron, y eventualmente murieron demasiadas y ni siquiera los Escépticos podían explicarlo. Pero la tierra prosperó y reinó la paz, y Lo-Melkhiin pidió casarse una vez más. Entonces los hombres del consejo decidieron el tipo de jóvenes que debían ser sacrificadas y la ley fue dictada.

No me importaban las leyes y las reglas del consejo de Lo-Melkhiin. Sólo era de mi interés la fuerza y el poder que yo tomaba de sus esposas cuando venían a su lecho, y el dolor que provocaba en el cuerpo que había tomado. Con el tiempo él se persuadió, su agonía disminuyó y se convirtió en un bulto opaco al que apenas podía yo provocar. Sin embargo, mi poder no menguó, y descubrí que aún podía incitarlo con la fragilidad de nuestras víctimas. Fue así que continuamos. Juntos.

once

Cuando la maestra de la henna y las demás terminaron conmigo, uno de los sirvientes vino y me llevó a un jardín en el que no había estado antes. Se encontraba en la base de la muralla del qasr y su entrada estaba escondida por una puerta labrada de tal forma que la hacía parecer parte de la pared. Yo la había visto y nunca descubrí lo que estaba camuflado ahí. La madre de Lo-Melkhiin me esperaba al lado de una estatua desgastada. No tenía los ojos perturbadores de las estatuas de los jardines del qasr, a los que me había acostumbrado. Por algún motivo, me hacía sentir más aliviada, aunque aún no tenía idea alguna de lo que me esperaba aquella noche.

La madre de Lo-Melkhiin se veía más pálida en la oscuridad y no portaba henna sobre la piel, como yo. Como siempre, su cabeza estaba coronada con su peluca hecha con la melena del león, el cabello color arena blanqueado bajo las estrellas, de la misma forma en que el desierto palidecía bajo el cielo nocturno. Su dishdashah era más oscuro que el mío, azul o tal vez púrpura, no podía decirlo con seguridad porque la iluminación era muy tenue. Estaba cortado y cosido de forma simple, sin bordar y sin hilos de oro como el que refulgía en el mío. Me pregunté si yo estaría vestida demasiado bien, pero cuando me vio tan sólo asintió y luego levantó una mano para arreglar uno de mis rizos que se había soltado mientras caminaba.

—La mujer que te peinó olvidó poner un broche —dijo. Sentí sus delgados dedos contra mi cuero cabelludo conforme anclaba el rizo al mismo broche con el que estaba detenido el rizo vecino. Jaló mi velo levemente hacia adelante para cubrir el desperfecto—. Debes asegurarte de mantener la cabeza erguida.

—Lo haré, señora madre —dije.

Asintió una vez más y entrelazó mi brazo con el suyo. Nos alejamos de la mirada confortable de la estatua hacia el portón de salida en la muralla del qasr. Me di cuenta de que ése era el motivo por el cual el jardín estaba escondido. El portón de salida también estaba camuflado en el exterior para que los enemigos ignoraran su ubicación exacta. Me pregunté si la madre de Lo-Melkhiin me lo mostraba ahora porque sabía que yo moriría. Incluso si sobrevivía, había pocas personas a quienes les podría confiar el secreto.

Las murallas del qasr eran tan anchas que el portón de salida era más un túnel que una puerta. La madre de Lo-Melkhiin no necesitó usar una lámpara en la oscuridad bajo las rocas, y fui tras ella porque no había nada más que pudiera hacer. No llegamos hasta el extremo de la salida, lo cual nos habría llevado fuera de las murallas del qasr, sino que volteamos a un lado. Para mi sorpresa, había una puerta y detrás de ella una escalera estrecha. Trepamos por ella hasta lo alto de la muralla y por primera vez en todos los días que llevaba ahí, respiré el aire frío de la noche libre de los perfumes del palacio.

—Acércate —dijo la madre de Lo-Melkhiin después de que llené mis pulmones tres veces.

Caminamos alrededor de la cumbre de la muralla. Abajo, a un lado, divisé los jardines que me eran familiares y la ciudad desconocida del otro. Los jardines estaban oscuros; incluso las lámparas habituales estaban apagadas esa noche para la fiesta con motivo de la lluvia de estrellas. La ciudad, que se alargaba hacia el desierto desde la seguridad de la muralla del qasr, estaba iluminada con cientos de pequeñas luces. Al parecer, Lo-Melkhiin no era un tirano o, al menos, no uno que exigiera que la ciudad estuviera a oscuras en su propio beneficio.

Intenté no mirar hacia el desierto y pensar en mi hermana. ¿Sabría ella que las estrellas caerían esta noche? Nunca antes había sucedido algo como eso en nuestra vida. Si era necesario un Escéptico para predecir la lluvia, entonces mi hermana no sabría nada al respecto. Yo desconocía si las artes sacerdotales de mi madre y de la madre de mi hermana eran lo bastante profundas como para presagiar un evento semejante. Estarían dormidos a lo largo de toda la lluvia, a menos que una estrella aterrizara junto a ellos y no tendrían idea de lo que era. ¿Acaso el vigía nocturno vería las estrellas caer y daría la alarma, sin saber lo que significaban?

A lo largo de todos los preparativos no había reflexionado demasiado sobre el acontecimiento. No sabía si las estrellas caerían en la arena. La madre de Lo-Melkhiin no tenía miedo, lo cual me dio valor, pero no me agradaba la idea de que algo que era parte del cielo de pronto dejara de serlo. Alejé mi temor. Decidí que si no me provocaba miedo el mayordomo del qasr, no temería nada más.

Despacio llegamos hasta un sitio amplio en el que varias rocas planas formaban un balcón que se alargaba desde una puerta decorada intrincadamente al borde de la muralla. Era del tamaño del espacio que había en medio de todas las carpas que nuestro padre poseía, el área común en la que todas las mujeres se sentaban para hilar y cardar y donde se encendían las fogatas nocturnas en las que se rostizaba la carne de oveja y se daba vida a las historias del crepúsculo. Pero aquí no había fuego. Y la gente que estaba parada alrededor era desconocida y sus atavíos eran formales.

La madre de Lo-Melkhiin posó su mano en mi brazo y me guio a través del balcón hasta llegar junto a la puerta. Estuvimos ahí paradas y esperamos conforme llegaban más personas. Había Sacerdotes en túnicas blancas y otros, creí que eran Escépticos, en túnicas de tonos diversos. Ahí estaba Firh Tocado por la Piedra, vestido con pantalones y una túnica con decoraciones que no podía distinguir por la escasa luz. Había otras personas, hombres de la corte de Lo-Melkhiin y sus esposas, todas ataviadas en finas telas, desperdiciadas al no haber antorchas y lámparas que las exhibieran. Sólo mi dishdashah, con su hilo dorado, mostraba su calidad. Nadie me miraba por demasiado tiempo, pero no podían evitar posar sus ojos en mí antes de que se deslizaran hacia la oscuridad.

En las carpas de nuestro padre no escaseaban las reuniones alegres. Celebrábamos el Día más Largo y la Noche más Larga, y aquellos dos días en que la oscuridad y la luz del cielo mantenían su equilibrio. Bailábamos por el nacimiento de las ovejas y por la esquila. Cuando nuestro padre y hermanos volvían de la caravana con bienes en lugar de lana cardada y estambre en ovillos les dábamos la bienvenida con fuego, canciones y comida. Mi madre y la madre de mi hermana danzaban por los muertos y por la lluvia, solas en las cuevas sagradas. Incluso después de la muerte del hermano de mi hermana cantamos por las alegrías de su vida y le enviamos buenos deseos donde quiera que sus restos estuvieran descansando.

El festín de Lo-Melkhiin no era como esas celebraciones, de ninguna manera.

Hacía frío y estaba oscuro, no sólo porque era de noche. En las carpas de nuestro padre, el día era para trabajar y la noche para las canciones y las historias, pero siempre contábamos con el calor del fuego y la luz de nuestras humildes lámparas. A lo largo de nuestro enrevesado paseo a través de la muralla, todas las luces en el qasr habían sido apagadas. El cielo no era tan luminoso como en el desierto porque las luces de la ciudad aún brillaban, pero era muy parecido.

De pronto hubo un revuelo y volteé hacia la puerta labrada. Ahí estaba Lo-Melkhiin, de pie, con un anciano detrás de él. Supe que era un Escéptico porque su túnica era oscura, su color había sido hurtado por la noche. Me pregunté si él sería quien había presagiado la lluvia de estrellas y si eso le había otorgado el honor de estar al lado del rey. Lo-Melkhiin nos miró a todos de la forma en que un pastor cuenta a sus ovejas antes de dirigirlas hacia otro pastizal. Sus ojos eran radiantes, aunque no había fuego en el cual se reflejaran, y pocos podían verlo a los ojos. Su madre fue quien lo miró por más tiempo y él le devolvió una sonrisa. Casi era gentil.

—Agradezco a todos ustedes por acompañarnos esta noche —dijo Lo-Melkhiin. Su voz era la de un hombre que le daba de beber a su propio caballo, pero yo no confiaba en ella—. Sé que ustedes se cansan durante el día para servirme a mí y a nuestro reino. Les agradezco que hayan pospuesto su tiempo de descanso para contemplar este milagro a mi lado.

Todos murmuraron que no era nada, que no había problema, por supuesto. No podían hacer nada más.

—Antes de que el cielo comience su espectáculo —continuó Lo-Melkhiin— escucharemos del Escéptico Sokath, Sus Ojos al Descubierto, ya que él ha ganado el derecho de hablar ante nosotros esta noche.

El Escéptico que se encontraba al lado de Lo-Melkhiin se inclinó ante él y después ante los otros Escépticos y Sacerdotes antes de caminar hacia el centro del balcón.

—¿Cómo es que obtuvo el derecho de hablar? —pregunté a la madre de Lo-Melkhiin en voz tan baja como pude. Era la voz que usaba para hablarle a mi hermana cuando no deseábamos que ninguna de las otras mujeres nos escuchara. La empleaba ahora porque no deseaba evidenciar mi ignorancia en este escenario tan grandioso.

—Echaron los dados —me dijo. Usaba la misma voz. Me pregunté de quién la habría aprendido—. De ese modo apaciguan a los dioses y también al azar.

El Escéptico se había colocado en una postura que reconocí. Era la forma en que nuestro padre se paraba cuando realizaba un casamiento en la aldea o cuando anunciaba la ruta de comercio de la temporada. Era la forma en que mis hermanos se paraban cuando lo imitaban y nos daban a mí y a mi hermana órdenes insignificantes que invariablemente desobedecíamos. Y noté que no era ésa la postura de Lo-Melkhiin. No precisaba de la mirada de nadie para ganar atención o respeto. Podía dominar ambas cosas y tampoco había nadie que pudiera negarse.

—Acérquense, acérquense —entonó el Escéptico. Por instinto me incliné hacia delante. Lo mismo hicieron los demás. Después Sokath, Sus Ojos al Descubierto me miró directamente—. Escucha y te confesaré los secretos de los cielos.

Si hubiera permanecido en las carpas de mi padre no habría aprendido secretos más allá de cómo llevar un hogar con mi hermana cuando nos desposaran. Los hombres con los que nos casáramos tendrían a sus propias madres, que vestirían sus ropas sacerdotales blancas, y ellas tendrían a sus propias discípulas que entrenar. Yo habría aprendido los secretos del grano y las ovejas, del hogar y el lecho, de la cocina y el telar, pero nada más. No había permanecido en las carpas de mi padre. Mi hermana aprendió los cánticos que su madre entonaba a los muertos y ahora yo aprendería los secretos de los cielos. Si moría no los portaría conmigo por mucho tiempo, pero los conocería. A Sokath, Sus Ojos al Descubierto, no parecía importarle que la joven a la que le hablaba quizá no tuviera tiempo suficiente para ponderar su lección. Le correspondí la mirada, aunque no estaba segura de si él se daba cuenta de hacia dónde se dirigían mis ojos en medio de la oscuridad y entre mi velo.

—Hay un vagabundo en el cielo —nos dijo Sokath, Sus Ojos al Descubierto, a todos, a mí—. Nos circunda de la misma forma en que nosotros rodeamos al sol, pero su travesía es bastante más larga que la nuestra. Conforme viaja reúne una caravana de estrellas en su estela y cuando pasa por encima de nuestra cabeza podemos ver la caravana en los cielos.

—¿Por cuánto tiempo viaja, venerable Escéptico? —preguntó Lo-Melkhiin.

—Por cada noche que se posa en nuestro cielo, estará lejos de nosotros durante diez años —dijo el Escéptico—. Y refulgirá en nuestro cielo por siete noches, comenzando ahora.

Entonces supe que en mi vida yo no vería regresar la caravana de estrellas. No me importaba cuántas noches más sobreviviera al matrimonio con Lo-Melkhiin. Si algún día tuviera un hijo, tampoco lo vería, a menos que viviera más que la mayoría de los que nacen en el desierto. Esa idea quizá me habría asustado antes, pero ahora comprendía los peligros del mundo con mayor claridad que cuando vivía en las carpas de mi padre. Podría morir esta noche o mañana; en cualquier caso, mi vida terminaría pronto.

—Mis señores y señoras —dijo Sokath, Sus Ojos al Descubierto—. Los invito a que miren hacia el cielo y observen las maravillas que cobran vida en él.

Comenzó despacio. Una chispa moviéndose en un cielo lleno de luces quietas formaba espirales azules y doradas, para después extinguirse en la oscuridad de la noche. No todos lo presenciamos, ya que se apagó muy rápido, pero pronto aparecieron abundantes luces ante las cuales nos maravillamos.

Deseé que mi hermana lo estuviera contemplando. Deseé que no temiera el espectáculo, sino que estuviera de pie sobre la arena mirando esta belleza con su corazón fuerte. Nuestro padre y mis hermanos ya debían estar en casa, observando con mi madre y la madre de mi hermana los cielos danzar por encima de ellos.

Y entonces olvidé las estrellas porque Lo-Melkhiin se movió de donde estaba y observé. Todos los demás, Sacerdotes y Escépticos, señores y señoras, tenían la mirada puesta en los cielos danzantes, pero yo lo vi a él. Caminó con sigilo a través del balcón, sus pies de cazador daban pasos tan ligeros como los de un león sobre la arena, y se detuvo a mi lado. Su madre nos miró, pero no dijo una palabra. Yo no podía ver su expresión ni la de él, y sentí cierta comodidad en el hecho de que mi velo escondiera mi rostro. Entonces colocó una mano sobre mi hombro y lo estrujó, apretando el tejido fino de mi vestido, y me llevó hacia la oscuridad que estaba más allá del alcance de las estrellas.

doce

Era una habitación pequeña, era lo único que podía deducir. La roca contra mi espalda era dura. Sentí una brisa que nos siguió hacia la puerta, pero ni las sedas ni los perfumes se removieron con ella. No era una habitación que se usara a menudo. Lo-Melkhiin se acercó a mí, su aliento era denso y olía a las especias de su cena. Una de sus manos estaba en mi cintura y el otro brazo estaba apoyado en mi esternón. Si lo deseaba, sólo tenía que moverlo hacia arriba y aplastaría mi garganta.

—Me alegra que nos hayas acompañado esta noche, esposa mía —dijo. Su voz no era amenazante, tan sólo desconsiderada y antipática. Un hombre que poseía cosas finas y no le importaba el trabajo que había implicado obtenerlas.

—No tenía muchas opciones —dije. Era seguro que no me mataría ahí, no con todos en el balcón. Me pregunté hasta dónde llegaría su aprobación de los asesinatos de Lo-Melkhiin. No, ambos volveríamos al balcón, después de que él obtuviera lo que deseaba. Lamenté que las amarras de mi vestido quizá no resistieran.

—¿Acaso tu hermana también está mirando los cielos esta noche? —preguntó, en un tono casi familiar. El brazo contra mi esternón no se había relajado. Al día siguiente tendría un cardenal. Estaba determinada a verlo—. ¿Crees que se encoge de miedo, pensando que el cielo caerá sobre ella?

—Mi gente conoce las costumbres de los Sacerdotes tanto como la gente de la ciudad —dije. Nuestro padre caminaba a través del desierto y mi hermana no era tonta ni tímida. Valía diez veces lo que valía Lo-Melkhiin—. Mi madre y mi hermana conocen los cánticos. Han sabido sobre esta noche tanto como tus Sacerdotes, aunque no hayan contado con un Escéptico que les narrara una linda historia al respecto antes de que comenzara.

—Supongo que una joven del desierto como tú es mejor que eso —dijo. Retrocedió, pero no se relajó. Si se alejaba de mí yo no lo seguiría—. Tu vestido es bellísimo. La tela tan sólo era anaranjada cuando la compré para ti. Sin embargo, te las arreglaste para añadir el oro.

No le respondí. No le diría que lo había tejido en mis sueños, si eso era lo que había sucedido. No me gustaba el repentino brillo en sus ojos, titilaba como lámpara expuesta a la brisa. Podría inflamarse y prender fuego a todo a su alrededor sin advertencia alguna.

—No es importante —continuó—. Tú y yo tenemos un ritual que desempeñar, el mismo de cada noche.

No había considerado que fuera un ritual hasta el momento en que él lo mencionó. No había palabras o canciones especiales. No encendíamos velas y estoy segura de que ninguno de los dos obteníamos paz alguna de ese momento. Aun así, cada día, cada noche, nos encontrábamos. No era un matrimonio como el que me habían enseñado, pero era algo y él me había dado el nombre para aquello.

—Mi hermana también está llevando a cabo rituales, son rituales apropiados, lejos de las murallas de la ciudad —dije, aunque no podía confesarle cómo lo había visto—. Se prepara para su casamiento y deja ofrendas para nuestros muertos.

Sabía que mi santuario florecía en el lugar donde dormían nuestros ancestros, pero no podía decirle a Lo-Melkhiin que me tenían semejante aprecio. Las otras jóvenes llevaban ofrendas, al igual que sus madres. En la privacidad de sus propias carpas tenían santuarios más pequeños, recuerdos personales de mí a los cuales les murmuraban sin la necesidad de entonar cánticos formales. Ahí me decían sus secretos, amores, esperanzas y sueños, y cuando yo fuera un pequeño dios podría responderles en susurros. Nuestro padre llevaría mi amuleto en la bolsa que colgaba de su cinturón, lo mismo que mis hermanos, cuando salieran de nuevo a comerciar. Los trozos del dishdashah púrpura volarían al desierto y ahí el sol les otorgaría fuerza.

En la frialdad de esa pequeña habitación de piedra sentí que el áspero viento del desierto le daba calor a mi rostro. Extendí mis manos hacia Lo-Melkhiin y él las tomó. Su rostro, apenas visible ahora que mis ojos se habían adaptado a la oscuridad, tenía la expresión de la victoria. Me pregunté si el mío también se vería así, porque yo sentí que había ganado algo, pero no comprendía cómo podríamos salir victoriosos los dos. No sabía cómo podía ganar.

Sus dedos abrazaron los míos y la extraña luz comenzó a moverse entre nosotros. Todas las veces anteriores habíamos hecho esto a la luz de la lámpara de mis aposentos. Ahora, en la oscuridad, no podía evitar notar que la luz fría no iluminaba la habitación. Era lo bastante brillante, pero no servía para ver nada. Nunca antes había visto que una luz se comportara de ese modo, como si fuera sólo la idea de luz pero no luz real. Cuando el fuego cobrizo salió de él hacia mí como respuesta, sucedió lo mismo: un fuego ardiente sin humo ni brillo ni calor, pero me hizo sentir que crecía algo en mí. Me soltó de forma abrupta y me tambaleé sobre mis pies. Extendió su brazo, una mofa del esposo perfecto, pero yo me apoyé sobre la pared y no lo tomé. Pronto sentí cada uno de los nudos que mantenían mi vestido en su lugar. Por fortuna no se habían movido. Al volver estaría decentemente cubierta. Lo-Melkhiin rio y se volvió hacia la puerta. Yo lo seguí hacia fuera porque no había nada más que pudiera hacer. Estaba mareada y sentía como si mi propia sangre estuviera cantando. No me percibía igual que como cuando estaba enferma. Rara vez tenía malestar cuando era niña, pero sabía cómo se experimentaba. No tenía la sensación de estar consumiéndome, aunque en ese momento yo era como un ciruelo y el viento extraía agua de mis huesos. Normalmente, cuando hacíamos esto yo estaba sentada y no debía caminar a ninguna parte.

—Madre —dijo Lo-Melkhiin una vez que regresamos al balcón. Ella apartó la mirada del cielo y volteó a ver a su hijo y a mí—, debo partir y hablar con mis consejeros. ¿Podrías atender a mi esposa? Temo que lo avanzado de la noche le ha robado algo de su vivacidad. ¿Quizás el jugo de frutas la restaure?

La luz de las estrellas parecía brillante en comparación con la oscuridad de la habitación de piedra. Pude ver en su mirada que la madre de Lo-Melkhiin no creía del todo en las palabras de su hijo, pero aun así llamó a una criada y tomó dos copas. Lo-Melkhiin nos dejó sin mirar atrás, lo que contradijo su preocupación inicial.

Bebí el jugo. No me fue difícil ser obediente y era cierto que me encontraba sedienta. Por algún motivo estaba fresco, más allá del frío que ofrecía el aire nocturno, y me hizo sentir más arraigada a la tierra. Sabía que aquello era fruta, aunque estuviera presentada de forma diferente que cuando mi hermana y yo compartíamos una granada en las carpas de mi padre. No era nada del otro mundo. La madre de Lo-Melkhiin no me preguntó qué había hecho con su hijo momentos antes. Quizá no deseaba saberlo. Aunque sentí que su mirada se posaba en los amarres de mi vestido, y cuando vio que estaban intactos frunció el ceño. Tal vez no apreciaba los misterios.

Observé a Lo-Melkhiin en vez de mirar el cielo. Iba de grupo en grupo, hablando con sus consejeros y escuchando a Sacerdotes y Escépticos, estrechando sus brazos como si fueran camaradas y no miembros de su corte. Cada vez que dejaba un grupo, el puñado de hombres rompía a hablar en susurros, saludándose unos a otros con la mano como si estuvieran entusiasmados por lo que les había dicho. De pronto sentí que estaba parada en uno de los jardines nocturnos y escuché el viento moverse a través de las hojas.

Firh Tocado por la Piedra se alejó de los demás, con la mirada fija en las estrellas. Cuando Lo-Melkhiin se detuvo a su lado, se sobresaltó, pero pronto se recuperó. Hablaron brevemente y luego Lo-Melkhiin posó su mano sobre el hombro del escultor. Observé, como no lo había visto cuando le hablaba a los demás, la chispa de luz que no era luz conforme brincaba de la mano de mi esposo al cuerpo de Firh. Y después Lo-Melkhiin continuó.

Me acerqué a donde estaba el escultor. La madre de Lo-Melkhiin no intentó detenerme, tampoco me siguió. Más que nada, yo deseaba contemplar el desierto, imaginar que si miraba en la dirección correcta vería las fogatas ardiendo alrededor de las carpas de mi padre. Imaginar que encontraría una forma de volver con mi hermana. Firh Tocado por la Piedra seguía parado ahí, y vi que sus manos estaban temblando antes de que envolviera sus dedos en las almenas que decoraban la parte superior de la muralla, y las sujetó con tanta fuerza que por un momento creí que las derrumbaría.

—¿Echa de menos las carpas de su padre, señora bendita? —me preguntó.

—Sí —respondí. No había esperado estar lejos el tiempo suficiente como para extrañarlos. Había pensado que moriría y que volvería al lugar en el que los restos del padre del padre de nuestro padre yacían en paz.

—Yo también extraño las mías —me dijo—. En especial las echo de menos en noches como ésta.

—El Escéptico dijo que no habían brillado luces como éstas desde que tú y yo hemos estado vivos —le recordé con gentileza.

—No —me dijo—. Me refiero a noches en las que nos reunimos como corte. Cuando...

Su voz se fue apagando, pero escuché el resto de su pensamiento como si hubiera pronunciado las palabras con claridad en mi oído. No le agradaban las noches en que Lo-Melkhiin acudía a él y posaba sus manos sobre su hombro.

—¿Ahora tendrás que esculpir? —pregunté.

—Eso creo —respondió—. Aún no se qué, pero sé que tallaré algo.

Posé mis manos sobre las suyas donde aún sujetaban la muralla. Durante un latido se iluminaron con fuego cobrizo, pero él no lo vio.

—Le pediré a las criadas que te traigan agua —dije.

Él quitó sus manos debajo de las mías, volteó a ver con nerviosismo si alguien nos había visto, pero nadie nos miraba.

—No me detendré a beberla, señora bendita —dijo.

—Entonces le pediré a un sirviente que te obligue a hacerlo —respondí—. Pero que no te lastime demasiado.

Firh Tocado por la Piedra rio. No era un sonido feliz. Yo sabía que lo lastimaría, bebiera o no.

—Lo siento —dije—. Es la única manera en la que creo que puedo ayudar.

—Comprendo, señora bendita —dijo. Se inclinó en una reverencia formal y yo volví a mi puesto al lado de la madre de Lo-Melkhiin hasta que finalmente fuimos despedidos para ir a nuestros aposentos.

A la mañana siguiente, la locura de la escultura poseyó a Firh Tocado por la Piedra, quien no debía ser interrumpido. A lo largo de todo el día estuvo de pie bajo el sol ardiente y talló con sus herramientas la piedra. Sin embargo, cada vez que una criada llegaba al patio con un cántaro a la cintura, él se acercaba y bebía. Bajo sus manos, la estatua cobraba forma. Los guardias vigilantes y los sirvientes aseguraban que devendría en un león, pero la maestra de la henna dijo que la forma del rostro no era correcta. Ella estaba en lo cierto: para el ocaso, una leona se erguía con orgullo en el patio.

Cuando Lo-Melkhiin me visitó esa noche, antes de volver a salir para contemplar la segunda noche de lluvia de estrellas, me miró por un largo rato antes de tomar mis manos. Esta vez no lo hizo en la forma en que un león acecha a una gacela, sino de la manera en que un carnero escudriña a las ovejas.

—Ordené que movieran la estatua de lugar —me dijo, una vez que se hubo disipado el fuego de nuestros dedos. No soltó mis manos—. No destruiré algo que tomó tanto trabajo ser creado, pero no es como las demás.

—¿En verdad? —dije. No fingía, mi interés era genuino.

—Sí —respondió—. Algo está mal con sus ojos.

Entonces partió y me dejó para soñar con la arena.

trece

Las siete noches de lluvia de estrellas habían terminado y yo aún continuaba con vida. Había permanecido casi tres semanas en el qasr de Lo-Melkhiin. Ahora, sólo unas cuantas personas evitaban mirarme a los ojos cuando me dirigía a ellos, aunque siempre desviaban la mirada. Aquello concordaba con mi estatus como su reina, así que no permitía que me molestara. Echaba de menos a mi hermana cada día, porque era mi hermana y porque aunque podía conversar con las mujeres en el salón de hilado o con cualquiera de los jardineros, ninguno de ellos era mi amigo. No había visto a Firh Tocado por la Piedra desde la noche del festín de la lluvia de estrellas. La joven que me trajo el té me informó que había sido enviado al exterior a una ronda de vigilancia. Tampoco encontré la leona que esculpió. Donde sea que Lo-Melkhiin la hubiera colocado, la había ocultado bien.

Por la mañana de mi día dieciocho desde que me alejaron de mi hermana y de las carpas de nuestro padre, fui a encontrar a Sokath, Sus Ojos al Descubierto. No lo había buscado durante la lluvia de estrellas. Todas las noches había estado en lo alto de las murallas, contemplando los cielos con los demás Escépticos y los Sacerdotes, debatiendo con ellos. Lo-

Melkhiin me había dicho esto por un motivo que yo no lograba precisar, pero nunca fui requerida para acompañarlos. Me agradaba muy poco que Lo-Melkhiin estuviera en mi alcoba, con las lámparas iluminando su rostro para mí. No me gustaba nada en la oscuridad.

Aproveché los días de la lluvia de estrellas para encontrar todos los jardines del qasr que pudiera. Cuando estaba en lo alto de las murallas con la madre de Lo-Melkhiin, había notado que la parte del qasr en la que vivía era, de hecho, muy pequeña y bastante aislada de las demás. No tenía seguridad de cuánto tiempo más viviría en este lugar, pero estaba decidida a aprender a moverme en él. Además, me sentía hastiada.

Nadie nunca intentó detener mis andanzas, por lo que la mañana que fui a buscar a Sokath, Sus Ojos al Descubierto, no esperé que alguien me lo impidiera. Encontré a las mismas criadas y sirvientes de siempre. Inclinaron la cabeza a mi paso y se replegaron a un lado de los corredores para abrirme el paso si estábamos en habitaciones cerradas al cruzarnos. Traté de evitarlo: me sentía incómoda al ver que se apartaban de mi camino, en especial si su trabajo implicaba una carga pesada, pero yo sabía que no se detendrían si se los pedía. Ahora me miraban porque creían que quizá sobreviviría. Y, por consiguiente, me trataban como a su reina. Si mi breve incomodidad era el precio que pagaba por estar viva, entonces lo pagaría. La soledad era más difícil de soportar, pero la sobrellevaba lo mejor que podía.

Caminé a través del jardín del agua, en el cual la estatua de la madre de Lo-Melkhiin se erguía con los pies sobre el lomo de los leones. Me interné en un pequeño pasillo que usaban las mujeres que traían el aceite para las lámparas de las bodegas que se encontraban detrás del qasr. Algo había logrado aprender al seguirlas con discreción y al escuchar sus conversaciones. Estaban aquéllas que entraban a la mayoría de las alcobas y jardines del qasr, llenando lámparas con aceite y despuntando pabilos cada día, de manera que cuando cayera la noche de nuevo las lámparas estarían préstas para frenar la oscuridad. No era distinto a seguir a nuestras cabras cuando mi hermana y yo las cuidábamos; no siempre sabíamos dónde estaría el pastizal, pero las cabras sí y nos conducían a él, y también a las ovejas, que eran mucho menos sabias.

Me sentía conforme con ser una oveja por ahora, siguiendo a las mujeres de las lámparas cuando estaban demasiado ocupadas en sus tareas como para notar mi presencia, y luego pretender estar absortas frente a algún tapiz o a una escultura de vid si es que me divisaban. De esta forma conocí las alcobas más cercanas a la mía, y al escucharlas conversar aprendí el tipo de personas que podían estar en distintos lugares a ciertas horas todos los días.

Las mujeres de las lámparas decían que las mañanas eran el mejor momento para cambiar el aceite en los salones de estudio de los Escépticos. Cada día salían a admirar el alba y romper su ayuno, y a menudo no volvían al interior por varias horas, en especial si discutían sobre algo que creyeran importante. Se reían cuando decían esto último. Los Escépticos eran útiles: nos habían legado el reloj de agua y el medio para poner palabras en pergamino, pero a veces divagaban la espesura de su propia invención y, al igual que nuestro carnero, intentaban forzar su salida en vez de volver por donde habían llegado.

Yo sabía que los Escépticos estarían en la parte este de la muralla. No era la más alta, pero era lo bastante elevada para divisar la salida del sol, y ahí había un pequeño balcón. No era tan grande como aquél en el que habíamos presenciado las estrellas, pero sí lo suficientemente amplio para reunirse a observar el sol, y había una cubierta para que éste no cocinara sus pensamientos antes de que terminaran de formularlos. Sokath, Sus Ojos al Descubierto, no siempre los acompañaba. Estaba harto de su balbuceo, decían las mujeres de las lámparas, y deseaba que sus propios pensamientos estuvieran en paz antes de que comenzara el día. Iba solo al lado sur de las murallas, donde el paisaje no era tan hermoso, pero el silencio estaba asegurado.

Subí por las escaleras tan silenciosa como pude, deseando no perturbar sus pensamientos. Me resultaba fácil hablar con mi madre y la madre de mi hermana, incluso cuando vestían sus ropas sacerdotales blancas. Nunca había tenido oportunidad de hablar con un Sacerdote, mucho menos con un Escéptico, y me sentía un poco como cuando me dirigía a nuestro padre. Inhalé profundo antes de salir hacia el estrecho pasaje en lo alto de la muralla y luego me detuve detrás de él, respirando con suavidad mientras el sol aclaraba el horizonte por completo y comenzaba su diaria travesía a través del cielo.

—¿Sabes? —me dijo Sokath, Sus Ojos al Descubierto, después de unos momentos—. Pienso que el mundo es redondo. Y creo que estamos cerca de uno de sus costados y no en lo alto.

Yo nunca había pensado sobre la forma del mundo. Por mucho tiempo había tenido la forma de las carpas de nuestro padre. La forma de los rebaños de nuestro padre. La forma de mi hermana.

—¿Por qué? —pregunté. No era mi intención incomodarlo con preguntas, pero me pareció que estaba invitada a hacerlo.

—He observado las sombras aquí por muchos años —dijo—.
¿Distingues lo altas que son?

Miré los adoquines a sus pies. Las sombras abarcaban dos
piedras completas que salían de la parte alta de la muralla,
pero había rasguños en la piedra más allá de eso, así como
varios que estaban más cercanos.

—Los veo —dije.

—No se mueven demasiado —dijo, y señaló—. Aquí en el
Día más Largo, y aquí en la Noche más Larga.

Por la posición de ambas marcas hubiera podido abarcar
la distancia entre ellas con las dos manos. No parecía demasiada distancia que recorrer, en especial para algo tan enorme
como el sol, y le compartí lo que pensaba.

—Si estuviéramos más cerca de la cima del mundo, el espacio entre ellas sería más grande —me dijo—. Es posible que en
la cima o en la base existan días en los que no aparezca el sol.

Contemplé las marcas en el suelo y pensé en las sombras
de animales en las paredes de la carpa de nuestro padre.

—¿Y si no lo supiera? —pregunté—. Me refiero, venerado
Escéptico, a que si tomas una bola y una lámpara, ¿podrías
no decirlo?

Entonces rio y me guiñó un ojo.

—Podría —dijo—, y lo he hecho. Nunca le digas a los demás Escépticos, ya que pensarán que es blasfemo. Preferirían
discutir al respecto por siempre.

—¿Entonces como lo sabrán? —pregunté.

—Lo saben —dijo—, más o menos. Pero al discutir preguntarán y responderán una docena de otras preguntas.

—Entonces supongo que merece la pena—dije. Con razón
se retiró a ese lugar para evitar los balbuceos. Yo preferiría
saber que hablar.

Entonces se dio la vuelta y se inclinó en reverencia, yo hice lo mismo, olvidando quién era yo para él en este lugar.

—Reina mía —dijo—. ¿Me has buscado por algún motivo?

—Sí —dije—. Tengo preguntas acerca de los pequeños dioses.

—Ésas son preguntas para los Sacerdotes —dijo.

—Quizá lo sean —dije—, pero pensé en preguntar primero a un Escéptico.

—Eso me intriga, al menos —dijo—. Ven, alejémonos del sol.

Descendimos por las escaleras y llegamos al jardín. Era un jardín de agua, como aquél cercano a mis aposentos. La fuente cantaba silenciosa en una esquina y las viñas crecían a los lados de las paredes. Había un dosel y dos almohadas debajo de él, así como una bandeja con aceites y pan. Quien fuera que me siguiera cuando dejaba mis aposentos había dispuesto suficiente comida para ambos para romper el ayuno, y como mi estómago retumbó cuando vi la bandeja, me sentí agradecida.

—Haré mi mejor esfuerzo para responder a tus preguntas —dijo Sokath, Sus Ojos al Descubierto—. A cambio, me agradaría escuchar una historia de tu aldea.

—Me parece justo —dije, y me pregunté qué historia le narraría—. No estoy segura de que tengamos ninguna sabiduría para ti.

—La sabiduría es el tema común entre los hombres jóvenes —dijo—. La buscan, pensando que es algo que encontrarán. Tú eres joven, y además mujer, y aun así lo bastante astuta para hallarme hoy aquí. Eso implica una sabiduría que pocos de mis propios estudiantes tienen.

Se sentó y tomó una aceituna del tazón. La colocó en su boca al momento en que me senté junto a él, y luego escupió la semilla hacia el jardín. No pude evitarlo y reí.

—No fue una distancia muy larga —dijo—. Cuando era joven habría podido atinar a la pared.

Levanté la vista y supe que estaba bromeando, pero había pasado mucho tiempo desde la última vez que alguien me había hablado con ligereza. Me sorprendí a mí misma: no había pasado tanto. Sólo el lapso desde que había arribado al qasr, y era tan breve que podía contar los días.

Tomé una aceituna y extraje la semilla con mi pulgar, como me habían enseñado. Sokath, Sus Ojos al Descubierto, pareció estar casi decepcionado, así que una vez que comí la aceituna coloqué la semilla en mi boca y la escupí tan fuerte como pude. Apenas llegó a la almohada, y él rio de nuevo.

—Si practicas aprenderás el truco —dijo—. La vida es demasiado corta como para extraer las semillas de las aceitunas con los dedos, cuando escupirlas es tan divertido.

Lo dijo de forma amigable, pero miré sus ojos y estaban tristes. Él tenía más años que nuestro padre, y yo tendría suerte de vivir un día más. Tomé otra aceituna, esta vez envuelta con pan. Casi se me atora en la garganta, pero me obligué a tragarla y después escupí la semilla. No llegó más lejos que la primera, pero sentí que había comprendido el motivo: tenía que ver con la posición de mi lengua.

—Ahora —dijo Sokath, Sus Ojos al Descubierto—. Expresa tus preguntas y veremos si podemos hallar las respuestas que buscas.

catorce

En el fuego de nuestro verano doce, antes de que fuéramos lo bastante expertas con nuestras agujas para hilvanar la tela púrpura, pero después de que abandonamos el pastoreo de los rebaños, mi madre y la madre de mi hermana nos contaron la historia del padre del padre de nuestro padre y cómo se convirtió en un pequeño dios. Antes ya habíamos escuchado versiones de la historia, cuando la cantaban alrededor de la hoguera o la susurraban a sus huesos cuando nuestro padre estaba de viaje en la caravana. Esta vez nos prometieron que nos confesarían la historia secreta. Mi padre la conocía, ya que era su derecho, pero mis hermanos no, y por supuesto ésa era la forma en que ellas nos sobornaban para permanecer sentadas en lugar de corretearnos en el desierto jugando, como hubiéramos preferido hacer.

El padre del padre de nuestro padre había nacido en un wadi distinto, uno más cercano a la ciudad que en el que vivíamos ahora. El camino del wadi a través del desierto no era recto como el vuelo del cuervo de arena, pero era una senda más segura. Los camellos podían tomar agua buena ahí y había suficiente hierba para que comieran. Un buen cazador podía encontrar presas cuando se acercaban a beber, y cuando los leones venían sólo lo hacían por la noche y lanzaban abundantes rugidos para anunciar su presencia. El padre del padre de nuestro padre no era un cazador, cabe decir, y aunque era un tirador bastante eficiente para mantener a las hienas y perros salvajes lejos de sus rebaños, no era tan bueno para obtener suficiente carne para todo el campamento. Aun así estaba conforme siendo pastor, y para cuando había cumplido veinte veranos ya era jefe de rebaños.

El trabajo del jefe de rebaños era escoger los animales que servían de alimento y aquéllos que eran adecuados para aparearse, y elegir el camino que seguirían los rebaños. Se decía que un hombre sabio seguía a sus cabras. Un tonto era guiado por sus ovejas. Pero un jefe elegía su propio camino, y eso era lo que hacía el padre del padre de nuestro padre. No tenía cerca a ningún Escéptico que le dijera cómo se movía el agua en relación con el sol, y ningún Sacerdote le informó a qué pequeños dioses pedir orientación ni qué ofrendas hacer para captar su atención. Solamente se tenía a sí mismo y al oficio que había aprendido a lo largo de sus veranos bajo el sol del desierto.

El wadi estaba lleno de gente. Muchas familias fincaban sus campamentos a lo largo de él y usaban el agua para regar pequeños sembradíos y beber. La aldea del padre del padre de nuestro padre era pequeña y sus rebaños sufrían porque no había bastante espacio para ellos en los pozos. También había varios mercaderes apiñados, que compraban y vendían los mismos bienes una y otra vez hasta que los precios se elevaron tanto que el padre del padre de nuestro padre no pudo pagarlos. Uno de los mercaderes que tenía los precios más caros también tenía un camello. Era una bestia madura que conocía bien el desierto. El mercader siempre dejaba al camello atado a un poste en medio de la plaza del mercado mientras iba a hablar con los demás hombres. Incluso cuando el sol estaba en el cenit, el camello se quedaba de pie pacientemente bajo el calor y esperaba a su amo.

Un día, cuando los otros se habían llevado a las ovejas y las cabras, el padre del padre de nuestro padre fue al mercado. Necesitaba adquirir leche de cabra porque ninguna de las suyas estaba dándola; una de las mujeres de la aldea había fallecido al dar a luz y no había nadie que alimentara a su pequeña bebé. El único mercader con una cabra lechera era el hombre que también poseía al camello, y cuando el padre del padre de nuestro padre se dio cuenta de eso sintió desesperanza; seguro no podría alcanzar el precio y entonces perdería a otro miembro de su aldea, aunque fuera una bebé tan pequeña.

Entonces el padre del padre de nuestro padre se acercó al camello, se paró a su lado bajo el sol ardiente y le dio un golpecito suave en el hocico.

—¿Dónde está tu amo? —preguntó al camello.

—Ha ido a las carpas en la ribera, donde está más fresco —dijo el camello.

Ahora, el padre del padre de nuestro padre estaba sorprendido. No había esperado que el camello le respondiera. Pero sabía que su sorpresa no era motivo para ser descortés, así que continuó hablando al camello como lo haría con los ancianos que jugaban backgammon a la sombra.

—Gracias, venerado anciano —dijo.

—¿Para qué buscas a mi amo? —preguntó el camello.

—Necesito una cabra lechera para una bebé en mi aldea —respondió el padre del padre de nuestro padre—. Y tu amo es el único en el wadi que posee una.

—Cómprame a mí en su lugar —dijo el camello—. Soy viejo y mi amo me venderá por menos que la cabra lechera.

—Pero tú no puedes alimentar a la niña —protestó el padre del padre de nuestro padre.

—Cómprame —dijo de nuevo el camello—. Cómprame y no te arrepentirás.

Ciertamente, el padre del padre de nuestro padre se sintió tonto por tomar el consejo de un camello. Después de todo, no siguió a las cabras, como lo harían los pastores de menor rango. Por otra parte, las cabras no hablaban como lo había hecho el camello. Así que suspiró y fue hacia las carpas junto al wadi. Regateó con el mercader, quien estaba sorprendido de que alguien le ofreciera algo por el camello, y acordaron un buen precio y un viejo camello.

Caminaron juntos por la ribera del wadi. El padre del padre de nuestro padre estaba triste. La bebé no había sido alimentada por casi un día, excepto con agua de avena, y las mujeres le aseguraban que no sería suficiente. Y ahora tan sólo poseía un camello viejo. Se sentía tan desalentado que no se percató de que el camello dejó de caminar hasta que se quedó sin cuerda y fue jalado hacia atrás.

—Amo —dijo el viejo camello—, debemos ir hacia el desierto.

—Camello —dijo el padre del padre de nuestro padre—, si nos internamos en el desierto moriremos.

—Amo —insistió el camello—, no moriremos.

El camello se alejó del wadi y jaló al padre del padre de nuestro padre con él. Aunque pudo haber golpeado al camello y obligarlo a darse la vuelta, no lo hizo. Después de todo, el camello hablaba. Debía tener un buen motivo.

Caminaron hacia el desierto juntos. El padre del padre de nuestro padre contó sus pasos, como le habían enseñado, para asegurarse de no caminar tan lejos que el agua que portaba dejara de ser suficiente. Cuando alcanzó el número de pasos que le indicaban que debía volver atrás, jaló con suavidad la cuerda del camello.

—Camello —dijo—, debo volver o nos quedaremos sin agua.

—Amo —dijo el camello—, mira hacia delante.

El padre del padre de nuestro padre miró y al borde de su vista apareció un paisaje familiar. Había una línea verde de poca altura, en la que se agrupaban arbustos de adelfa. Cuando se acercó supo que vería las flores rosadas. Aquéllas sólo crecían donde había agua. Sólo crecían donde había un wadi.

—¡Camello! —dijo el padre del padre de nuestro padre—. ¿Cómo supiste que esto se encontraba aquí?

—Soy un camello —respondió—. Podemos encontrar agua.

—¿Por qué me lo muestras a mí? —preguntó.

—Mi antiguo amo nunca me escuchó —dijo—, tú sí lo hiciste.

Caminaron juntos hacia el wadi. La mente del padre del padre de nuestro padre rebosaba de planes. Podían mudar a toda la aldea hasta ahí. Sí, estaba más lejos de las murallas de la ciudad, pero eso no importaba si tenían más espacio y más agua. Podían hacer crecer sus rebaños sin preocuparse de tener que luchar por su agua y alimento. De pronto recordó a la bebé y sintió dolor en el corazón. Sabía que debía pagar un precio, pero éste parecía exorbitante.

—Amo —dijo el camello—, mira otra vez.

El padre del padre de nuestro padre lo escuchó antes de divisarlo y reconoció el sonido. A la sombra de las adelfas había una cabra: yacía en el suelo y estaba a punto de parir sobre la arena fresca de la orilla del wadi. El padre del padre de nuestro padre se arrodilló junto a ella y observó que era salvaje y que no pertenecía al rebaño de nadie. La ayudó a dar a luz a sus bebés y luego la cargó en sus brazos. Colocó a la cabra sobre el cuello del camello y ella se recostó con tanta calma como si hubiera nacido para obedecerlo. Él mismo cargó a las crías a través del desierto hasta sus carpas.

Esa noche hubo un gran regocijo. El padre del padre de nuestro padre se había marchado al mercado en busca de una cabra lechera y volvió no sólo con eso, sino además con tres crías y un camello. Y mejor aún, les dijo sobre la existencia del segundo wadi. A la mañana siguiente, empacaron sus cosas y abandonaron ese lugar. Cruzaron la arena caliente y encontraron sombra bajo las adelfas para tender sus carpas. Pronto encontraron la cueva en la que enterrarían a sus muertos.

Como había deseado el padre del padre de nuestro padre, los rebaños florecieron en aquel sitio. Condujo a las caravanas a comerciar y fomentó la riqueza de la aldea. Cuando falleció, lo envolvieron en telas blancas finas y lo colocaron en la ladera, junto al lugar donde él había enterrado al viejo camello, y luego construyeron el santuario.

—Su padre y sus hermanos —nos dijo mi madre— le rezan al padre del padre de tu padre por la forma en que los rebaños se multiplicaron y por cómo aumentó el comercio. Nosotros le rezamos como ustedes lo hacen, pero no es el único motivo por el que lo hacemos.

—Éste es el secreto —nos dijo la madre de mi hermana. Sus ojos refulgían como lo hacían cuando vestía las ropas blancas sacerdotales y cantaba con mi madre ante las carpas de nuestro padre, aunque nosotros tan sólo estuviéramos sentadas hilando a la sombra de las adelfas—. Ésta es la parte de la historia que deben guardar cerca de su corazón, todos los días de su vida.

Mi hermana lo prometió, las palabras se derramaban de sus labios como aceite de un cántaro. Mi asombro ante la historia y por la promesa de algo que mis hermanos no tendrían era tan grande que tan sólo asentí.

—La bebé que vivió gracias a la leche de la cabra era la madre de la madre de mi madre —nos dijo mi madre—. Si hubiera muerto, yo no me habría casado con su padre, y ustedes, mis hijas, no habrían nacido.

—Yo no tendría a mi querida amiga —dijo la madre de mi hermana—. Y tú, hija mía, no tendrías a tu hermana.

Mi hermana y yo nos tomamos de las manos. Habíamos estado tan cerca de no tenernos la una a la otra y no lo habíamos sabido hasta ese momento. Súbitamente nuestro vínculo se volvió aún más fuerte. Siempre habíamos rezado al pequeño dios de nuestra familia, pero ahora entregábamos nuestro corazón en cada palabra y nuestro trabajo en cada ofrenda que dejábamos en el santuario. Dábamos gracias al igual que pedíamos bendiciones y nos asegurábamos de derramar agua fresca donde yacían los restos del camello. Y si ofrecíamos aceite y pan donde estaba enterrada la madre de la madre de mi madre, no éramos las únicas que lo hacían, pero eso también era un secreto.

Hasta ese día en el jardín, cuando me senté con Sokath, Sus Ojos al Descubierto, y aprendí a escupir semillas de aceitunas al aire, eso era todo lo que sabía acerca de los pequeños dioses.

quince

—¿Crees en los pequeños dioses? —pregunté a Sokath, Sus Ojos al Descubierto.

—No dudo de ellos —me dijo—. Ésa es la naturaleza de los Escépticos, recuerda. Preferimos debatir que saber algo de cierto.

—¿Comprendes cómo es que los pequeños dioses reciben su poder? —pregunté entonces. Tenía que acercarme a él como el wadi, con sus líneas sinuosas. No podía enfrentarlo con el vuelo del cuervo de arena.

—Así es —dijo—. Pero cuando los Escépticos hablamos, a menudo explicamos cosas que ya sabemos. Al decir las palabras excavamos en la memoria los hechos olvidados a medias o inspiramos nuevos sucesos. Así que dime cómo se crean los pequeños dioses.

—Cuando una persona muere, si ha hecho algo grandioso, su hijo y sus nietos construyen un santuario —dije—. Le rezarán y le dejarán ofrendas de aceite y pan. Llevarán las memorias de él en la caravana y él les ayudará si puede hacerlo.

Sokath, Sus Ojos al Descubierto, asentía.

—Y entre más plegarias sean dichas y más ofrendas se presenten, aumentará el poder del pequeño dios —dijo—.

Hasta que los hijos de los hijos de sus hijos lo olviden y se convierta en nada más que un montón de huesos en la arena del desierto.

—Eso es lo que dicen los Sacerdotes —dije.

—¿Y tú qué dices? —me preguntó.

—Yo digo que nuestro padre y mis hermanos siempre han regresado con nosotros —dije—. Y nuestros rebaños se multiplican y nadie padece hambre en las carpas de nuestro padre, aunque haya una temporada en que el wadi no llene su cauce.

—¿Pero acaso es debido al pequeño dios? —me preguntó—. ¿O es porque tu padre es un buen comerciante?

—¿Qué no pueden ser ambas cosas? —pregunté—. ¿Acaso nuestro padre no puede ser un hombre devoto y también un hombre ingenioso, que se sirve a sí mismo y es favorecido por un pequeño dios?

—No hay forma de ponerlo a prueba —dijo—. Y debe ser puesto a prueba para demostrarlo.

Consideré sus palabras. Nunca había pensado en demostrar que un pequeño dios existía. Sólo sabía que existían.

—¿Como demuestras que el sol aparecerá mañana? —pregunté, y él me sonrió como si me hubiera ganado un premio.

—Lo he observado muchas veces —me dijo—. Pero eso no garantiza que aparecerá también mañana.

—De la misma forma en que he observado a mi padre cuando vuelve a casa con sedas finas y no significa que los pequeños dioses lo favorezcan —dije.

—Sí —dijo—. Sin embargo —continuó—, mi compañero Sokath, Sus Ojos hacia las Estrellas, ha determinado que el mundo en el que estamos parados, además de ser redondo como hemos discutido, también gira como un huso y su rueca, y es por ello que tenemos la noche y el día. Posee un modelo que muestra que mientras sigamos girando el sol continuará apareciendo cada mañana.

—Creí que habías dicho que los Escépticos prefieren debatir a saber —dije. Sonreí. Era mejor que conversar con nuestro padre.

—Todos tenemos momentos de debilidad —me dijo. Había una risa, una real, en su voz, pero después su semblante se ensombreció—. Para ser honesto, señora bendita, los Escépticos han cambiado desde que Lo-Melkhiin tomó el trono. El debate ya no es suficiente para los más jóvenes, sólo anhelan saber, pensar.

—No estoy segura de por qué eso es algo tan malo —dije—. Puedo pensar en muchas cosas que me gustaría saber.

—Sí, pero una mente que sabe es una mente cerrada —dijo—. Al menos en eso estamos de acuerdo Escépticos y Sacerdotes.

—Tenemos el reloj de agua porque alguien tuvo necesidad de saber el tiempo cuando era de noche —dije.

—Sí —respondió—, y porque alguien tenía necesidad de saber que siempre habría agua en las cisternas del qasr, construyeron una presa en el wadi que secó el lecho corriente abajo de la ciudad. Como todo, el conocimiento tiene un precio.

—Los Sacerdotes y ustedes concuerdan en eso también —dije, y pensé en el hermano de mi hermana.

Estuvo en silencio por unos momentos, comiendo aceitunas una por una, pero sin escupir las semillas. Ignoró el pan, que de todas formas se iba endureciendo por el calor.

—Creo que no puedes demostrar que los pequeños dioses tienen poder porque están muertos y no puedes preguntarles de forma directa —dije.

—Eso es verdad —dijo—. Los muertos no pueden hablar.

—¿Qué sucedería si construyeras un santuario para alguien que está vivo? —pregunté—. ¿Qué sucedería si le rezaras y presentaras ofrendas?

Rodaba una semilla de aceituna entre sus dedos.

—Pienso que esa persona se volvería afortunada —dijo—, pero no creo que fuera suficiente para notarlo.

—¿Y qué si una aldea entera le rezara? —pregunté—. ¿Qué si los comerciantes salieran y hablaran de este pequeño dios viviente a los demás? ¿Qué sucedería si enviaran un amuleto y construyeran santuarios y más personas rezaran?

Ahora parecía afligido. Me pregunté si, a pesar de todas sus palabras refinadas, en realidad creía que los pequeños dioses tenían poderes sobre los vivos.

—Esa clase de persona sin duda sería especial —pronunció las palabras con tanta suavidad que apenas lo escuché por encima del agua de la fuente—. Esa clase de persona tendría que realizar una gran obra y sobrevivirla. No sé qué tipo de hombre sería ése, o si nos agradaría mucho.

Se refería a Lo-Melkhiin, podía verlo en la expresión de su rostro. Yo no lo había considerado. Era posible que los hombres que se enriquecieran bajo el mandato de Lo-Melkhiin construyeran santuarios para él, pero yo había visto cómo funcionaba su poder y no se parecía al de ningún pequeño dios que hubiera visto.

—Los hombres rezan por la mañana y por la noche —dije—. Al calor del día conversan unos con otros. Comercian y hablan y beben agua fresca.

Me miró y por una fracción de suspiro vislumbré temor en sus ojos, pero luego fue remplazado por asombro y una esperanza tan apremiante que me dolió en el alma. Lo-Melkhiin nunca tendría santuarios.

—Las mujeres rezan al despertar y cuando caminan y trabajan —dije—. Rezan con la rueda, el huso y la lanzadera del telar. Tejen sus palabras en la urdimbre y la trama de la tela que elaboran, y envían esa tela al mundo para que todos puedan verla y apreciar su belleza.

—Aquello despertaría a los muertos —dijo Sokath, Sus Ojos al Descubierto. Su voz estaba sin aliento por el sobrecogimiento—. No puedo imaginar lo que haría con los vivos.

—A una mujer viva —dije.

—Cuando hablé con Lo-Melkhiin mis pensamientos giraban más veloces que nunca —dijo—. Puedo ver las cosas con claridad y no me toma ningún esfuerzo hacerlo. Extraño los días en que tenía que trabajar para ver con la misma lucidez. Aunque otros hombres... están satisfechos con el menor esfuerzo.

—Como tejer con hilo ancho —dije—. La tela se forma rápido, pero hay partes en las que aparecen hoyos, y la decoración no es tan fina.

—Sí —dijo—, es como eso.

—Lo-Melkhiin no me habla —dije—. O más bien, sí lo hace, pero se burla de mi hogar aunque me pide que le cuente historias acerca de él.

—Esta vez no comprende lo que tiene —dijo.

—Pienso que podría —dije. Pensé en la mirada de carnero en los ojos de mi marido—. Cada noche toma mis manos y un fuego helado corre desde mi piel a la suya. Observé las mismas chispas la noche de la fiesta de la lluvia de estrellas cuando caminaba entre los hombres, sólo que las chispas brincaban de él hacia ellos.

—¿Eso le sucedió a Firh Tocado por la Piedra? —por primera vez percibí urgencia en su voz, y se inclinó hacia mí.

—Sí —dije—. Le sucedió a todos. Te sucedió a ti también. Entonces supe que ése era un debate que él había elaborado por meses, pero nunca había compartido. Sólo había tenido lugar en su cabeza, dando vueltas en círculos interminables, como ovejas cercadas por los perros, hasta que capturó una pieza de prueba proveniente de mí, una dirección que tenía sentido y la siguió.

—¿Algo más sucede cuando Lo-Melkhiin te visita? —preguntó.

Era una pregunta impertinente si yo decidía malinterpretarla, pero no lo hice. Sabía exactamente a lo que se refería y decidí contarle la verdad.

—Sí —dije—. Lo-Melkhiin siempre toma mis manos y el fuego helado florece de mí hacia él. A veces aparecen imágenes en él: mi aldea, mi hermana, cosas que a él le gustaría tomar y destruir. Y luego, cuando termina, delgados filamentos de fuego cobrizo fluyen de las puntas de sus dedos a los míos, y entonces siento que mi corazón se inflama dentro de mi pecho. No sé si él puede ver el fuego helado como yo, pero sé que él no ve el fuego cobrizo, es como si intercambiáramos, aunque él no tiene la intención de hacerlo.

Una vez más, Sokath, Sus Ojos al Descubierto, permaneció en silencio. Ya no había más aceitunas y el pan ya estaba demasiado duro para masticarlo, incluso para mis dientes curtidos por el desierto. Me quedé sentada y esperé, aunque de pronto me sentí irritada. En efecto, aún era de mañana, pero el día continuaría y entonces podía morir, y aquí yacía sentada mientras un anciano que ni siquiera creía en los pequeños dioses desperdiciaba los pensamientos y no actuaba.

—Reina mía —dijo al fin. Su tono era bastante formal, así que lamenté que hubiera desaparecido la naturalidad de nuestra conversación. Ya no se dirigía a mí como si fuera una de sus pupilas—. Lamento no tener mejores respuestas para ti, o mejores respuestas para guiar tus pensamientos. Sé que no sabes cuánto tiempo te queda, pero justo necesito tiempo para considerarlo.

—Venerado Escéptico —dije, en correspondencia a su formalidad, aunque no me agradara hacerlo. Me puse de pie, preparándome para abandonar el jardín—. Escucho tus palabras. Si es que tuvieras más qué decir después, me agradaría escucharlas también.

—Señora bendita —tan sólo era un viejo escupiendo semillas de aceitunas de nuevo, y a pesar del título que me otorgaba, parecía estar hablando con una joven y no con una reina—, no tengo respuestas ni preguntas para ti, pero puedo darte un consejo.

—Lo tomaré con gusto —dije, y permití que la calidez impregnara de nuevo el tono de mi voz. Al mismo tiempo, yo había terminado de hablar. Inexplicablemente, me fastidió mi falta de acción. Sabía que era en vano. Era prisionera de las murallas, y aunque el salón de hilado estaba abierto para mí, no estaba conforme con pasar mis días fabricando hilo. Extrañaba coser y tejer. Extrañaba moler grano y amasar la pasta. Extrañaba ser útil y parte de una familia. Extrañaba a mi hermana, sus ojos y su espíritu, y nuestros dedos que se encontraban cuando trabajábamos. Sentí que la ira me ardía en el pecho, aunque luché por controlarla y no dar signos de ella al exterior. Sokath, Sus Ojos al Descubierto, había sido respetuoso y considerado conmigo. No era su culpa que yo estuviera atrapada en esta pesadilla creada por Lo-Melkhiin.

—Pienso —dijo— que necesitarás una bola. Y una lámpara.

Cuando los hombres te entregan su temor es más fácil conducirlos por el camino que deseas que transiten. Cuando los hombres te muestran su valía, es fácil determinar lo que tomarás libremente de ellos. Cuando los hombres hacen las dos cosas, es fácil jugar con sus corazones con tanta destreza como lo haría un músico con sus flautas.

Una joven muerta no significaba nada. Dos, tan sólo un poco más. Diez era algo considerable, por lo menos. Pero fue hasta que usé las manos de Lo-Melkhiin para matar a quince de ellas cuando sus padres y hermanos comenzaron a notarlo. Promulgaron su exigua ley: una joven de cada aldea y de cada distrito al interior de las murallas de la ciudad. Les tomó todo un ciclo de la luna hacerlo, y para entonces mi cuenta iba ya en veinticinco.

Había segundas y terceras hijas, o criadas dentro de los hogares a las que en ese entonces se les obligaba a aparecer como parte de la familia. Por supuesto, nadie podía rechazar a Lo-Melkhiin, ni siquiera si él buscaba a su novia en la familia donde apenas estaban terminando de realizar los funerales de su hermana. Los hombres se aferraban a esa posibilidad, a la idea de que sus familias estuvieran vinculadas a la familia de su rey. Las mujeres sabían mejor lo que les esperaba.

Su miedo era algo delicioso, tan crudo y poderoso que no podía dirigirlo. Sólo podía ser consumido. Su terror me daba poder antes de poseer la suficiente fuerza para subyugar a los hombres de la corte a mi voluntad. Para el tiempo en que la ley comenzó a ponerse en práctica, ya no necesitaba tanto a las jóvenes: el poder que tenía almacenado me duraría bastante tiempo. Sin embargo, no me detuve. No había razón para hacerlo, dado que los mismos hombres me ofrecían a sus hijas.

Lo-Melkhiin lo aborrecía, por supuesto. Odiaba que yo usara sus manos para asesinar, sobre todo para asesinatos frívolos. Odiaba que yo usara su voz para dar órdenes. Odiaba que yo usara su cuerpo para sentarme en su trono y emitir mis propios edictos. No le importaba que yo fuera un gobernante sabio y que mantuviera bien a aquéllos de su gente a quienes no mataba. Gritaba y gritaba dentro de su propia cabeza, y a veces me sentía tentado a consumirlo por completo, como había sido la costumbre de mi especie, pero disfrutaba su sufrimiento, así que no lo hacía.

Reconstruimos todo a partir de la locura del reinado de su padre, y por ello los hombres de la corte nos permitían hacerlo, sin importar el costo. Nuestros Escépticos encontraron respuestas donde antes solamente habían estado satisfechos con preguntas, y construimos artefactos tan asombrosos como bellos. Nuestros Sacerdotes tenían dinero para sus templos y santuarios, y el mejor pan y aceite para presentar como ofrendas para los muertos a los que llamaban pequeños dioses. Nuestra gente no sufrió hambre. Nuestro ejército y nuestras murallas eran fuertes.

Eso era lo que los hombres necesitaban. Yo requería algo más.

Encontré a un escultor que podría haber pasado sus días fabricando flechas y lo convertí en uno de los artesanos más grandiosos de la época. Encontré a un Escéptico que había trabajado con arena y vidrio como forma de contar el tiempo y le brindé agua y pequeñas ruedas para que él, y quien fuera que mirara su reloj, siempre conocieran la hora. Mi cocinero antes fue un simple molinero que *usaba sus manos para moler grano para otros. Cuando lo traje a mis cocinas aprendió el oficio y muy pronto sus experimentos lograron cocinar pan que se mantenía fresco por más días.*

Un herrero, un matemático, un arquitecto, un domador de caballos. La lista seguía creciendo.

Se iban consumiendo y ni siquiera se percataban de que estaban en llamas.

Había escogido bien mi reino, cuando tomé a Lo-Melkhiin para mí en el desierto. Existían otros reyes y otros territorios en el mundo, pero el suyo había sido de gentes al borde de la grandeza. Dos generaciones, quizá tres, estaban entre ellos, así como la artesanía, la ciencia y las matemáticas. Ahora yo se los había otorgado, refinando el conocimiento y apresurando su aprendizaje todo lo que podía. De haber querido conquistarlos habría podido hacerlo, pero estaba satisfecho con lo que tenía.

Ninguno de ellos se preguntaba por qué sucedía tan rápido. Estaban tan complacidos con los resultados y corrían delante de mí con todo el entusiasmo de potros felices y juguetones. Hicieron y forjaron y calcularon como si no hubiera nada que pudiera detenerlos. Si un puente era débil por haberse construido demasiado rápido, o si un pozo era drenado por siempre, no me importaba. Cuando tuviera el suficiente poder para durar por siempre los abandonaría. No me interesaba si se consumían.

Ninguno de ellos se preguntaba cómo morían mis esposas, salvo en sus sueños más oscuros y sus pensamientos más secretos. Como con sus oficios, simplemente aceptaban las muertes. Los hombres dejaron de contar, al igual que yo. Nadie se interesaba en la fila de jóvenes de cabellos y piel oscura que acudían al qasr y encontraban ahí la muerte. No tenían nombre ni rostro bajo sus velos. A veces las miraba, a veces las tocaba. A veces tan sólo las marchitaba y cabalgaba en busca de una nueva.

Hasta que tomé a una que no murió. La primera noche que fue mía no reuní la fuerza total de mi poder para derramarla sobre ella. Tenía curiosidad. Esta joven tenía espíritu. Había atraído mi atención de forma deliberada y yo no sabía el motivo hasta que estuvo montada sobre el caballo y nos alejamos cabalgando. Se puso ante mí para salvar a su hermana, lo cual nunca antes había sucedido.

La segunda noche no murió, me burlé de ella y le pedí que me hablara. La tercera noche le di todo el fuego que tenía, y aun así vivió.

No era de mi especie, pero poseía un poder que no era humano, no precisamente. No murió y me pregunté si al fin habría encontrado una reina por la cual pudiera hacer arder el desierto.

dieciséis

En la noche treinta después de haberme casado con Lo-Melkhiin, vino a mis aposentos y no partió después de haber soltado mis manos.

Esta vez se recostó sobre las almohadas de seda suave en la cabecera de mi lecho. Yo estaba sentada ante la comida, vestida con ropas para dormir. Las criadas habían extinguido todas las lámparas excepto una, que ardía junto a nosotros, y la vela del tiempo que yacía en la esquina. El aire estaba cargado de perfume, un aroma que no me interesaba y no me gustaba su peso dentro de mis pulmones. No tenía puesto mi velo, no podía ocultar mi rostro de él, así que imaginé una piedra quieta y me mantuve inmóvil. Me sonrió con su sonrisa de cazador.

—Has vivido conmigo más que cualquiera, esposa mía —dijo—. ¿Por qué crees que ha sucedido?

Yo no sabía si él conocía el motivo o si esperaba que yo lo supiera. Ya no se burlaba de mí cuando me hablaba. Más bien era duro y cruel, como una tormenta desértica: visible por horas antes de golpear, pero sólo para ser soportada, no evadida. Habría preferido sus burlas. Al menos entonces no me prestaba demasiada atención.

—No lo sé, señor mío —dije—. Quizá mis pequeños dioses me sonríen y su poder es más grande que el tuyo.

Sonrió como una víbora, como si lo hubiera picado con un palo.

—Las otras tenían pequeños dioses —dijo— que no las salvaron.

Utilizaba palabras como las que hubiera dicho Sokath, Sus Ojos al Descubierto, pero al salir de su boca se tornaban hostiles. Cuando el Escéptico hablaba era para estimular un nuevo pensamiento. Cuando Lo-Melkhiin lo hacía era para aniquilar por medio del miedo.

—El padre del padre de nuestro padre fue un buen hombre cuando vivió —dije—. Le hemos rezado por muchos años y le hemos presentado ofrendas magníficas.

—Me pregunto qué crees que sucedería con tu pequeño dios si yo ordenara que le prendieran fuego a la colina donde yacen sus restos —blasfemó, como si fuera cualquier cosa. Para él, lo era—. ¿Has visto huesos quemarse, esposa mía? Comienzan como una cabra asada, pero cuando la carne se consume para alimentar el fuego hasta llegar al hueso, éste queda desnudo y solo. Se tuerce y se desmorona, la médula chorrea sobre las flamas, hasta que sólo queda polvo.

—Eso es lo que sucede con todo, mi señor —dije—. Si tan sólo el fuego pudiera ser lo bastante caliente.

—¿Quieres verlo? —preguntó.

—No —dije—, lo he visto antes, cuando hemos recolectado la médula para usarla. No necesito ver el desperdicio.

—¿Acaso no tienes curiosidad? —preguntó—. ¿No deseas ver cómo funciona el mundo?

—Sí tengo curiosidad y sí lo deseo —dije—. Pero prefiero ser paciente y aprender las cosas en su tiempo, que forzar el conocimiento donde provoca destrucción.

—¿Las ovejas te enseñaron este sentido común? —preguntó.

—No, mi señor —por primera vez desde que él había soltado mis manos lo miré a los ojos—. Lo aprendí de las cabras.

Rio, una verdadera carcajada con la cabeza echada hacia atrás y su boca amplia, y no pude esconder mi sorpresa. La crueldad había desaparecido, ningún monstruo podría haber generado semejante ruido, y pensé en lo que la madre de Lo-Melkhiin me había dicho la noche en que observamos la lluvia de estrellas. Si moraba un buen hombre en algún lugar dentro de Lo-Melkhiin, yo apenas había presenciado un primer vistazo de quién era él en realidad.

No, mi segundo vistazo. Había dado de beber a su caballo con sus propias manos cuando cruzamos el desierto y no había forzado a los animales más allá de su resistencia.

—¿Por qué sanaste a tu madre? —pregunté a continuación.

Se sentó, sorprendido por mi pregunta, todo rastro de risa desapareció de sus ojos.

—Es lo que un buen hijo haría —dijo—. ¿No es así?

—Así es —dije—, pero tú no eres su buen hijo.

Me miró con aspereza. Él ya me había probado antes, como las cabras ponen a prueba a un nuevo cuidador, y ahora yo lo ponía a prueba a él. Ni siquiera estaba segura de lo que había significado mi pregunta, sólo que las palabras habían llegado a mi boca cuando las necesité, hilos de Sokath, Sus Ojos al Descubierto, y de la madre de Lo-Melkhiin. Sin embargo, era claro para mí que las palabras habían significado mucho para *él*, y esta vez yo tenía otro acertijo, y no me importaba la respuesta que me ofreciera.

—Curé a mi madre porque tenía el poder para hacerlo, porque estaba enferma y porque me convenía —dijo—. ¿Esa respuesta te satisface?

—Sí, mi señor —dije, mostrándome dócil. Era la forma en que mi madre le hablaba a nuestro padre cuando había ganado, pero deseaba permitirle que preservara su dignidad.

Lo-Melkhiin me sonrió, esta vez no era un cazador o una víbora, pero tampoco un hombre en calma; o al menos, no el tipo de hombre que yo quería tener en mi lecho.

—Creo que vamos a funcionar muy bien juntos, esposa mía —dijo.

—Si es que no muero —respondí.

—Si es que no mueres —dijo. Extendió una mano y la introdujo por entre la tela de mi camisón y lo jaló hacia él—. Ahora, ven aquí y duerme sobre tus almohadas. Si las criadas te encuentran aquí abajo pensarán que me has enfadado. Y más bien me pareces deleitable.

No había forma de trepar sin estar a gatas, lo que me irritó. Si me hubiera soltado podría haberme puesto de pie y caminar, pero no lo hizo, así que tuve que hacerlo sobre mis manos y rodillas, como una criatura. Coloqué la cabeza sobre la almohada, tan lejos de él como pude, y él alisó mi camisón por encima de mis rodillas antes de recostarse a mi lado. Aunque yo estaba al alcance de su mano, no me tocó. Entonces se inclinó para apagar la lámpara. Justo antes de que la oscuridad nos tragara a ambos, vi el fuego cobrizo saltando de él hacia mí, aunque no hicimos contacto alguno.

¿Acaso ésta sería mi última noche? No podía dejar de preguntármelo. Existían tantas formas de asesinar a una persona mientras dormía. No portaba un cuchillo en su cuerpo, eso era cierto, pero su túnica estaba cerca del lecho, y si ahí llevaba el cuchillo, me apuñalaría en mi duermevela. Podía envolver mi garganta con sus largos dedos, o usar lazos de los cortinajes del lecho para cortar el aire que llegaba a mis pulmones. Podía colocar una de las almohadas sobre mi nariz y boca. No hizo ninguna de esas cosas. Se volteó a un lado, dándome la espalda, y conté sus respiraciones hasta que su ritmo fue parejo. Aunque estaba determinada a permanecer en vela, la suavidad de su respiración me arrulló y el sueño me arrastró entre un parpadeo y el siguiente. Cuando abría los ojos contemplaba la línea de sus hombros en una tenue silueta junto a la vela del tiempo, y cuando los cerraba vislumbraba las manos fuertes de mi hermana sosteniendo una piedra de molienda. Quería estar con mi hermana, deseaba su espíritu, sus palabras ingeniosas y el sosiego que su presencia me brindaba. Mis parpadeos se volvieron más largos, hasta que dejé de ver a Lo-Melkhiin.

Comprendí que era un sueño porque mi hermana estaba presente y estaba con ella y a la vez no. Ella molía conchas hasta convertirlas en polvo blanco muy fino, con la pesada piedra basáltica en las manos mientras se inclinaba sobre la roca. Su boca se movía, aunque no podía escucharla. Supuse que cantaba. O quizá rezaba. Yo nunca había realizado ese tipo de labor, pero veía cómo lo hacía ella. Era igual que moler grano, con la excepción de que la piedra para la molienda era más larga, plana en la parte inferior y arqueada bajo sus manos; el mortero era demasiado pesado para equilibrarlo sobre sus rodillas, como aquél que usábamos para las especias. Era trabajo sacerdotal.

Nuestras madres estaban sentadas cerca de ella, tejían tela burda pasando la lanzadera hacia delante y hacia atrás entre ellas. No era una tarea delicada, pero era buena, del tipo que yo había deseado emular cuando era una niña. Mientras observaba, la madre de mi hermana miraba las conchas y sacudía la cabeza. Yo sabía que no eran lo bastante finas, aunque no la había escuchado decirlo. Debían ser molidas muy fuerte para que olvidaran a los animales que las habían usado como hogar, el sitio donde solían vivir. No debía quedar nada de su antiguo poder. Sólo entonces podrían ser puestas al servicio de los Sacerdotes.

Mi hermana molió de nuevo las conchas. Coloqué mis manos fantasmales sobre sus hombros y sentí el dolor de su cansancio. La molienda era una labor dura, aunque sólo fuera una pequeña cantidad. Mi madre y la madre de mi hermana siempre se aseguraban de que la molienda del grano fuera un quehacer compartido por varios, porque si sólo una persona lo hacía demasiado a menudo podía torcer todo su cuerpo. Nosotras éramos afortunadas por estar saludables y contar con suficientes hombres y mujeres que hicieran el trabajo. Mis hermanos nos habían dicho que otros, no tan privilegiados como nosotros, eran obligados a pasar tanto tiempo moliendo que no podían recostarse sobre la espalda ni estirar los dedos, o siquiera volver a caminar erguidos.

Yo no sabía quién realizaba esa labor en el qasr. Aún no me había aventurado a visitar las cocinas. No sabía si Lo-Melkhiin compraba harina. Con seguridad podía pagarla. Yo nunca había tocado una piedra de molienda y tampoco había realizado ningún trabajo más duro que hilar desde que dejé las carpas de nuestro padre. Y me había ablandado en la ciudad. Quizás el sol del desierto me quebrantaría si nunca más salía de las murallas del qasr. El sueño comenzó a desvanecerse, mis ojos se nublaron conforme dudaba de mí misma. No deseaba perder la visión de mi hermana, pero no sabía cómo aferrarme a ella.

Sokath, Sus Ojos al Descubierto, había dicho que yo era fuerte y no había muerto, así que tal vez estaba en lo cierto. Apreté mis dedos sobre los hombros de mi hermana, de la misma forma en que toqué a Firh Tocado por la Piedra la noche del festín de la lluvia de estrellas, y el sueño volvió a aclararse. Ahora podía sentir sus músculos y el calor de su piel bajo su blusón. En la carpa, donde sólo se encontraba ella con nuestras madres, se habían quitado sus velos y túnicas. Era más fresco de ese modo y resultaba más fácil trabajar en el calor del desierto.

Masajeé los hombros de mi hermana de la misma forma en que mi madre amasaba, y sentí que su dolor disminuyó. Su respiración alcanzó sus pulmones y ella apretó las piedras unas con otras con más fuerza que antes. No pensé que me escucharía, aunque yo intentara hacerme oír, y para cuando pensé hacerlo la madre de mi hermana ya había tomado las piedras de sus manos, asintiendo y sonriendo por la buena labor que había realizado. La próxima vez que soñara debería recordar prestar atención para saber si podía hablar al igual que tocar.

Mi hermana levantó un brazo sobre su hombro, como para masajear sus dolores por sí misma. Sus dedos atravesaron los míos, pero pude sentirlos. Sólo por un suspiro creí que ella también los había percibido, pero se sacudió y ello me agitó de vuelta a mi lecho en el qasr de Lo-Melkhiin, muy lejos de ahí.

La luz del día impregnaba la alcoba cuando desperté, aún buscando tocar a mi hermana. Lo-Melkhiin se había ido. Una nueva vela del tiempo ardía sobre la mesa y mi té humeante estaba junto a ella. La lámpara estaba apagada, no era necesaria cuando el sol se encontraba en lo alto, pero estaba radiantemente pulida. Junto a ella, pintada en dorado, yacía una bola de madera.

diecisiete

Volví al salón de hilado y descubrí que era bienvenida ahí. Comenzaba a comprender que la pena y la resistencia son emociones extrañas. Antes, las mujeres no habían querido apegarse a mí porque suponían que no sobreviviría. Ahora, dado que no había muerto, estaban bajando la guardia. Me pregunté qué sucedería cuando de hecho muriera y cuánto tiempo les tomaría a sus corazones ablandarse después de eso. Si fuera más noble, quizás habría desdeñado su amistad para evitarles una pena futura, pero me sentía sola y tan ordinaria como las cabras de nuestro padre.

Antes habían hablado a mi alrededor y yo había aprendido de ellas. Ahora, intentaban incluirme en sus conversaciones tanto como podían, aunque por supuesto no discutíamos algunas cosas. Sin embargo, todas habían nacido en la ciudad y estaban hambrientas por escuchar mis historias sobre cómo era crecer en el desierto.

—¿Si nos cuenta de su aldea se sentirá nostálgica? —preguntó una de las tejedoras.

—No lo creo —respondí—. Me hace feliz recordar.

No les narré ninguna de nuestras historias especiales, aquéllas que mi madre y la madre de mi hermana nos susurraban a mi hermana y a mí junto a la hoguera cuando mi padre y mis hermanos habían salido en la caravana. Tampoco les conté las historias que urdía para Lo-Melkhiin. Les decía sobre los enormes pájaros plateados que intentaron llevarse a las cabras e incluso a las ovejas de los rebaños de mi hermana, y que yo había cuidado cuando éramos niñas.

—Mi hermana tenía mejor puntería que yo —les dije—, pero yo podía lanzar una piedra más lejos. Cuando los grandes pájaros vinieron gritamos y agitamos los brazos y les aventamos rocas. Aun si les pegábamos, los pájaros eran tan grandes que no podríamos lastimarlos demasiado. Tan sólo se alejarían volando y dejarían en paz a nuestros rebaños.

—Señora bendita, eso suena terrorífico —dijo una hilandera—. Tan grandes como para llevárselas y ustedes armadas sólo con piedras.

—No les apetecen los niños —le dije—. En el desierto, sólo los leones y las serpientes gustan de los niños, y ambas criaturas cazarían lo que fuera. Los pájaros sólo venían por los rebaños y nosotras los alejábamos.

—¿Dónde viven? —esta pregunta fue de la bordadora que se especializaba en coser flores en los dobladillos de los vestidos para las mujeres de la ciudad. Yo no tenía noción alguna de dónde vivían los pájaros, pero entonces me encontraba dentro del ritmo de una historia, podía sentir las hebras de palabras reuniéndose para formar una respuesta.

—Lejos, al norte de nosotros, más allá de la arena y de los matorrales del desierto, hay una cordillera más alta de lo que puedan imaginar —un Escéptico había hablado acerca de las montañas en la cena unas noches atrás y había mostrado imágenes de ellas buriladas sobre tablillas de barro cocido.

Pero sus montañas se encontraban cerca del desierto azul, de donde provenía la madre de Lo-Melkhiin.

—¿Y vuelan hasta aquí por comida? —preguntó la bordadora.

—A veces hay demasiados en las montañas —respondí—, así que eligen a los pájaros más jóvenes y fuertes y los envían a cruzar el desierto en busca de alimento.

—Pobrecillos, venir tan lejos para nada —dijo la hilandera.

Sonreí.

—Nuestro padre les ofrece las ovejas más viejas, las que serían difíciles de comer, y aquéllas cuya lana ha dejado de brotar —dije—. Él sabe lo que es salir en caravana y proveer para una familia en casa.

—¿Por qué son tan grandes? —preguntó una tejedora—. Aquí hay cuervos de arena de buen tamaño, pero nada tan enorme como eso.

Otra vez, no lo sabía. Y una vez más sentí las hebras de historias venir a mí cuando las deseé.

—Existe un tipo de metal en aquellas montañas que no tenemos en el desierto —dije—. Se encuentra en las rocas, y cuando el agua en los wadis de la montaña se precipita sobre ellos, parte del metal cae al agua. Los pájaros beben de él y se fortalecen.

—Eso suena a lo que diría un Escéptico —dijo una de las tejedoras más ancianas—. Señora bendita, ¿no es una Escéptica?

—No lo soy —le dije—, pero poseo las historias de mi aldea y nuestro padre ha viajado por muchos lugares para traernos más historias. Quizá no sea la verdad, pero es lo que sé.

—Es sabia, señora bendita —dijo la vieja tejedora—. Y tiene la fuerza del desierto.

—Tal vez es por eso que ella... —la hilandera que había comenzado a hablar se detuvo de forma abrupta. Su huso cayó al suelo con un golpe seco, como si alguien le hubiera dado un puntapié y ella lo soltara por la sorpresa. Todo su hilo estaba desenrollado. Tendría que comenzar de nuevo.

Yo había estado bordando, mis manos al fin se sentían lo bastante suaves para usar el hilo de seda sin que se atorara en mis dedos en cada vuelta. Cuando comencé a hablar había dejado de prestar atención a mi trabajo, pero no me había detenido. El arte de la costura, ya sea cardando, hilando, tejiendo o bordando, es un arte de la mirada. Hablar es fácil cuando trabajas porque puedes hacerlo sin apartar la mirada de tu tarea. Hasta cuando se escuchó el estrépito del huso que cayó, nuestra vista había estado puesta en nuestros regazos o nuestras manos, donde sosteníamos los aros, el estambre crudo o pequeños telares. Incluso las mujeres que trabajaban los telares de piso más grandes en la esquina podían conversar con nosotras sin desviar la vista de su trabajo. Ahora, todas me observaban y había miedo en sus ojos. Seguro no pensarían que yo sería tan cruel como para castigar a una joven por decir algo que todos ya sabían.

Entonces vi que no estaban mirando mi rostro. Observaban mis manos.

Bajé la vista hacia mi aro. Había intentado plasmar una caravana: camellos y hombres, todos en colores brillantes en el desierto de arena, debajo de un cielo azul infinito. Había bordado el cielo correctamente, y la arena, porque los había hecho antes de comenzar mi historia. Pero donde había querido bordar camellos, había bordado ovejas. Estaban desperdigadas en el suelo, escapando. El pastor, no, más bien el cazador que estaba con ellas tenía un arco que se dirigía hacia el cielo, pero yo sabía que no podría disparar su flecha a tiempo.

Un enorme pájaro aparecía cayendo en picada desde lo alto, sus alas extendidas eran más anchas que la altura del hombre e intentaba alcanzar a su presa con terribles garras. No había manera de estar segura —porque el bordado no permite formar imágenes de los rostros de las personas con gran detalle—, pero sabía en mi corazón que el cazador era Lo-Melkhiin.

—Señora bendita —la hilandera rompió el silencio.

—¿Podrías apurarte, mujer? —le dijo la vieja tejedora. Me miró con una expresión de asombro en el rostro—. Su trabajo es muy bueno, pero ¿quizá sea todo lo que deba hacer por hoy?

Estaba aterrorizada. Podía notarlo por la forma cortés en la que hablaba, y las demás en el salón se estremecieron con el tono de su voz. Eran como las ovejas antes de la tormenta que había inundado el wadi y se había llevado al hermano de mi hermana. Esto era extraño para ellas y de alguna manera sabían que se avecinaba una tormenta.

—Quizá tengas razón —respondí—. No estoy acostumbrada a pasar tanto tiempo en una misma actividad. En las carpas de nuestro padre teníamos demasiadas tareas y no podíamos tardarnos tanto sólo en una.

No era una excusa muy buena, pero sí lo suficiente como para poder salir del salón. Apreté el aro y la tela bordada contra mi pecho, bloqueándolos de la vista de cualquiera con quien me cruzara. Cuando salí y estuve junto a las tinas enormes donde los tintoreros hervían el colorante que usábamos para teñir el estambre y las telas, arrojé la pieza al fuego con todo y aro, y se quemó como lo haría cualquier pedazo de tela.

Volví a mi alcoba, ansiosa por no encontrar a nadie en los jardines en caso de que hubieran escuchado acerca de lo que había hecho. En las carpas de nuestro padre, los rumores se propagaban más rápido que el fuego, y yo sabía que aquí no sería distinto. Al menos las mujeres lo sabrían para cuando se pusiera el sol; si los hombres no tenían conocimiento para entonces, sería porque no les importaba o porque no creían lo que decían las mujeres. Si Lo-Melkhiin lo escucharía o lo creería, yo no lo sabía. Y tampoco imaginaba cuál sería su reacción.

Miré fijamente la vela del tiempo en mi alcoba y recé a los pequeños dioses. Le pedí al padre del padre de mi padre que me brindara su fortaleza y su suerte. A la madre de la madre de mi madre le pedí sobrevivir. Ella había sobrevivido cuando no debió haberlo hecho, gracias a un camello parlante. Yo no creía ser merecedora de semejante milagro, pero de todas maneras rezaba por uno. Al final, ninguno de los pequeños dioses se había salvado a sí mismo. Todos habían sido salvados por otras fuerzas. Quizás era suficiente hacer lo mejor que pudiera y saber cuándo era momento de pedir ayuda.

Se escuchaba un clamor en el jardín fuera de mi alcoba. Al otro lado del jardín se encontraba el cuarto de baño al que yo asistía. No era el único en el qasr, pero era el más privado. Nunca antes había visto que nadie más lo usara y sabía que solamente una persona podría estar ahí en ese momento.

Me coloqué mi velo más oscuro. Me verían, sin duda, de pie bajo el sol, pero no deseaba que miraran mi rostro. Me paré en la puerta y observé a cuatro guardias, entre ellos Firh

Tocado por la Piedra, cargando una litera hacia el cuarto de baño. En la litera, con su piel oscura palideciendo y sus finas ropas ensangrentadas, estaba Lo-Melkhiin. Huí cuando desaparecieron dentro del cuarto de baño y no vi ningún alma hasta que la criada me trajo la cena.

—¿Qué sucede? —pregunté—. ¿Qué está pasando?

Ella también estaba pálida, aunque su cabello oscuro estaba recogido con esmero y su vestido colgaba perfectamente de su cuerpo. El vaso chocó contra el tazón para lavarme los dedos cuando colocó la bandeja de mi cena sobre la mesa, y entonces supe que sus manos temblaban, aunque ahora las tenía ovilladas dentro de los pliegues al frente de su vestido.

—Señora bendita —dijo—, dijeron que un monstruo atacó a Lo-Melkhiin cuando cazaba en el desierto.

—¿Cómo es eso posible? —exigí una respuesta, aunque pensé que yo ya lo sabía. Si ella había escuchado la historia de mi bordado, no mostraba signo de ello.

—Un demonio gigante en forma de pájaro —dijo—. Señora bendita, dicen que salió del cielo tan rápido que ni siquiera Pies Veloces lo hubiera alcanzado. Lo-Melkhiin tenía un arco, pero no pudo disparar lo bastante pronto y el monstruo lo corneó en un costado.

—Seguramente antes ya ha sido herido durante una cacería —dije.

—No, señora bendita —dijo—. A veces un raspón, tal vez, pero ha habido cacerías en que los leones han matado a cuatro guardias y Lo-Melkhiin vuelve sin un solo rasguño.

—Puedes irte —dije, enderezándome donde estaba sentada—. Si mi esposo manda a buscarme por supuesto acudiré, pero excepto eso no deseo ser molestada de nuevo esta noche. ¿Has comprendido?

Murmuró en conformidad y salió corriendo hacia la seguridad y comodidad de la cocina.

Comí la cena despacio, enrollé las piezas de cabra sazonada en pan y las remojé en aceite antes de dar una mordida, luego mastiqué con más cuidado del necesario. Me di cuenta de que esto era como el vestido, sólo que había bordado hombres y pájaros, no hilo dorado. No sólo lo había visto, también lo había provocado. Miré la bola dorada que me estaba esperando cuando desperté esa mañana. También había hecho eso. Contuve la respiración.

No era suficiente deambular, liberar mi poder como si fueran cabras, desear que encontraran un buen pastizal y que escucharan mi llamado cuando les pidiera que regresaran. Tenía que ser como la tormenta. Algo que pudiera ver cuando se acercara, algo para lo cual me pudiera preparar. Tendría que intentar de nuevo y descubrir si era capaz de lograr que funcionara intencionalmente.

Lo-Melkhiin no se levantó de su lecho esa noche, así que dormí sola. Cuando desperté al día siguiente había una nueva lámpara al lado de la bola dorada.

dieciocho

No les dije a las mujeres en el salón de hilado la verdad sobre los grandes pájaros de las montañas. Cuando mi hermana y yo teníamos seis años y el fuego del verano se había reducido a puras brasas, divisamos los pájaros por vez primera. Andaban en una enorme bandada, no en pares o tríos, y volaban sobre nosotros cuando sacamos a las ovejas y cabras a pastar. Me recordaron a la caravana de mi padre: una larga fila de hombres con un propósito, pero que se cansaban y se entristecían cuando estaban lejos de su hogar.

Mi hermana tenía en las manos su honda y una roca, en ristre, por si alguno de ellos se abalanzaba en picada por una oveja. Yo no llevaba nada.

—Hermana —me dijo—, ¿dónde está tu honda? Debes ayudarme si estos pájaros están hambrientos.

—No lo haré —respondí—. Están en caravana, ¿acaso no lo ves? Si los obligamos a alejarse estaremos quebrantando las leyes de la hospitalidad.

Mi hermana me miró como si yo hubiera pasado demasiado tiempo bajo el sol y le acabara de sugerir comer arena como si fueran dulces. Entonces los pájaros comenzaron a emitir un sonido duro y solitario, luego uno de ellos se lanzó en picada como una roca caída del cielo.

—¡Hermana! —gritó, pero no levantó la honda.

Las ovejas se aterrorizaron e intentaron correr, pero el pájaro fue más veloz. Pensé que encajaría sus garras en la lana y se alejaría volando, pero en vez de ello aterrizó sobre el lomo de la oveja y cortó de tajo su garganta con una enorme garra. La bestia se desplomó y el pájaro comenzó a comerla.

Miramos hacia arriba. Si un cuervo encuentra una presa sobre la arena del desierto, más de ellos se le unen para pelear por la comida. Si estos pájaros se comportaban de la misma forma, mi hermana, las ovejas y yo estaríamos en peligro. Los perros ladraban y ladraban, intentando controlar a las ovejas, incluso mientras la gran ave se deleitaba, pero las cabras habían escapado. Sólo podíamos tener esperanza de que volvieran. Tuvimos algo de suerte: ninguno de los pájaros bajó del cielo. Volaron en círculos y observaron, como si estuvieran esperando algo.

Al fin, el pájaro en tierra lanzó otro graznido terrible y emprendió el vuelo, arrastrando el cadáver de la oveja hacia el aire, chorreando sangre. En el suelo donde se había sentado yacía un huevo. Era más grande que la cabeza de mi hermana y lo contemplamos con asombro.

—Hermana —me dijo—, fuiste sabia, en efecto fue hospitalidad.

—Ven —dije—. Llevemos el huevo a nuestras madres. Las cabras encontrarán su camino de regreso a casa y las ovejas no pastarán más por hoy.

Tuvimos que cargarlo las dos. No podíamos repartir el peso, como lo hacíamos con los cántaros, debido a la extraña forma del huevo. Una de nosotras tuvo que envolver sus brazos alrededor de él, no demasiado fuerte para no quebrarlo, mientras que la otra cuidaba a los perros y el rebaño. Cambiábamos de lugar cuando los brazos de la que cargaba el huevo se cansaban demasiado como para seguirlo sujetando con firmeza.

—Hijas, ¿se encuentran enfermas? —preguntó la madre de mi hermana cuando nos acercamos a las carpas—. ¿Por qué han vuelto ahora que el sol sigue en lo alto?

Al principio estábamos muy cansadas para hablar, y colocamos el huevo a los pies de la madre de mi hermana. Ella llamó a mi madre y pidió agua fresca, y para cuando las dos estaban frente a nosotras pudimos narrarles lo sucedido.

—Vimos a los pájaros —dijo mi madre—. Esperamos que dejaran en paz a los rebaños. Volaban tan alto que nos preguntamos si podrían verlos.

—¿Hicimos lo correcto, madre de mi corazón? —pregunté—. ¿Fue lo mismo que la hospitalidad?

—Creo que hicieron lo correcto —me dijo—. Y miren lo que nos han dado en agradecimiento.

El huevo era demasiado grande para nuestros cántaros y cacerolas más grandes, incluso para la cacerola en forma de lirón que mi padre había traído consigo en la caravana de muy lejos y que sólo usábamos en festines especiales. Finalmente, nuestras madres decidieron acercar el huevo al fuego, justo por encima de los carbones, y luego sacarlo con una larga daga de bronce cuando decidieran que estaba listo.

Para entonces nuestro padre y mis hermanos habían regresado y les contaron la historia. Nuestro padre nos agradeció por haber sido tan sabias. Una luz brillaba en sus ojos. Luego supimos que le parecía gracioso que hubiéramos pensado que los pájaros merecían nuestra hospitalidad, pero también estaba orgulloso de nosotras.

—¡Miren lo que han cazado sus hermanas! —les dijo a mis hermanos cuando se alejaba de nosotras—. Y no lo cazaron con lanzas o flechas, sino con su propia mente.

Mi madre cortó el huevo a la mitad por lo largo y extrajo las partes blancas y amarillas del interior. Había suficiente para que todos en la aldea probaran un poco, y aún quedo algo para ofrecer a los muertos. Cuando el cascarón estuvo vacío, mi madre acercó las dos mitades al fuego para secarlas. A la mañana siguiente, mi madre y la madre de mi hermana se dirigieron a las cuevas para ofrecer el huevo cocinado a los muertos. Se llevaron con ellas las cáscaras y después nos dijeron que las habían usado para sostener las lámparas que ardían sobre el santuario del padre del padre de nuestro padre.

Los muertos compartían entre ellos y no les importaba, siempre que se les brindara el respeto adecuado. Cuando mi madre nos contó acerca de la madre de la madre de mi madre, mi hermana y yo movimos una de las lámparas de la cáscara del huevo a su pequeño santuario. Yo había visto a mi hermana construir un santuario para mí, pero me había sido imposible ver lo que usó para hacerlo. Sabía que los objetos más antiguos tendrían mayor poder, pero dado que aún yo no estaba muerta no sabía si ella podría usarlos.

Había un cordón en mi alcoba que al jalarlo llamaba a una criada. Nunca lo había usado porque nunca necesité nada que no tuviera. Pero en ese momento lo usé, y si la criada se sorprendió no mostró signo alguno. Quizás ahora me temía y había fijado la expresión de su rostro como una roca para esconder su miedo, como yo lo hice con Lo-Melkhiin. En todo caso, cuando pedí un huso y lana para hilar y hacer estambre no dijo nada, sólo asintió y salió de prisa para ir a cumplir mi petición.

Cuando partió encendí las demás lámparas, incluida la nueva, que había encontrado esa mañana. Estaba decorada con cabras, con círculos que parecían ser bolas y con imágenes del sol. Su hechura era muy fina, y de haber sido fabricada de la forma común seguro le habría tomado horas. No era tan costosa como la bola —ya que la madera era muy inusual en el desierto, y una pieza tallada en una bola lo era más aún—, pero era una buena pieza.

Me vestí rápido con una túnica ligera, enrollé mi cabello alrededor de la cabeza como lo hacían las hilanderas para evitar que sus largas trenzas ensuciaran el trabajo. La criada volvió con mi huso y un canasto con lana cruda, y la despedí con toda la amabilidad de la que fui capaz. No deseaba que la gente me temiera. Había un cojín junto a mi mesilla; me senté sobre él con el canasto a mi lado, con mi vestido acomodado de manera que no estorbara al huso. La lámpara ardía intensamente y vertía luz clara, aunque la alcoba ya estaba iluminada por el sol. La bola no rodó, sino que permaneció junto a la lámpara proyectando sombras sobre la mesa. Até lana cruda al hilo principal e hilé un palmo, más o menos, para asegurarme de que tenía bastante para comenzar. Sostuve la rueda del huso para evitar que la pieza se deshiciera, inhalé profundo una vez, luego otra más y comencé a hilar.

Al principio no sucedió nada, excepto que el ovillo creció bajo mis dedos. Sin pensarlo, comencé a emparejar mi respiración al vaivén del huso y el latido de mi corazón se adaptó a él. Entre un parpadeo y otro, estaba volando sobre la arena del desierto, más veloz que cualquier caballo o cuervo de arena, hacia las carpas de nuestro padre. Hacia mi hermana.

Los camellos de nuestro padre habían desaparecido, y supe que estaba viendo los días pasados, tal como lo había deseado. Se trataba de los días después de que partí con Lo-Melkhiin, pero antes de que nuestro padre volviera con la caravana. La carpa de mi madre ostentaba una bandera púrpura, que no portaba el color del luto. No encontré montones de raíz de ciruelo o flores del desierto para recordar a los muertos en ninguno de los costados de la entrada a la carpa. No estaban de luto por mí como alguien que hubiera muerto, aunque lloraban y lamentaban mi ausencia entre ellos. Mi hermana sabía que yo aún vivía y repartía las palabras de mi supervivencia a lo largo de todo el wadi, como una inundación.

Encontré a mi hermana en nuestra carpa, en aquélla que habíamos compartido y donde ahora ella dormía sola. Su colchón y tapetes se encontraban a un lado, exponiendo así la arena del desierto dura y compacta. Ella caminaba en un amplio círculo, esparcía el polvo de concha detrás suyo conforme andaba, hasta que lo completó. Luego se volvió y se arrodilló frente a los objetos que había dispuesto al centro del círculo. Ahí estaba mi primera rueda del huso, mi tazón favorito de los tazones pintados de mi madre, mi báculo de pastoreo y el cuchillo de bronce que yo usaba para cortar la carne. Mi hermana desató un pequeño fardo y supe que contenía mi juego de costura y lo añadió a la colección. Fue entonces que comenzó a cantar.

Yo no escuchaba sus palabras, pero observaba el poder que atraía hacia su círculo. Antes, sólo había sido tierra sobre tierra, los colores mezclándose conforme cambiaban sobre el suelo. Ahora, el blanco del polvo se intensificaba hasta que se incendió sobre la arena. Lanzó llamaradas hacia cada uno de los objetos y hacia mi hermana, los envolvió sellándolos para que ella les diera uso.

Justo antes de que el círculo se tornara demasiado brillante para que yo lo viera, mi hermana tomó la bolsa junto a ella y jaló una de las dos lámparas de cáscara de huevo y la añadió al resto. Ésta ya ardía con las plegarias que habían sido pronunciadas para ella. Ahora abrasaba mis ojos y me mecí hacia atrás para alejarme del severo resplandor.

En cuanto me moví comencé a volar de nuevo a través del desierto hacia el qasr de Lo-Melkhiin y a mi alcoba, en la que me encontraba hilando. Parpadeé, mis ojos aún poseían el encanto de la luminosidad de la obra de mi hermana. Mi lámpara ardía con luz blanca y mi bola brillaba con ella. Mi regazo estaba repleto de hilo. Aunque había comenzado con lana cruda, la había hilado tan blanca como si hubiera sido desteñida durante días. Me apresuré a terminar la última parte para que mi pieza no se deshiciera, y luego la amarré fuerte alrededor de una madeja que encontré al fondo del canasto.

Había pedido una visión, hice lo necesario para tenerla y la recibí. El sol ahora entraba por una ventana distinta y la vela del tiempo se había consumido hasta el mediodía, pero no sentía la rigidez que habría esperado experimentar por hilar durante tanto tiempo sin moverme. Sin embargo, estaba exhausta y me tambaleé cuando me puse de pie. Volví a mi lecho y me recosté, y si el mismo Lo-Melkhiin me hubiera convocado, no habría podido levantarme.

La oscuridad me reclamó para sí, pero era una penumbra suave y amigable, perfilada en esa luz blanca y familiar.

diecinueve

Dormí durante la parte más calurosa del día; cuando desperté y eché de menos el desierto, fui al jardín del agua. El sonido de la fuente era algo único, que no encontraría en casa, y aun así tenía el efecto de calmarme. Poseía un ritmo especial, lo sentía en mis dedos de la misma forma en que había sentido el huso y el hilo. Las flores nocturnas apenas comenzaban a florecer y su aroma delicado terminó de despertarme de mi sueño exhausto.

No me encontraba sola. La madre de Lo-Melkhiin estaba sentada bajo una palma de dátiles en un cojín amplio y un cántaro de vino diluido colgaba de su brazo. Cuando nos miramos a los ojos, con un gesto me invitó a sentarme a su lado, así que crucé el pasillo hacia ella. Mi sitio no tenía suficiente sombra, pero el sol ya no era tan intenso y no parecía tan brillante después de lo que había contemplado en mi visión.

—Cuando mi hijo comenzó a cazar temí por su seguridad —me dijo cuando me acomodé. No me ofreció una copa.

—El desierto es un lugar duro —dije—, lleno de peligros.

—Tus palabras son ciertas —dijo—, pero mi hijo no cayó presa de ninguno de ellos. Incluso cuando se internó por primera vez en el desierto, éste lo amó y no le hizo daño alguno.

—Debe ser porque es sabio en su forma de conducirse —dije—. Nuestro padre es así. Sale con la caravana y vuelve, y sólo está marcado por el polvo del camino.

—Mi hijo estudió bien el desierto —concordó—, pero cuando su espíritu cambió, comenzó a alardear de la sabiduría que obtuvo en su estancia ahí.

Pensé en lo que habían mencionado las mujeres en el salón de hilado. Quizá Lo-Melkhiin pudiera ir al desierto y regresar ileso, pero sus hombres no. El orgullo de nuestro padre no era sólo su propia resistencia, sino la fortaleza de toda la caravana, hasta de las ovejas que llevaban con ellos para vender.

—Al desierto no le agrada que se burlen de él —dije—. Al final, siempre cobra un precio.

—Y ahora mi hijo lo ha pagado —dijo—. Un enorme pájaro lo atacó, lo cortó con garras plateadas tan brillantes que los demás cazadores no pudieron mirarlas, y ahora mi hijo yace en su lecho como no había estado desde hacía muchos meses, y no distingue el cielo de la arena.

Recordé la facilidad con la que el gran pájaro rajó la garganta de la oveja que mi hermana y yo habíamos cuidado, y entonces no dudé de sus palabras.

—¿Acaso las heridas son tan profundas que ya le han provocado fiebre? —pregunté.

—No tiene fiebre —me dijo—. No tiene ninguna infección que nuestros curanderos puedan detectar. Las cortadas son más bien como rasguños, apenas sangran ahora que las compresas han sido colocadas, y aun así no despierta.

Por fin, colmó una copa con vino y me la dio. La tomé con agradecimiento y bebí despacio. El sabor era amargo en mi lengua y conforme bebía sentía que el mundo se aclaraba a mi alrededor. La luz blanca de mi visión se despejó y con ella partió el ritmo, aunque todavía escuchaba el eco en el canto de la fuente.

—Las mujeres dicen que lo bordaste con hilo, antes de haberlo sabido —dijo la madre de Lo-Melkhiin.

No respondí. Antes, las hebras de las historias habían llegado a mí con facilidad, pero ahora que no estaba concentrada en una labor no tenía nada.

—Cuando un rey muere siempre hay un tumulto, incluso cuando existe un heredero —dijo—. Cuando no lo hay, es una locura y puede arruinarse una ciudad y un reino.

Nuestro carnero líder había muerto en la penumbra de mi octavo invierno. Las ovejas no se separaban de su lado y los demás carneros pelearon durante cuatro días hasta que uno de ellos, el más joven, murió también: sus cuernos no eran lo bastante fuertes para proteger su cráneo y aun así no dejaba de pelear. Imaginé que en el caso de los hombres sería mucho peor.

—Mi hijo ha dejado de ser un buen hombre —dijo—, pero es un buen rey. Si tu poder del desierto ha provocado esto, te ruego que lo repares. Cúralo, si puedes.

—Si él muere yo podré volver a las carpas de mi padre —dije. No era mi intención sonar cruel, pero se sobrecogió al escucharme—. Seré una viuda y las leyes de los hombres dictan que me deberían dejar partir. Ya no temería la muerte a manos de Lo-Melkhiin. Me iría a casa y tomaría el rol sacerdotal de mi hermana, para que ella pudiera casarse.

—Podrías hacer eso —dijo. Sus palabras eran lentas, como si las pintara al pronunciarlas—, pero la ciudad estaría en caos, y el caos cruza la arena como lo hacen los cuervos de arena. Tu familia no podría escapar, sin importar la bonanza en las ventas de tu padre.

Al morir el padre de Lo-Melkhiin, nuestro padre no salió a vender durante casi un año. Los caminos no eran seguros, les había dicho a mi madre y a la madre de mi hermana cuando creía que nosotras no podíamos escucharlo. No arriesgaría la caravana y tendríamos lo suficiente para sobrevivir si actuábamos con mesura. Tres de los corderos murieron, al igual que un camello. Pero nosotros sobrevivimos. Si tras la muerte de Lo-Melkhiin no se nombraba a un nuevo rey, nadie se haría cargo de los caminos y nadie reforzaría las leyes del comercio. Nuestro padre permanecería en casa hasta que estuviera forzado a salir, y entonces debería pagar un precio demasiado alto por vender.

—¿Qué podría hacer? —pregunté.

—Tú bordaste esto y lo supiste conforme sucedía —dijo la madre de Lo-Melkhiin—. No sé si lo viste o lo causaste, pero ven, mira a mi hijo y quizá sepas cómo despertarlo de su enfermedad.

Deseaba negarme a su invitación. Contemplaba mi hogar con tanta claridad que olía a las ovejas y saboreaba la carne asándose en el fuego. Escuchaba a mis hermanos luchar unos con otros para definir quién realizaría las tareas indeseables. Sentía la mano de mi hermana tomando la mía mientras los mirábamos, soltando risitas ante su absurdo comportamiento. No sanaría a Lo-Melkhiin sólo para que él estuviera bien.

—Iré —le dije.

Se puso de pie, su peluca de melena de león contrastaba con su piel oscura. Me ayudó a levantarme. Fui a mi alcoba por un velo y una bata y me acomodé los rizos que se me habían soltado mientras dormía. Después me condujo al cuarto de baño, pasando las piscinas humeantes y el vestidor que yo usaba, y hacia la habitación en la que tenían a Lo-Melkhiin.

Estaba recostado sobre una mesa alta, no sobre almohadas en el piso. La mesa estaba cubierta con lino blanco y parecía que la piel de Lo-Melkhiin había tomado prestado ese color. Su palidez se extendía desde la coronilla en su cabeza hasta los dedos de sus manos y pies. Su rostro expresaba una mueca de dolor, aunque sus ojos permanecían cerrados. Pensé que si estuviera despierto estaría gritando. Era casi triste que durmiera.

—Señora bendita —dijo el curandero que estaba parado en la cabecera de la mesa. Se inclinó en una reverencia, pero yo creí que se dirigía a la madre de Lo-Melkhiin.

—¿Puedo tomar un poco de su tiempo para hacerle unas preguntas? —inquirí—. No deseo distraerlo.

—Señora bendita, he hecho todo lo que he podido —dijo—. Cuando estaba consciente, aunque se revolcaba de dolor, me parecía tener ideas de cómo sanarlo, pero ahora que está dormido no puedo pensar en nada más que esperar.

Me acerqué, y me paré al lado de Lo-Melkhiin y tomé su mano. Por primera vez vi la luz fría sin que fuera incitada por él y sentí que algo se posó en mi piel. El fuego cobrizo también estaba ahí y se enredó en sus dedos.

—Sé que lo has intentado —le dije al curandero—. ¿Me puedes decir qué hiciste?

—Limpié sus heridas con agua y las amarré para detener el sangrado —dijo—. Las hierbas en los atados son para ayudar a la piel a regenerarse, aunque tendrá cicatrices.

—Mi hijo es un cazador —dijo la madre de Lo-Melkhiin—, no le importará tener cicatrices.

El curandero se inclinó ante ella.

—¿Se dañará la herida si la desata para que yo la observe? —pregunté. El curandero titubeó, y posé mi otra mano sobre la suya. El fuego cobrizo brilló—. Solamente en el desierto he visto esas heridas.

No mentí, precisamente. Había visto las heridas, pero cuando la oveja ya estaba muerta. En todo caso, el curandero estaba tan desesperado que accedió y con cuidado separó las ataduras. Una vez al descubierto su apariencia era espantosa.

—¿Han estado tan vibrantes todo el tiempo? —pregunté.

—No, señora bendita —el curandero señaló una marca de carbón en el brazo de Lo-Melkhiin—. Hasta aquí llegaba la coloración hace dos horas. Se ha extendido un palmo desde entonces.

Me ofreció aceite limpio para que tocara las heridas sin infectarlas. Cuando toqué a Lo-Melkhiin ningún tipo de fuego pasó entre nosotros, pero sentí el ritmo de su sangre. Era como una fuente, como el huso, como mi propio corazón. Cerré los ojos e intenté emparejar mi respiración con la suya, pero era muy poco profunda. Entonces, por cada tres respiraciones suyas yo inhalaba, y eso me ayudaba a sumergirme en su sangre.

No era como hilar. Esto era ordenado y productivo. Había un caos de sangre y médula y hueso, y una chispa que los mantenía juntos y que no deseaba tocar. La sangre era pesada, demasiado para que el cuerpo la transportara. Se movía por sus venas con pereza, llevando el peso hacia su corazón. No quise pensar en lo que sucedería cuando esa carga llegara a su destino. Me moví y de pronto me encontré en una arteria, ahora avanzando muy deprisa a través de su cuerpo y hacia su cerebro. Ahí parecía una tormenta de relámpagos, excepto por una esquina amable y oscura. Intenté observarla con mi propio cerebro y no vi manchas oscuras como las de él, pero el movimiento me sacó del trance y me llevó de vuelta al lado de Lo-Melkhiin.

No diría nada y él moriría. Podría volver a las carpas de nuestro padre y resistiríamos mientras los hombres de la ciudad luchaban por el trono. No diría nada, pero otros sufrirían: otros comerciantes, las mujeres y los niños en otras carpas, las aldeas más cercanas a la frontera que al qasr. Podía no decir nada, o podía asegurarme de que cuando Lo-Melkhiin despertara estuviera en deuda conmigo por haber salvado su vida.

—Su sangre está envenenada —le dije al curandero—. El pájaro debió portar algo en sus garras.

—Pero el caballo no está enfermo —dijo el curandero—. Y tampoco el guardia, que también fue rasguñado.

—Quizá sólo afecta a Lo-Melkhiin, pero te digo que su sangre está envenenada —afirmé. Sería bueno conocer ese tipo de veneno.

—Corta las heridas —dijo la madre de Lo-Melkhiin—. Sé que es peligroso, pero tal vez sea la única manera de salvarlo.

El curandero nos miró con impotencia y luego comenzó a remangarse. Observé que el fuego cobrizo corría por sus brazos, hacia su corazón y su mente. Él lo haría.

—Les ruego a ambas que nos dejen solos —dijo—. Esto no será placentero a la vista.

Conduje a la madre de Lo-Melkhiin fuera de la habitación conforme el curandero convocaba a sus ayudantes y calentaban sus cuchillas al fuego. Supe cuando comenzaron a cortarlo, sin siquiera verlos, porque fue cuando Lo-Melkhiin despertó y comenzó a gritar.

veinte

Lo-Melkhiin no murió esa noche ni la siguiente. Fueron necesarios tres días de sangrado antes de que el veneno fuera extraído de su cuerpo y él despertara y fuera capaz de distinguir el cielo de la arena. Ese día encontré un tiesto con flores del desierto en mi alcoba y supe que era una muestra de gratitud de la madre de Lo-Melkhiin. Las puse bajo el sol para que se marchitaran y murieran, sin raíz. No deseaba tener ningún recuerdo de lo que había hecho.

Las jóvenes que vinieron a peinar mis cabellos y a bañarme se inclinaron en reverencia pronunciadamente y evitaban mirarme a los ojos. No hacían plática ociosa como antes y tampoco se dirigían a mí de forma directa, salvo para preguntarme si un broche me incomodaba o si el diseño me parecía bien. Estaban temerosas, o quizá pensaban que yo era una tonta. Después de todo, había salvado a Lo-Melkhiin por motivos de los hombres, y las mujeres que vivían en el qasr sufrirían por ello. Lo pagaría con la vida. Estaba irascible y no me contenía al responderles. Para cuando terminaron de vestirme, todas estábamos alteradas. Al menos ellas podían huir.

Salí al jardín, pensando que el canto de la fuente me calmaría como lo había hecho el día anterior, y una vez más me di cuenta de que no estaba sola. Esta vez era Sokath, Sus Ojos al Descubierto, quien me esperaba. Tenía el desayuno para dos sobre la manta en la que estaba sentado bajo la sombra. Me senté frente a él y no hablé.

—En tiempos pasados —dijo Sokath, Sus Ojos al Descubierto—, una persona que salvara a un rey o una reina habría sido recompensada con grandes riquezas. Nada que su corazón deseara sería demasiado. Y, sin embargo, aquí estás, señora bendita, con un corazón endurecido en tu pecho.

—¿Acaso debería regocijarme? —pregunté—. ¿Acaso no soy una tonta oveja que no puede pensar por sí misma y entra por su propia voluntad al redil en vez de enfrentar la posibilidad de que haya chacales por la noche?

—Me parece que eres una cabra —dijo Sokath, Sus Ojos al descubierto—. Entras al redil porque es tu hogar, pero si precisaras salir de él encontrarías la forma de hacerlo.

Hice un sonido tan descortés que de haberlo escuchado la madre de mi hermana se habría enfadado.

—Dime lo que viste cuando lo sanaste —dijo Sokath, Sus Ojos al Descubierto—. Yo seré el sol y tú la bola, y juntos juzgaremos a las sombras.

Le dije acerca de la pesadez en la sangre de Lo-Melkhiin y la parte oscura en su cerebro que parecía muy distinta del resto de su cuerpo.

—¿Distinta en qué manera? —preguntó.

Consideré pausadamente las palabras que usaría para describírselo. Descubrí que las hebras estaban ahí, en el ritmo del agua cayendo en la fuente.

—Cuando sacrificamos animales para los días de fiesta apartamos la cabeza para nuestras ofrendas —le dije—. Mi madre y la madre de mi hermana esperan hasta que los cráneos se hayan secado y luego los quiebran para abrirlos. Así es como sé de qué forma luce el cerebro. He visto el de ovejas y cabras y una vez el de un camello. En el cerebro de Lo-Melkhiin es como si hubiera una serpiente, pero en la esquina mora el de un camello.

Sokath, Sus Ojos al Descubierto, rodó una aceituna entre sus dedos.

—Y la parte que habita el camello está en penumbras, como si durmiera —continué—. La parte de la víbora estaba llena de relámpagos.

—Ese relámpago es lo que los Sacerdotes llaman alma —dijo—. Los Escépticos pensamos que es como el sol que baña las plantas verdes y que fomenta que crezcan altas y fuertes.

—¿Eso significa que las partes oscuras no tienen alma? —pregunté.

—O que están siendo retenidas —dijo Sokath, Sus Ojos al Descubierto—. ¿Conoces la historia de cómo Lo-Melkhiin se convirtió en quien es ahora?

—La conozco —dije—. Se internó en el desierto y volvió transformado.

—Nunca debes decirle esto a mis compañeros —me dijo—, pero creo que se equivocan. El sol puede endurecer los pensamientos de un hombre por algún tiempo, pero si no lo matan éste recobra la frescura de su mente. Pienso que los Sacerdotes están en lo correcto. Había un demonio en las dunas aquel día y él regresó en el lugar de Lo-Melkhiin.

—No en su lugar —le dije—. Junto con él. Si hubiera tomado su lugar todo el cerebro sería igual.

—Supongo que eso es verdad —me dijo—. De todas formas, no importa. El demonio es demasiado fuerte.

—No lo es tanto como para haberme matado —le recordé.

—Eso es lo que me otorga esperanza —dijo—. Debemos mantener a Lo-Melkhiin hasta que engendren un heredero. Un heredero puede tener un regente, y un regente puede hacerse a un lado. A un heredero se le puede enseñar, moldear. Sin un heredero, los hombres poderosos de la corte se interpondrán y reñirán, y por varias generaciones no veremos la paz.

Yo conocía las leyes de los hombres. Un regente debía ser un Sacerdote o un Escéptico. A menudo era uno de cada lado. Siempre eran viejos con el fin de que no pudieran aferrarse a su vida demasiado tiempo después de que el heredero tuviera la edad para tomar su lugar. Un heredero traería la paz, pero sólo había una forma de engendrarlo, y la idea me helaba la sangre. Tan sólo de pensarlo sentía náuseas.

—Sé que no es justo pedirlo —dijo Sokath, Sus Ojos al Descubierto—. No es justo pedir un precio que yo no puedo pagar, pero es la única solución que puedo ver.

Se levantó, las rodillas le crujieron, se inclinó en una reverencia y se dio la vuelta para dejarme a solas en el jardín del agua. Si esperaba una respuesta, no dio muestra de ello, y yo no le ofrecí ninguna. Pensé en el té que había bebido esa mañana. Sabía tan mal y ahora lo deseaba más que cualquier cosa que hubiera probado antes. Pensé que debía descubrir la manera de entrar en las bodegas y tomar un poco, en caso de que alguien ordenara a las mujeres que dejaran de llevármelo por las mañanas. Hasta ahora, Lo-Melkhiin me había tocado muy poco más allá de mis manos, pero no me arriesgaría.

Mi estómago estaba revuelto y vomité el desayuno en el tazón donde había sido servido. La criada me escuchó y se acercó corriendo. Tomó algo de tiempo para que se asegurara de que estaba bien y que sólo necesitaba pan y agua para que mi estómago se asentara. Había arruinado la bandeja del desayuno, así que la ayudé a envolverla en la manta antes de que la retirara.

No habrá heredero. No pagaré ese precio por ellos. He terminado con las leyes de los hombres. Encontraré otra manera.

Seguí a la criada a cierta distancia, esperando que me guiara hasta las cocinas, y lo hizo. El cocinero lanzó una mirada al bulto que llevaba y ordenó que lo lanzaran al fuego. Cuando me vio pudo haber armado un alboroto, pero yo levanté una mano para impedírselo.

—Venerado custodio del pan —le dije—. Sé que estás ocupado con los alimentos del día. Pan simple y un rincón en paz es lo único que pido.

—Por supuesto, señora bendita —me dijo, y me condujo hasta un taburete junto a la ventana, lo bastante lejos de los fogones para estar fuera del camino de las ondas de calor, y lo bastante cerca de la ventana para sentir la brisa.

Ahí estaba sentada, masticando el pan y bebiendo jugo de fruta fresca que colocó en una mesilla a mi lado. Lo observé a él y a sus ayudantes trabajar. Al principio, parecía como un grupo desordenado de gente, pero cuando me senté vi que los patrones emergían al igual que en el tejido o el hilado.

La madre de Lo-Melkhiin me había rogado que lo sanara y lo había hecho. Sokath, Sus Ojos al Descubierto, deseaba un heredero, pero no obtendría uno de mí. Lo-Melkhiin gobernaba porque los hombres se lo permitían, sin importar el precio. Yo había vivido en su qasr casi dos lunas menguantes para entonces y no había muerto. Había llamado al pájaro. Pero ahora no sabía qué hacer, así que me senté en la cocina y observé al muchacho cuya labor era voltear las cabras en los asadores para que se cocieran parejas.

El jefe de los cocineros se acercó al muchacho y revisó la carne. Asintió, le dijo al chico que su trabajo estaba bien hecho y luego tomó su cuchillo y señaló una parte del asado que tenía distinto color que el resto.

—Mira, estaba malo cuando lo pusimos y lo sabíamos desde antes, pero a veces si se cocina se puede salvar —le dijo al muchacho—. Pero esto no podemos salvarlo. Si un hombre comiera esto, enfermaría. Recuerda su color, en caso de que lo veas cuando yo no esté presente, o en tu propia cocina algún día. La carne de este color se la damos a los perros.

Con cortes rápidos y expertos cortó la carne estropeada y lanzó un silbido. Dos sabuesos que giraban los asados más grandes —supuse que eran reses— levantaron las orejas y se sentaron, con las patas recogidas delante de ellos como si estuvieran a la mesa alta del rey. El cocinero lanzó frente a ellos los trozos que había cortado y luego silbó de nuevo. A la segunda señal los perros comenzaron a comer, lamiéndose los dientes para aprovechar cada bocado hasta que hubieron terminado; luego volvieron a su trabajo antes de que el costado de la res comenzara a quemarse.

—Hasta las partes podridas sirven para algo, señora bendita —me dijo el cocinero, sonriendo—. Y los chicos aprecian el obsequio, ya sea que tenga dos patas o cuatro.

Observé que le entregaba un rollo de pan con canela al muchacho que había volteado la cabra en el asador y luego regresó a su trabajo en las mesas de amasado.

Sokath, Sus Ojos al Descubierto, pensaba que el demonio era demasiado fuerte, pero quizás había encontrado una debilidad cuando vi la parte oscura. La madre de Lo-Melkhiin estaba segura de que su hijo, su buen hijo, aún vivía. La parte oscura en su cerebro aún estaba ahí. Si fuera más grande, quizá Lo-Melkhiin volvería a ser como antes de encontrarse con el demonio en las dunas de arena. No podía cortarlo con un cuchillo, como lo había hecho el cocinero, para separar las dos piezas una de otra, pero no necesitaba hacerlo. Había llegado hasta donde estaba mi hermana a través del desierto y había convocado a un gran pájaro del cielo. El relámpago dentro de Lo-Melkhiin me había atemorizado antes y conocía lo que era, pero sabía que mi alma era fuerte y podía luchar con él si era necesario.

Los hombres necesitaban un rey. La mayoría estaba satisfecha con el que tenía. Los Escépticos deseaban otro para que ocupara su lugar, y si alguien sabía de eso sería traición. Yo no me conformaría con el rey que teníamos, pero tampoco les daría un heredero. Sokath, Sus Ojos al Descubierto, me había invitado a ser la bola y él sería el sol, pero ya no haría eso. Yo sería el sol ahora y probaría los límites de lo que este extraño poder era capaz. Recurriría a las plegarias que mi hermana ofrecía en mi santuario y cambiaría lo que fuera preciso transformar.

V

*H*abía mantenido a Lo-Melkhiin en un rincón de su mente, al principio para mi propia diversión. Me acostumbré a sus gritos y súplicas, y luego a su lúgubre silencio cuando se habituó a todos los horrores que presenciaba. Cuando el ave nos atacó encontré un nuevo uso para aquel rincón.

Yo antes había sentido dolor —no en mí mismo, sino una vez que ya había entrado en el cuerpo de Lo-Melkhiin. Quizá sentía las piernas rígidas después de un día entero de cabalgar, o se cortaba con su cuchillo al comer. Su dolor era interesante. Me hacía sentir vivo dentro de su cuerpo, y me agradaba. Pero el día que la gran ave nos tomó sentí algo nuevo por completo. Sentía ardor, por dentro y por fuera, como si estuviera siendo cocinado y no pudiera encontrar el fuego para apagarlo antes de que me engullera. Pensé que tal vez moriría.

Salí de sus manos, sus pies y su pecho. Su propia conciencia, enjaulada por tanto tiempo, se apresuró a llenar mi lugar y muy tarde se dio cuenta de la trampa que le tendí. Ahora el dolor era sólo suyo, salvo por la pequeña parte que hervía en su cerebro, y yo sólo soportaba una muy pequeña cantidad.

Nunca creí que me hastiaría de escucharlo gritar, pero ese día gritó tanto que lo obligué a dormir. Esperaba que sanara y luego lo despertaría de nuevo, pero aunque había vertido gran parte de mi poder en el curandero, no llegó la sanación. *Estaba renuente a abandonar a Lo-Melkhiin si podía ser salvado, pero no me servía estando muerto, así que me preparé para el largo viaje de regreso a la parte más caliente del desierto. Al menos ahí tendría poder suficiente por algún tiempo, aunque por supuesto ansiaba tener más.*

Y luego sentí las caricias tan ligeras en la piel de Lo-Melkhiin. Una compresa fría donde las artes del curandero sólo habían sellado el ardor hacia el interior. Esperé y no abandoné entonces a Lo-Melkhiin, ya que la frescura se esparcía a través de la sangre y en el cerebro, y luego se retiraba como había llegado.

Era ella.

Cuando nos dejó, quitaron las compresas y entonces entró un nuevo dolor, agudo y certero. Sangramos, pero sentí que el veneno salía de nosotros y decidí que podía resistir un poco más si eso significaba no tener que abandonar el cuerpo de Lo-Melkhiin sobre la mesa donde yacía. También le permití sentir ese dolor. Había tenido lo suficiente para que me durara por siempre.

Desperté tres días después, débil pero entero. Los curanderos me llenaron con caldos y jugo de fruta hasta que creí que estallaría, pero cada trago me restauraba. Al cuarto día pude caminar de nuevo. Al quinto, escuché murmurar a dos criadas cuando limpiaban la habitación pensando que yo estaba dormido.

—Ella lo bordó, antes de darse cuenta de lo que hacía —le dijo una a la otra.

—No pudo haberlo hecho —dijo la segunda.

—Ella lo quemó para que nadie pudiera verlo —dijo la primera—. Pero todas las hilanderas lo vieron y las tejedoras también.

—¿Entonces ella lo vio? —preguntó la segunda—. ¿O ella lo provocó?

Bajaron el tono de los susurros cuando me moví, se me dificultaba mantenerme quieto, y entonces huyeron. Estaba seguro de que la criatura que había desposado era humana, ordinaria y golpeada por el sol como el resto de ellas, pero si las jóvenes estaban en lo cierto, entonces ella tenía algún poder, lo supiera o no.

Pensé en la caricia fresca que hubo antes de los cuchillos. Ésa había sido su mano. Había entrado en mi sangre y visto el daño ahí, y luego indicó a los curanderos cómo sanarme. Me había dejado vivir. Yo no habría hecho lo mismo por ella.

El poder tuerce la mente de los hombres con mucha facilidad. Se doblan hacia delante como un árbol busca la luz y el agua. Por eso elegí el cuerpo de Lo-Melkhiin y las manos de Lo-Melkhiin; las suyas eran las más poderosas. Los señores comerciantes de su corte, los Escépticos y los Sacerdotes, los artesanos y los peones y sus hijos, todos habían volteado hacia él —hacia nosotros—, de la misma forma en que la arena sigue la dirección del viento.

Había dedicado todos los años dentro del cuerpo de Lo-Melkhiin a otorgar poder a los hombres que yo pensaba que podían usarlo de formas que quizá me servirían. Les había brindado grandes artes y pensamientos, y ellos nunca imaginaron que incitaban una terrible hambre en mí que debería ser alimentada hasta que murieran intentando saciarla. Habían hecho cosas grandiosas y creado historias extraordinarias, pero había estado ciego.

Todo este tiempo había tenido acceso a más poder del que había imaginado y no me había percatado de ello porque miraba los ojos de los hombres. Había olvidado a las jóvenes que tallaban los pisos y que hilaban. Había olvidado a las mujeres que teñían la tela y trabajaban con la henna. Había desposado a trescientas jóvenes y las había devorado antes de que estuvieran listas para ser comidas.

Ella lo sabía. Ella lo sabía y aun así me había salvado, cuando yacía débil y agonizante frente a ella. Sólo un tonto o un títere salvaría a un hombre que podría asesinarlo, y yo sabía que ella no era tonta.

Mejor todavía, lo había probado. Ya fuera que hubiera visto el ave o que hubiera provocado el ataque, ella había sentido ese poder, y el poder era algo que yo podía usar tan bien como ella cuando hilaba. Había tomado los corazones de tantos hombres durante mi estancia en el cuerpo de Lo-Melkhiin que se había vuelto fácil, demasiado fácil. Ahora tenía un desafío preparado. Yo no sabía cómo doblegar el corazón de una mujer, pero Lo-Melkhiin sí.

veintiuno

Cuando se recuperó, Lo-Melkhiin cenó conmigo en mi alcoba. Las criadas trajeron una segunda mesa —más grande que aquélla en la que yo comía y donde guardaba mi lámpara y mi bola— y la cubrieron con una tela azul claro con orillas doradas. Una joven despuntó todos los pabilos y trajo más lámparas para que pudiéramos mirarnos el uno al otro con claridad mientras cenábamos. Observé la preparación de los alimentos con el corazón enfermo. Incluso si no comíamos por una hora mientras cocinaban, aún tendríamos dos horas entre la cena y la hora en que me dispusiera a dormir. Dudaba que se fuera de mi lado, en especial si su madre le había dicho que yo había bordado la escena de su ataque en el momento en que sucedió, pero no deseaba conocer lo que Lo-Melkhiin había hecho para sobrevivir sus noches.

La maestra de la henna se acercó y tomó mis manos sobre las suyas. Me llevó desde mi alcoba, a través del jardín, hasta llegar al cuarto de baño. Dijo que no tenía tiempo para bañarme por completo, pero que se encargaría de mis manos y mi cabello.

Me senté pacientemente mientras ella colocaba henna en mi cabello, enrojeciéndolo. Yo sabía que al masajear con sus dedos mi cuello, orejas y frente dejaría marcas de henna sobre la piel. Esto lo hacía a propósito, para que los pequeños dioses que no pertenecían a mi familia supieran que me había puesto el color en el cabello. Si estuviera entintado demasiado bien pensarían que había nacido distinta y extraña y me marcarían ellos mismos para sus propias intenciones. No le dije que sus esfuerzos eran en vano. Yo ya estaba marcada con un objetivo.

Terminó con mi cabello y tomó el pincel para dibujar los símbolos en mis manos. Sólo pude mirar en silencio por unos momentos antes de que mi curiosidad me abrumara.

—Maestra de la henna —dije—, ¿qué son esos símbolos que dibujas?

—Alguien te lo dirá —dijo—, pero, señora bendita, algunos son los secretos de mi propia familia. Bendiciones de nuestros pequeños dioses que se permiten dibujar en otros como regalos. A ellos no renunciaré.

—Comprendo —dije.

Me había preguntado qué era lo que separaba a una buena artista de la henna de una inferior. La maestra siempre trabajaba sobre mí, aunque sabía que tenía varias aprendices y por lo menos una hija, que estaba en edad de ser pastora si viviera en las carpas de nuestro padre. Aquellas jóvenes se pintaban unas a otras, o a las hilanderas, pero no me tocaban a mí, ni siquiera para practicar. Ahora sabía el motivo. Si la maestra de la henna dibujaba signos de poder sobre mi piel no querría que otros interfirieran.

—Éste es para la suerte —dijo, y señaló un círculo amplio con alas. Había varios de ellos en mis antebrazos, escondidos en el patrón del dibujo—. Y éstos son para la fuerza.

Un árbol surgía desde la base de cada una de mis palmas, y sus ramas frondosas crecían hacia cada uno de mis dedos.

Trazó una línea que supe que era el desierto y las carpas de nuestro padre: mi historia. Luego volteó mis manos hacia arriba, las unió y las atrajo hacia su cuerpo. Miré el lado pálido de mis antebrazos, apretados juntos por la forma en que ella me sostenía. Eran aves, la mitad en cada brazo, y sólo visibles cuando mis manos estaban en la posición que tenían en ese momento.

—Señora bendita —dijo, y me soltó.

—Gracias —dije.

Si cenaba con mi esposo necesitaría toda la ayuda que pudiera recibir.

No me explicó el significado de los demás símbolos, pero sentí cada uno conforme los iba dibujando sobre mí. Cuando comenzó a delinearlos me ardían, como si mi piel estuviera demasiado cerca de una vela. Cuando terminó cada uno, el dolor se hundió en mi piel y cesó. Cada uno de ellos me fortalecía, aunque no conociera su significado.

Cuando al fin terminó, batió las palmas de las manos con fuerza. Las demás jóvenes aparecieron cuando ella guardaba sus instrumentos en un cesto y comenzaron a enrollar mi cabello en los estilos elaborados a los que ya me había acostumbrado. En el peinado también formaban patrones con las trenzas y broches, y sentí cada mechón que entrelazaban y sellaban en mi cabellera conforme las jóvenes trenzaban, anudaban y abrochaban.

Trajeron mi vestido, de un azul de varios tonos más oscuros que la tela que cubría la mesa, pero no tan oscuro como el cielo sin estrellas, y me envolvieron con él. Cubría los pájaros que pintó la maestra de la henna, pero yo los sentía sobre mi piel como si aletearan sus alas contra ella. El vestido también estaba bordado con hilo púrpura oscuro, lo que dificultaba ver los patrones. Una vez más, no necesitaba mirarlos ni tocarlos para distinguir su camino. No podía saber si alguien, además de la maestra de la henna, lo había hecho intencionalmente, pero estaba tan armada como podía para hacer frente a la cena y lo que fuera que sucediera con Lo-Melkhiin.

Las jóvenes se retiraron cuando terminaron sus labores. Todavía me temían —aunque quizá temían más a la maestra de la henna, quien supervisaba su trabajo con ojos de águila—, pero no me eludían. La última criada, la que fijó mi dobladillo por encima de mis zapatillas después de calzarme con ellas, titubeó antes de partir. Ella era quien me había llevado el té el primer día que pasé en el qasr; aunque la había visto varias veces desde entonces, no había hablado con ella otra vez. Me entregó un paquete envuelto en retazos de seda que seguramente pidió a las tejedoras. Su olor lo delató, e incliné mi cabeza hacia ella. No había sido capaz de encontrar el té por mí misma, a pesar de los repetidos viajes a las cocinas y diversas conversaciones con el cocinero y los muchachos que hacían sus mandados. Ella lo trajo a mí.

—Gracias —le dije.

—Por nada, señora bendita —respondió.

—Shuu, ahora, pajarillo —dijo la maestra de la henna. No estaba segura de a quién se dirigía, y sonaba tanto como la madre de mi hermana que me moví antes de pensarlo. Eso le provocó risa, dar órdenes a su reina de ese modo, y la criada sonrió cuando salió. La maestra de la henna me extendió una mano—. Me llevaré el té, señora bendita —me dijo—. Podrán registrar sus aposentos, pero no los míos. Si lo necesita, llámeme. Siempre tendrá una excusa para ello porque puede decir que desea que la pinte con la henna.

Le entregué el paquete y lo metió en su vestido. Había muchas cosas de mí misma que yo no podía controlar, pero tenía a estas mujeres y tendría esto.

—Ahora debe irse —dijo—. Siéntese derecha en su cojín. Hable sólo si él se dirige a usted. Coma pequeños bocados y mastíquelos por largo tiempo antes de tragarlos. No beba el té hasta que se haya enfriado, y si sus manos le tiemblan, siéntese sobre ellas.

No me dijo todo eso por el cuidado de los modales, sino por miedo. Asentí, con la boca seca por el denso calor del cuarto de baño, y me abrazó como si fuera su propia hija.

—Gracias —le dije.

—Que sus pequeños dioses la encuentren, señora bendita —me dijo. Había anhelado una conversación desde el día que llegué al qasr de Lo-Melkhiin, y parecía que al fin algunas de las mujeres estaban dispuestas a arriesgarse a encariñarse conmigo. Sonreí a la maestra de la henna, luego ella me tomó por los hombros, me dio la vuelta y me empujó hacia la puerta.

El aire en el corredor del cuarto de baño todavía estaba lleno de ese denso calor, pero el aire en el jardín era fresco. El sol estaba sobre las murallas del qasr y todo arrojaba sombras. Una leve brisa llevaba el aroma de las flores nocturnas hacia mi alcoba, que tenía todas las puertas y ventanas abiertas para permitir la entrada del viento. Pero no podía entretenerme porque Lo-Melkhiin me esperaba en la entrada. Cuando me vio, extendió una mano, la perfecta imagen de la cortesía, y crucé el jardín para reunirme con él.

—Esposa mía —dijo, y envolvió con sus dedos cálidos los míos. No sentí que me pinchara, y no había fuego. Simplemente tomó mi mano—. Gracias por cenar conmigo esta noche.

Lo dijo como si me hubiera invitado a acompañarlo y yo hubiera accedido, y no asumió la invasión que había llevado a cabo.

—Me disculpo porque no habíamos compartido la cena antes, excepto la noche de la lluvia de estrellas —continuó—. Confieso que el reino absorbe gran parte de mi tiempo y tú has sido tan paciente conmigo que fui desatento. Te ruego que me perdones.

Hice mi mejor esfuerzo para no mirarlo. Me pregunté si él habría pasado demasiado tiempo bajo el sol o si yo lo había hecho. Si tramaba cautivarme, tendría que transitar un largo camino cuesta arriba.

—Ven —me dijo cuando fue evidente que no seguiría su juego—. La mesa está servida.

En las carpas de nuestro padre comemos bien. Todas las noches hay carne, lentejas y garbanzos para colmar los tazones. Tenemos pan y aceite, y nuestro padre trae consigo especias cuando viaja porque mi madre adora experimentar cuando cocina. Comemos todo reunidos, compartiendo y tropezando los dedos en las bandejas, y en cada comida hay risas y el calor de la familia.

Esto no se parecía a eso para nada. Había pan y aceite, pero estaban acomodados en platos tan finos que pensé que si los sostenía a contraluz del sol podría ver a través de la cerámica. Había un decantador de cristal —en toda mi vida nunca había visto tanto cristal en un solo objeto— lleno de vino, y un cántaro de agua junto a él para mezclarlos. La carne estaba cortada en pequeñas piezas y por la forma en que estaba dispuesta parecía el cadáver de una de las aves de espíritu malvado y de largas plumas que a veces encontraba en el jardín. El cogote y la cabeza del ave completaban el plato al frente, mientras que en la parte de atrás, su plumaje era del color azul del mantel. No reconocí el aroma de las especias y tampoco los demás platillos.

—Debo recordar hablar con el cocinero mañana —dijo Lo-Melkhiin, todavía en el mismo tono familiar con el que me habló en el jardín—. Por lo regular presenta cada plato para que apreciemos su arte, pero esta noche no deseo ser perturbado. Por favor, esposa mía, toma asiento.

Me hundí en uno de los cojines, con la espalda tan recta como pude, gracias a las instrucciones de la maestra de la henna, e introduje los pies con cuidado bajo mi vestido. Cuando junté mis tobillos sentí que los signos concordantes que la maestra de la henna había dibujado en mis talones se reconocían mutuamente y entibiaron mi sangre fría.

Lo-Melkhiin estaba sentado a mi lado. Si hubiéramos estado frente a frente no habríamos podido vernos debido al ave que se interponía entre los dos. Podía ver la plataforma elevada sobre la cual yacía mi lecho, pero hice lo posible para no pensar en él.

Me quedé quieta mientras Lo-Melkhiin servía el vino y lo mezclaba con agua, y servía cada tipo de comida en un platón. Sólo había una copa y un tazón. Los compartiríamos. Si trataba de alimentarme con sus propias manos, le mordería los dedos. Bebió un largo trago de vino y me lo pasó. Mi trago fue mucho más pequeño, apenas humedeció mi boca. En todo caso su sabor era más fuerte de lo que a mí me gustaba.

Él comenzó a comer sin acercarse a mí, así que yo también comí. Tomé piezas de pan y envolví con ellas cada trozo que me llevaba a la boca, masticando tanto como podía.

—No puedo hacer que me temas —dijo. Me alegré por haber tomado un bocado pequeño; de otra forma me habría atragantado. En cambio, tragué con cuidado y sorbí un poco del vino demasiado fuerte antes de mirarlo.

—Yo no desperdicio mi miedo —le dije—. Ya te lo he dicho.

—Lo sé —respondió—. No temes a nada porque el desierto te llamará al final, de todas formas. Es predecible, como el reloj de agua. Yo he pensado en ser impredecible y ver si eso desencadena algo en ti.

—Yo he pastoreado rebaños de cabras, señor mío —le dije—. Me han enseñado lo que significa ser impredecible.

—También has estudiado las aves —me dijo. Sus ojos eran como el horizonte lejano cuando una tormenta de arena acecha más allá.

—No he estudiado nada —dije—. No soy un Escéptico. Si el desierto me ha enseñado y yo he sobrevivido, entonces es porque he aprendido.

—Sí —me dijo. Su mano empuñó un cuchillo de la mesa que no necesitaba—. De alguna manera, vives.

veintidós

Mi propio cuchillo estaba demasiado lejos de mi alcance si es que no deseaba ser demasiado obvia en mi intento por tomarlo. Dado que los alimentos ya habían sido cortados, no había visto ningún motivo para mantenerlo cerca. Prometí que si sobrevivía nunca sería tan descuidada como para permitir que Lo-Melkhiin tomara su cuchillo mientras yo no tuviera el mío. No creía que lograra derrotarlo, pero podía rajar su rostro y dejarle un recuerdo de lo que mi muerte le había costado.

Lo-Melkhiin giró el mango y luego balanceó el filo sobre uno de sus dedos. No cortó su piel. La luz de la lámpara resplandecía sobre el bronce brillante del cuchillo conforme lo giraba, lanzando puntos de luz en las paredes de mi alcoba y luego revoloteando en espiral. Podría haber sido hermoso si no hubiera imaginado las manchas de sangre que seguirían.

Lo único que podía alcanzar fácilmente era el salero. Aún estaba lleno y los granos eran gruesos. Si se los lanzaba sería como arrojarle arena al rostro. Me ayudaría a ganar tiempo para alcanzar mi cuchillo.

Lo-Melkhiin lanzó el cuchillo al aire y éste giró en un remolino de luz. Me incliné hacia el salero, preparada, pero cuando él atrapó el mango de nuevo sólo fue para voltearlo y clavar la punta en la mesa. Me quedé suspendida, sin saber qué haría él a continuación, y luego se inclinó hacia mí.

—No será un cuchillo, amor mío —dijo. Hablaba en voz baja—. Te lo prometo.

Se sentó y batió las palmas de las manos. Las criadas volvieron y despejaron la mesa, excepto por el vino, y después un hombre entró con un bulto. Lo-Melkhiin lo tomó y despidió al hombre. Abrió el bulto y vi que contenía mapas del desierto, en los que estaban marcados el qasr y todas las aldeas. Muchos lugares tenían una marca roja y sentí que la escueta cena se revolvía en mi estómago. Aquéllos eran los lugares que le habían dado una esposa.

—¿Quisieras ver cómo planeo una cacería, esposa mía? —me dijo.

—No, señor mío —respondí—. Tengo mis propias labores.

No era del todo verdad, pero en efecto tenía el huso y el hilo blanco de cuando me interné en la visión para ver a mi hermana. Suponía que podía tejerlo, aunque no tenía un telar de regazo, así que no estaba segura de qué usaría. La criada que antes se había llevado el mantel arruinado me vio con el hilo en las manos y asintió. En breve volvió con un telar y me senté a tejer mientras Lo-Melkhiin tramaba sus horrores del desierto.

Hay dos formas para sentarse mientras se teje. Mi madre y la madre de mi hermana se habían asegurado de que mi hermana y yo aprendiéramos ambas. Yo prefería mucho más la primera forma, como debía ser, porque era más cómoda. Podía sentarme así por horas, tanto como fuera necesario, pero si lo hacía esta noche cabía la posibilidad de que cayera en el trance del tejido y no deseaba hacerlo mientras Lo-Melkhiin pudiera observarme. En la segunda forma me sentaba en mi propio pie, y si no cambiaba de lado de vez en cuando, rompiendo mi concentración, el pie se dormiría y tendría calambres. La primera forma era como mi madre y la madre de mi hermana tejían cuando estaban juntas. La segunda era como tejían cuando se sentaban en las carpas de la caravana de nuestro padre, tejiendo con las mujeres mientras él comerciaba con los hombres.

—Tu tela será de la misma calidad —nos había dicho la madre de mi hermana—, pero sus oídos escucharán mejor.

Metí un pie debajo de mí. Como estaba oculto por mi vestido, nadie más que una tejedora podría saber mi posición. Mis hombros y la inclinación de mis caderas podrían delatarme, pero dudaba que Lo-Melkhiin se diera cuenta de ello. Tan sólo tendría que asegurarme de que no me observara cuando cambiara de lado.

Comencé a colocar la urdimbre. Dado que no estaba haciendo nada en particular, junté los hilos tanto como pude, dejando la suficiente holgura entre ellos para poder atravesar mis dedos al conducir el hilo. Ésta sería un pieza de tela finamente tejida cuando la terminara. Quizá me cubrirían con ella si tejía lo suficiente para abarcar mi rostro antes de que Lo-Melkhiin me estrangulara.

Trabajó en sus mapas, no me interesaba conocer con qué fin, y bebió con libertad del decantador, sin mezclar el vino con agua. Deseé que eso significara que se quedaría dormido sobre la mesa y no lograría llegar al lecho, pero en mi corazón sabía que no sería así. Él no tomaría más riesgos conmigo que los que yo había tomado con él. Al menos los cuchillos habían desaparecido. A pesar de lo que dijo, yo sabía que era más fácil cortar el cuello de alguien que asfixiarlo.

Una vez que la urdimbre estuvo colocada a mi gusto, tomé un largo nudo de hilo de la madeja y lo enrollé alrededor de mis dedos. Mi madre me había dicho que su madre había usado una aguja para desmontar una urdimbre muy fina debido a que sus dedos estaban muy torcidos por la edad, pero los míos aún estaban sanos y delgados. Podía pasar el hilo por la urdimbre usando mis dedos para jalar los hilos que quisiera y devolver los que no deseara. Sólo tenía que ser cuidadosa para no estirarla demasiado.

Cambié de pie y comencé a tejer.

Cuando mi hermana y yo habíamos visto diez inviernos cada una, ella enfermó con una fiebre y yo no la compartí. Ésa no era nuestra manera de hacer las cosas. Siempre habíamos hecho todo juntas, y aunque yo estaba sana mientras ella ardía y llamaba llorando a su madre, deseaba unirme a ella en su colchón. Mis hermanos me dijeron que era tonta y en mi corazón sabía que así era, pero era mi hermana y la echaba de menos cuando caminaba sola hacia el pozo.

Al tercer día después de que comenzó su fiebre mi madre me envió por agua de nuevo. Lo hice de buen grado, ya que estaba contenta por participar en su sanación, pero sabía que no podía cargar tanta agua sola y deseé que enviara a uno de mis hermanos en mi lugar. Nuestro padre insistía en que salieran con el ganado, ya que los animales estaban en época de parición. Así que fui al pozo, con un cántaro más pequeño y mi corazón apesadumbrado.

Extraje agua tan fácil como podía hacerlo sin ayuda y apenas había sacado el balde cuando un sonido en los arbustos en el extremo lejano me hizo levantar la vista. Mi corazón detuvo sus latidos por completo. Había una víbora de arena, y yo sabía que si aparecía una tendría que haber otra cerca, ya que no cazan solas.

Cruzamos las miradas por un largo momento, la víbora y yo, y no se reveló la segunda. Yo no llevaba piedras, ya que no podía cargarlas al mismo tiempo que el cántaro. La víbora no se movió otra vez, y después de un largo y caluroso momento bajo el sol del desierto, me atreví a moverme. Vertí el agua en mi cántaro y solté el balde hacia el pozo. Luego me incliné, levanté el cántaro y caminé de espaldas manteniendo mi vista en la víbora conforme me alejaba. Ella me observó partir, inmóvil, como siempre, y finalmente, cuando se dio cuenta de que había salido de su campo de acción, se internó en los arbustos y desapareció.

Cuando mi hermana mejoró se lo conté, después de que nuestro padre cortó todos los arbustos alrededor del pozo para que las víboras no se escondieran dentro de ellos.

—Quizá vio que estabas sola y por eso no atacó —me dijo mi hermana—. Quizá también estaba sola y sabía que las dos compartían un espíritu en ese momento.

—Quizá tengo mucha suerte —le dije—. O tal vez no parece que tenga buen sabor.

Ella rio.

La trama serpenteaba a través de la urdimbre conforme yo se lo ordenaba y sentí de nuevo a la víbora. Miré los ojos de Lo-Melkhiin, aunque él seguía sentado a la mesa frente a sus mapas. Cambié de pie, sin importarme si me veía o no, y me incliné de nuevo sobre mi trabajo. No tenía piedras, no podía detener a una víbora, pero podía ser paciente.

Él me observó por unos momentos, luego volvió a su trabajo. Cuando sentí que su mirada ya no estaba sobre mí, lancé un largo suspiro. La víbora no siempre atacaba. Ese pensamiento me provocó una sonrisa, a pesar del peligro, y me permití hundirme un poco más profundo en el tejido, aunque todavía estaba sentada sobre mi pie para asegurarme de no provocar nada extraño. Mis dedos encontraron el ritmo y mis hilos lo siguieron.

Teníamos abundantes canciones y cánticos de oración. Algunas estaban destinadas sólo para los oídos de mi hermana, mi madre y la madre de mi madre, pero otras las podía interpretar para mis hermanos o cualquiera de los parientes que vivieran en las carpas de nuestro padre. Había otras canciones que eran para cuando nos visitaba una caravana, aunque eso ya no sucedía muy a menudo, y había otras que inventábamos para entretenernos cuando trabajábamos y nuestras madres no estaban con nosotras.

En ese momento elegí una de mis favoritas. Tenía una melodía suave que ocultaba su ritmo natural. Un hombre pensaría que era una canción de cuna, útil solamente para dormir a un crío, pero cuando su ritmo constante estaba al servicio del tejido, ayudaba a guiar, a dirigir incluso a las hilanderas más novicias por los pasos hacia una tela terminada. Debíamos cantarla juntas, mi hermana y yo, y todas las jóvenes con voces claras que a veces tejían con nosotras. No había sido creada para ser cantada por una sola persona y además me faltaban partes, pero me gustaba tanto que podía rellenar esas partes, aunque Lo-Melkhiin no pudiera hacerlo.

Iba a la mitad del tercer verso cuando sentí una sombra y supe que estaba de pie a mi lado. Me forcé a terminar la línea que estaba tejiendo, con las manos tan estables como pude, aunque la víbora se cernía cada vez más sobre mí. Cuando terminé puse el telar a un lado y levanté la vista.

—Amor mío, tus cánticos traen el sueño al hombre —me dijo. No se había dado cuenta del propósito real de la canción y me sentí contenta por ello—. Ven entonces a recostarte.

No me tocó. Me retiré los broches del cabello y me quité el vestido para estar de pie frente a él tan sólo con la henna y el fondo. Si él conocía el significado de los símbolos, no lo demostró. No creí que lo supiera. Por lo general los hombres no los conocían. Después de todo, era un arte de mujeres.

—Ven al lecho —insistió.

Torné mi corazón de piedra y me trepé al lecho con la víbora.

veintitrés

Durante cuatro noches más, Lo-Melkhiin acudió a cenar conmigo, después trabajó por las noches y luego nos recostamos a dormir. La maestra de henna dibujaba sus signos sobre mi piel cada noche y las jóvenes enrollaban mi cabello y lo recogían; luego me ponían un vestido de hechura fina. Cada noche, la maestra de henna me quemaba un poco más fuerte, los broches se clavaban más rápido en mi cabello y cada vestido tenía un bordado de tacto más delicado.

Los mapas de Lo-Melkhiin iban siendo marcados y la tela crecía bajo mis manos. Mantuve cerca de mí el cuchillo de cocina cuando pude, y las veces que no lo tuve conmigo canté las melodías de la carpa de mi padre. Si se daba cuenta, no le importaba. Cada vez que me invitaba al lecho era lo último que me decía, y ni una sola vez me tocó. No aparecía su luz fría ni mi fuego cobrizo, pero no me sentía debilitada en lo más mínimo. La henna mantenía la fuerza de mi fuego cobrizo. Cada mañana él partía cuando yo despertaba para encontrar una humeante taza de té sobre la mesilla junto a mi lecho.

Cuando desperté me dirigí hacia el cuarto de baño. Al llegar estaba vacío, pero antes de que pudiera quitarme el fondo una de las asistentes apareció, como siempre, como si la hubiera llamado con una campana. Se llevó el fondo y me trajo uno nuevo mientras me lavaban la henna de la noche anterior. La tinta no desapareció por completo. A menudo la maestra de la henna tan sólo trazaba por encima de las líneas, renovándolas y dando nueva vida a su poder sobre mi piel. Quizá por ello ardían con mayor intensidad cuando las ponía sobre mi cuerpo. Era lo mismo con mi cabello. Mientras estaba sentada dentro de la pila, trajeron una tinaja con agua caliente y la pusieron en la repisa detrás de mi cabeza. Eché la cabeza hacia atrás y desenredaron mi cabello dentro del agua. Se desprendió un poco el color, pero no todo.

Cuando estuve seca y vestida, me dirigí hacia el salón de tejido. Abrí las puertas sin avisar, como era mi costumbre, y me sorprendió encontrar que todas las mujeres volteaban a verme en vez de mantener la vista sobre su trabajo.

—Ay, señora bendita, es sólo usted —dijo la tejedora más vieja—, es sólo usted.

—¿Sólo yo? —pregunté, y tomé un asiento vacío entre ellas. Me pasaron un canasto, una rueda de huso e hilo guía, y comencé a trabajar.

—Señora bendita, Lo-Melkhiin ha venido aquí cada día desde que salió de su enfermedad —dijo la hilandera que a menudo hablaba antes de pensar—. Nos observa y a veces posa una mano sobre nosotras y nos dice que nuestro trabajo está bien hecho.

La tejedora más vieja carraspeó. Mis manos estaban ocupadas, así que no pude cubrir mi boca. Entonces detuve mi sonrisa antes de mostrarla. La vieja tejedora no creía que Lo-Melkhiin pudiera reconocer un buen tejido si se topaba con él.

—Lo juro, señora bendita, no lo hemos tentado a venir aquí —dijo la hilandera—. Tan sólo aparece de pronto.

—A la señora no le interesa si él piensa que alguna de ustedes es bonita —dijo la vieja hilandera.

Una vez más tuve que ocultar mi sonrisa. Los celos eran la última emoción que sentiría si Lo-Melkhiin perseguía a una de las jóvenes hilanderas. Me preocupaba más lo que habían hecho después de que él las tocara.

—Dime —le dije a la hilandera—. ¿Dónde está el hilo que trabajaste después de que vino y te vio?

—Lo quemé, señora bendita —dijo, y bajó la mirada hacia su huso, aunque no estaba hilando—. No era adecuado para usarse.

—Así los tres años que ha pasado en este salón —dijo la vieja tejedora—. No ha sabido qué hacer con su hilo desde la primera vez que vino a mí. Él la asustó mucho.

Entonces me mostraron las demás piezas. Un bordado repleto de enredos, más hilo tosco, lana cardada tan mal que parecía que ni siquiera había sido tocada, y un telar en el que se habían visto forzadas a cortar la urdimbre para comenzar de cero.

Observé a la hilandera. Su hilo ahora estaba limpio, incluso más que nunca, aunque sus manos se agitaban levemente y proveía de hilo a su trabajo conforme el huso descendía. Ella había visto la víbora en él, yo lo sabía, y aún así trabajaba porque no se le ocurría nada más que hacer. Atrapé la rueda de su huso para que no se deshiciera, y posé mis manos sobre las suyas. El fuego cobrizo se extendió entre nosotras, más que cuando había tocado al curandero, y dejó de temblar.

—Ahí está —le dije—. Todo estará bien ahora. Cuando Lo-Melkhiin venga manden a una muchacha a buscarme y yo vendré después y les ayudaré a limpiar el desorden.

La tejedora carraspeó de nuevo y esta vez sí sonreí. Levanté mi mano para tocarla, pero antes de que pudiera hacerlo el fuego cobrizo saltó de mí hacia ella, iluminando sus ojos y enderezando su columna. Tosió una vez y yo la miré con sorpresa. Después me incliné para volver a concentrarme en el telar como si nada hubiera sucedido. Ahora estaba trabajando mucho más rápido.

Tomé mi asiento con las hilanderas de nuevo y pensé en cómo podría ayudarlas. Ya una vez había hilado por una visión. Quizás ahora podría hilar el fuego cobrizo dentro del hilo. Mi madre y la madre de mi hermana habían trazado líneas con sales de extraños aromas que nuestro padre traía de muy lejos, dispuestas en círculos alrededor de cada una de las carpas de nuestro padre. No evitaban que entraran las hormigas y las abejas, pero sí detenían a los escorpiones. Y a las víboras. Lo-Melkhiin entraría, no podía evitarlo, pero me preguntaba si podría hilar fuego cobrizo para lograr que su luz fría no volviera a espantar el trabajo.

Tomé de nuevo mi canasto y alcancé la rueda del huso. Comencé a hilar y me abandoné al trance sin resistirme entre un parpadeo y el otro.

Esta vez, en lugar de volar a través del desierto, floté en medio del techo del salón, en donde el aire caliente y perfumado se elevaba y holgazaneaba antes de encontrar su salida por las ventanas encortinadas. Miré hacia abajo y vi todos los telares trabajando, todas las ruedas girando y todas las agujas conforme entraban y salían, jalando tras de sí los hilos de seda.

Contemplé los rastros de la luz fría de Lo-Melkhiin. No me sorprendí al ver que se concentraban cerca de la hilandera más bonita, de la costurera más veloz y de la tejedora más talentosa. Al menos él podía calibrar el conocimiento del arte.

Dejé caer el material que hilaba sobre cada luz fría, ahogándola en fuego, y luego moví mi rueda a la siguiente. Cuando hube terminado de limpiar los restos, dirigí mis pensamientos a averiguar cómo podría proteger el salón.

Mi madre había dejado un círculo de sales y eso había sido suficiente, pero los escorpiones eran mucho más pequeños que Lo-Melkhiin. De todas formas, era el mejor lugar para empezar. Elevada en el aire cerca del techo, extendí el nuevo hilo cobrizo detrás de la rueda mientras me movía lentamente alrededor del salón. Entonces, porque no pude pensar en otra forma de hacerlo, repetí el proceso cerca del techo, al nivel en que flotaba. Las dos líneas de fuego cobrizo se alargaron para alcanzarse, pero permanecieron donde yo las había dejado. Conforme relajaba mi mano, las líneas se disipaban. Apreté otra vez, como sostendría las piernas de una cabra para evitar que se desviara pero luchaban contra mí más fuerte que cualquier cabra que alguna vez hubiera refrenado.

No podía permanecer en el techo del salón de hilado por siempre. Si mi primera idea había fallado, tendría que dejarla y luego intentar una nueva. Solté los fuegos cobrizos. Para mi sorpresa y alivio, las líneas permanecieron donde las había colocado. Hebras de fuego se desprendieron y subieron desde el suelo hacia el techo, y bajaron del techo hasta el suelo, de la misma forma en que las raíces del ciruelo se extienden en busca de agua. Se entrelazaron unas con otras y refulgieron intensamente en mi visión. Retrocedí ante semejante brillo y dejé caer la rueda del huso. Entonces caí y desperté en mi asiento, la vieja tejedora me sacudía de los hombros.

—Señora bendita —murmuró. No deseaba gritar y provocar alarma. Yo sabía que si no despertaba me pincharía, o algo peor.

—Aquí estoy —le dije—. Ya está hecho.

—Ciertamente —me dijo, y miré mis manos.

Había estado trabajando con hilo crudo, al igual que todas, pero ése no era el color que tenía la madeja al fondo de mi canasto con la que había hilado y envuelto. Así como había hilado hilo blanco cuando busqué a mi hermana, ahora había trabajado hilo cobrizo tan brillante que incluso el interior del salón parecía tener su propio fuego.

—¡Señora bendita! —exclamó la hilandera.

—Detengan su lengua —dijo la vieja tejedora. Miró alrededor del salón—. Todas ustedes detendrán su lengua. Esto se queda entre ustedes y sus pequeños dioses.

Todas murmuraron su consentimiento y sentí un revuelo en mi sangre. La vieja hilandera dijo *sus* pequeños dioses, pero yo sabía que al menos una de ellas me dirigía sus oraciones a mí, aunque no podía decir cómo lo sabía. Asentí a la vieja tejedora y dejé que continuaran con su trabajo y sus oraciones. Mi sangre resonaba al salir del salón.

En el aire más fresco del jardín me detuve. Antes, Lo-Melkhiin había estado satisfecho al tomar su poder de los hombres e inspirar sus creaciones. Ahora parecía que también dirigía sus esfuerzos hacia las mujeres que vivían en el qasr. No estaba desesperado por tener más poder; lo sabía por la fuerza de la luz fría en el salón de hilado. Más bien, había olvidado que las mujeres también trabajan, y que su trabajo es útil. Pensó que podía apresurarlas como lo había hecho con los hombres, y lo hizo, pero a un costo demasiado elevado. Deseé que se mantuviera alejado de las cocinas. El jefe de los cocineros trabajaba bien bajo la influencia de Lo-Melkhiin, pero muchos de sus ayudantes eran mujeres o muchachos y yo no deseaba comer pan quemado o crudo.

Él no me había tocado en cinco días. ¿Acaso había aprendido que mi poder era más fuerte que el suyo? ¿Había intentado encontrar otra fuente con la esperanza de debilitarme? Si lo hizo, había fracasado. La maestra de la henna y las mujeres que peinaban mi cabello tenían suficiente poder en su trabajo para mantenerme fuerte. No me agradaba que para que mi fuerza aumentara, la de él también tuviera que crecer. No me agradaba depender de él para nada, mucho menos para esto. Tal vez había llegado el momento de visitar a mi hermana en el presente, no buscar visiones de su pasado, y ver si el culto a mi pequeño dios había logrado lo que ella deseaba.

Estaba a la mitad de camino hacia mi alcoba y el tejido que ahí me esperaba, cuando se me ocurrió que Lo-Melkhiin podría haber visitado más salones además del de tejido. Yo había protegido ese sitio, pero supe que debió dejar su marca en otros y que el trabajo que ahí se realizara sería igual de caótico. Un qasr necesita un rey, rezaba el dicho. Eso era lo que los hombres pensaban. Un rey necesitaba un qasr en la misma medida, y el qasr debía operar con fluidez, conducir a las ovejas al río o el rebaño se desintegraría.

Pensé que necesitaba más lana, y si podía encontrar una forma de hilarla sin tornarla en colores imposibles, mucho mejor. Decidí mandar a una criada por un canasto, o más, cuando tuviera el tiempo y la privacidad para sumergirme en un trance al hilar. No podía ser hoy. El sol ya había pasado el cenit, lo que significaba que debía vestirme para la cena y después tejer con incomodidad, con la víbora observándome cada vez que me moviera. Después, otra noche quieta en el lecho con Lo-Melkhiin.

veinticuatro

No amanecí muerta, pero cuando desperté pensé que eso sería lo siguiente. Apenas me pude sentar para beber mi té, me sentía débil como un cordero recién nacido. Cuando me trajeron el desayuno, el olor me hizo vomitar todo lo que había tomado.

—Está bien, señora bendita —murmuró la criada mientras me ayudaba a recostarme de nuevo—. Si no lo toma un día, de todas formas funcionará.

—No me siento bien —le dije. El mundo giraba a mi alrededor y no podía detenerlo.

—Traeré un trapo frío y al curandero, y le diré al cocinero. No le gusta que vomitemos. Dice que es el primer signo de que el sol ha pegado demasiado fuerte.

Cuando lo dijo sonaba sincera. Había visto a hombres derribados por el sol si trabajaban a lo largo del calor del día o si no bebían lo suficiente. Pero yo sabía que eso no podía ser la causa de mi enfermedad. No había pasado demasiado tiempo bajo el sol. Pero la criada salió antes de que pudiera decírselo, y entonces esperé en mi lecho y deseé que mi cabeza no se abriera en dos antes de que ella volviera.

Comencé a dormitar, y al internarme en los sueños vi a un león. Bebía en un oasis en la frescura de la mañana. Yo sabía que era el oasis del mapa de Lo-Melkhiin. Él lo había escrutado con detenimiento, fraguando cada ángulo de su cacería. Creí que podría estar tramando dónde encontrar a su próxima esposa, pero debí saberlo: a él no le importaba de dónde proviniera.

En este oasis no había carpas y estaba alejado de la ruta de comercio. Sólo un demente o un hombre con muy buenos caballos podría cabalgar tan lejos hacia un oasis en medio de la nada. Lo-Melkhiin no estaba demente, me hubiera sido fácil aceptarlo si lo fuera, pero tenía caballos magníficos.

El león era viejo, con su melena rubia y brillante bajo el sol. Su lomo y su rostro estaban marcados con cicatrices largas de garras. Había luchado para conservar el oasis y había expulsado o matado a leones más jóvenes para lograrlo. No guardaba orgullo por su vejez, pero mantenía su hogar en el desierto.

Lo-Melkhiin lo cazaba sin otro motivo que matarlo y el león no tenía a dónde ir.

Vi que los demás guardias retrocedían, y había una montura vacía donde Lo-Melkhiin los había dejado para cazar solo. Antes de que el demonio entrara en él, Lo-Melkhiin había cazado leones que eran una amenaza para la gente. Esta vieja criatura era demasiado inteligente como para acosar las aldeas y los oasis de los hombres. Y ahora no envejecería más.

Mientras yo observaba, Lo-Melkhiin se acercó al agua del oasis, enfrente de donde estaba el león. La vieja bestia lo miró fijamente, con la suficiente sabiduría como para saber que si huía no ganaría nada. Por un momento creí que Lo-Melkhiin quizá salvaría la vida del animal, pero luego levantó su lanza con una mano y entre un aliento y el siguiente la lanzó entre los ojos del viejo león.

El animal cayó de bruces sobre el agua, entintándola con su sangre. Lo-Melkhiin sacó un cuchillo y lanzó un chiflido para llamar a sus hombres; entonces supe que pretendía desollarlo. No podía ver eso. Sentí que el vómito subía por mi estómago, aunque ya no había nada dentro de mí, y de pronto estuve de vuelta en mi lecho y la criada me sostenía el cabello mientras devolvía el estómago una vez más. Esta vez sólo expulsé agua blanca. El cocinero me miró y sacudió la cabeza.

—Jugo, señora bendita —me dijo—. Tanto como pueda.

—Desearía que se ocupara de su propio oficio —espetó el curandero.

—Yo iré por él —dijo la criada, pero el cocinero negó con la cabeza. Ella debía quedarse mientras al menos uno de los hombres estuviera conmigo.

—Señora bendita, ¿bebió vino? —preguntó.

—No —dije. Mi voz estaba ronca—. Bebí agua y comí lo que sirvieron.

—¿Se sentó bajo el sol? —preguntó.

—No —respondí.

—¿Quizá sólo esté cansada? —sugirió la criada—. Ayer pasó toda la tarde en el salón de hilado y las jóvenes dijeron que hiló sin parar por horas.

En el momento en que dijo la palabra "hilado" sentí arcadas de nuevo. Ella se acercó veloz, me dio la vuelta y sostuvo mi cabello para que no cayera en el tazón. No tenía nada que expulsar, pero aprecié su esfuerzo por ayudarme.

—Tal vez eso es lo que ha extraído el agua de su cuerpo —dijo el curandero. No estaba del todo equivocado, pero no era la razón real—. Hoy debe permanecer recostada, tomar todo lo que le traigan de la cocina y no realizar ningún oficio. Asentí, miserable, y la criada puso otro trapo frío sobre mi cabeza. El fuego cobrizo había hecho esto, o haber hilado tanto con él. Había sido demasiado. Una vez que el curandero salió y que la criada fue a buscar un peine, rompí en llanto sin poder detenerme. Sólo había sido capaz de proteger un salón. No podría formar un escudo en los otros salones de trabajo si el resultado sería que yo terminara así.

Unas manos suaves deshicieron mis trenzas y comenzaron a peinar mi cabello. Me obligué a respirar con suavidad, esperando caer dormida y descansar sin soñar. No deseaba ver más leones encontrar su muerte. Ni siquiera el pensamiento de que quizá podría ver a mi hermana me tentó a buscar un sueño. Sólo deseaba estar en la negrura y la inconsciencia.

Un dedo masajeó mi cráneo. Era demasiado grande para ser de las criadas. Intenté moverme antes de recordar las consecuencias y luego luché débilmente mientras Lo-Melkhiin insertaba sus dedos en mi cabello con fuerza.

—Salí a buscar un león esta mañana, esposa mía —dijo. Usaba el tono demasiado amigable que yo odiaba. Ya me dolía la cabeza, y por la forma en que tomaba mi cabello el dolor se exacerbaba—. Pero tú ya lo sabes. Te diría que la bestia devoraba las ovejas de los pobres hombres y robaba a los hijos de las pobres mujeres, pero tú sabes la verdad.

No dije nada y me jaló de los cabellos con las manos.

—¡Dime! —ordenó.

—Yo vi —dije, escupiendo las palabras como una víbora escupe veneno—. Yo vi que mataste al viejo león y estaba muy lejos de donde hubiera podido hacer algún daño.

—Bien —dijo—. No me gusta matar sin tener público.

Soltó mis cabellos, pero yo estaba demasiado débil para escaparme de él. En ese momento era fácil que me asfixiara si lo deseaba. Podía exhibir mi cabello junto con su nueva melena de león. Pero lo extendió sobre la almohada y comenzó a peinarlo.

—Tu hermana hacía esto —dijo—. Cuando eras pequeña.

—Sí —le dije. Odiaba decirle cualquier verdad, pero ahora odiar me fortalecía—. Lo seguiría haciendo si yo viviera en las carpas de mi padre, y yo también peinaría su cabello.

—No hemos hablado acerca de ella en algún tiempo —dijo—. ¿Viste los mapas que tenía? Muestran los lugares de los que provienen todas mis esposas.

—Los vi —le dije—. Hemos sido muchas.

—Así es —coincidió—. Tantas, que pronto comenzaré de nuevo. No debo ir en orden, lo sabes. Puedo volver a cualquier aldea que desee. Quizá regrese por tu hermana.

—Para entonces ella ya habrá sido desposada —le dije. Lo convertiría en realidad si me mataba—. Nuestro padre trae a un hombre consigo en la caravana y ella lo amará.

—¿Entonces quién se hará cargo de ti cuando mueras? —me preguntó.

Apenas lo escuché. En cuanto le conté mi historia me asaltó un terrible dolor de cabeza. Era como el fuego cobrizo, pero peor. Si yo fuera un pozo en el desierto, entonces habría servido por generaciones y sólo me quedaba un fondo abandonado para ofrecer a quien viniera a llenar sus cántaros.

La víbora atacó.

Dejó el peine y mi cabello y sostuvo mis manos junto a mi rostro. Usaba su propio peso para mantenerme inmóvil, aunque ya no podía escaparme de él. Sentí cada músculo endurecido de su cuerpo presionando contra el mío. En la parte de mi mente que estaba en calma y no gritaba, pensé que él tenía mucha suerte de que yo hubiera vomitado todo lo que tenía en el estómago, de lo contrario lo hubiera expulsado en su rostro ahora que se cernía a unos cuantos centímetros de mí.

—¿Acaso no has aprendido, estrella de mis cielos? —me dijo. Su voz silbaba en mis oídos. Yo no veía la faz de un hombre, sino la cara de una víbora—. Somos iguales, tú y yo. Por eso no puedo matarte y por ese motivo no mueres.

No creí sus palabras. Él no era un pequeño dios y yo no era un demonio. No éramos lo mismo. Éramos lo opuesto. Él debía saberlo.

—¿Piensas que no es verdad? —me dijo—. ¿Crees que no hablo palabras a los hombres y se han convertido en realidad, de la misma forma en que tú hablas palabras a las mujeres? ¿Crees que no puedo alcanzar tu alma y tomarla, con tanta facilidad como tú te internas en el alma de tu hermana y la manipulas a tu voluntad?

¡No! No era así como yo realizaba mi trabajo. Hilaba y creaba cosas. Él había impuesto un oficio donde nadie lo deseaba, y apresuraba tanto el proceso que sus creadores no podían controlarlo. Quizá yo había cambiado el camino en la vida de mi hermana, pero no tomaba el alma de nadie.

—Dudas de mí, pero te lo demostraré —me dijo.

Se hizo a un lado, la ausencia de su peso sobre mí me alivió, pero no soltó mis manos, así que el alivio fue breve, ya que me jaló para sentarme frente a él. Mi cabeza lanzaba alaridos y mi estómago daba arcadas, pero él no se detuvo. Invocó a la luz fría y yo me retorcí, pensando que me quemaría más de lo que ya estaba.

En cambio, la luz refulgió y mi cabeza se despejó. Era como si una bebida fría hubiera sido vertida por mi garganta y agua fría bañada por todo mi cuerpo. Mi estómago se asentó y el dolor cesó. Llena de horror observé que la luz fría lamía mis brazos como fuego consumiendo madera seca en una hoguera y se extendió hasta mis codos antes de volver a las manos de Lo-Melkhiin.

Después el fuego cobrizo serpenteó entre nosotros y contuve el aliento. Yo era un árbol de ciruelo, las raíces buscando agua, y el wadi estaba en su riada máxima. Rastreé la fuente del agua, esperaba encontrar el camino de regreso hacia mi hermana. En cambio, era como si cada wadi en el desierto me estuviera alimentando. Deseaba más y más y Lo-Melkhiin me estaba fortaleciendo para tomarlo. Éste era más fuego del que había usado para guarecer el salón de hilado. Era suficiente para proteger el qasr completo, y además habría remanentes. Pensé en mi hermana y el esposo que había conjurado para ella. Ahora él vendría, tan seguro como el sol que saldría mañana.

Lo-Melkhiin hundió sus dedos en mi piel y brotaron pequeños chorros de sangre que formaban pozas a su alrededor. Este nuevo dolor me regresó a la realidad, junto a él, lejos de mis ingenuos sueños del desierto. Su sonrisa viperina ahora era incontrolable y me miró con lascivia, como si fuera su objeto perfecto para hacerme lo que deseara.

No lo sería, lo juré. Nunca lo sería.

—Bien, amor mío —me dijo, y me pasó una copa de jugo—, después de todo parece que nos necesitaremos el uno al otro un poco más de tiempo.

veinticinco

Después de que Lo-Melkhiin despejó mi cabeza con su fuego frío, se marchó y finalmente me aventuré hacia el exterior. Era después del mediodía y me aterrorizaba encontrarme con alguien que pudiera adivinar lo que había hecho, así que no me arriesgué a pasar por el jardín del agua. Los cánticos de la fuente no me confortaron ese día. Al contrario, me recordaron que no estaba en el desierto y que semejante cosa sólo podía existir cerca de Lo-Melkhiin, gracias a su poder. Seguramente la fuente cantaba y el agua corría en ella aunque nadie la mirara, pero era de él. Al igual que yo.

Fui al cuarto de baño. A esta hora del día sólo había una criada que dormitaba en medio del calor junto al cesto de carbón, presta para atizar los fuegos que calentarían el agua de ser necesario, pero de lo contrario aprovechaba para descansar. No la desperté. Entré al cuarto del vapor caliente, dejando mi fondo sobre el piso conforme subía los escalones para llegar a la banca. No era cálido como el aire del desierto que lo secaba a uno al pasar, sino caliente como caldo, como sangre, y al respirarlo languidecí.

Deslicé la banca para acercarme al aire más fresco cerca de la puerta. Mi piel estaba empapada en sudor y me tomó un momento encontrar mis pies entre el vapor, pero me tambaleé escaleras abajo jadeando conforme el aire se enfriaba. La criada ya estaba ahí, la había despertado mi torpe fracaso. Me ayudó a entrar en la pila de agua caliente y me trajo una taza de té de hibisco.

—Señora bendita, debe tener cuidado en el cuarto de vapor —dijo—. La próxima vez permanezca cerca de la puerta.

Asentí. No estaba segura de querer volver a ese cuarto. La pila en la que estaba sentada era como una cacerola con el agua casi hirviendo, y eso era suficiente para mí. Cuando creyó que había estado demasiado en el calor, la criada me llevó a una pila con agua más fresca y colocó un jabón y un cepillo de cerdas suaves a un lado.

—Quiero que me cepille con más fuerza esta vez —dije.

Me miró como una hilandera cuando mira la lana, o como un cocinero cuando pesa la harina.

—Señora bendita, no lo necesita —dijo—. Su piel...

Levanté una mano y calló.

—Lo sé —dije—. Tú y las demás que laboran aquí han hecho bien al convertir mi cuero del desierto en una piel de ciudad —se sonrojó y continué—, pero deseo que me cepilles más fuerte.

Asintió y fue por el cepillo de cerdas duras. Ella tenía razón. No lo necesitaba. Mi piel había perdido su aspereza desértica, incluso mis manos que era la parte del cuerpo con lo que más trabajaba. Pero podía sentir el tacto de Lo-Melkhiin, el fuego frío en mis codos y, peor aún, su peso cuando me presionó inclinado sobre mí, y quería deshacerme de eso.

La criada volvió con el cepillo y lo llené de espuma con el jabón. Comencé a tallar, una tormenta de arena sobre mi piel desnuda —no, la tormenta que endurecía los huesos de los camellos—, apretando lo más que podía y arrastrándolo sin piedad sobre la superficie. No estaba satisfecha con lavarme a Lo-Melkhiin. Deseaba limpiarme de todo el qasr, que toda la *ciudad* desapareciera de mi memoria.

—¡Señora bendita! —gritó la criada cuando regresó con un fondo limpio. Sin preocuparse por sus propias ropas, se internó en la pila junto a mí y me arrebató el cepillo. Luché con ella. La joven que había guardado ovejas y quien corría por las arenas del desierto con mi hermana, con nuestro cabello oscuro ondeando al viento, quizás habría ganado, pero ahora estaba en la ciudad, era suave y me mantenían envuelta en sedas, y no era oponente real para una joven que cargaba carbón.

Aventó el cepillo lejos de la pila para que yo no pudiera alcanzarlo y examinó mis brazos y mi vientre. Había rasguños pero nada sangraba. No había tenido tiempo de cepillarme las piernas.

—Se terminó por hoy —dijo, y me sacó de la pila. No me resistí.

Me condujo a una plataforma de piedra y me recostó sobre ella. Pensé que sentiría frío, pero el fuego que calentaba el agua debió calentarme también. Ése era el constante calor de la piedra, radiando para confortarme donde el vapor y el agua habían fracasado. La criada sacó un cepillo suave, el jabón despedía un aroma a lavanda, y me lavó como si fuera una niña. Vertió agua de un cuenco para enjuagarme en vez de llevarme a la pila, y lavó la parte delantera de mi cuerpo cuando terminó con mi espalda. Cuando había tocado casi cada parte de mí, desde mi frente hasta los dedos de mis pies, me envió de vuelta a la pila. No me agradaba admitirlo, pero me sentía mejor.

—¿Así es como bañas a los enfermos y a los viejos cuando vienen aquí? —pregunté. Jalé las manos perezosamente dentro del agua y recosté mi cabeza a un lado, donde la piedra estaba mojada.

—No, señora bendita —me dijo. Había tomado un peine y estaba sentada detrás de mí para desenredar mi cabello—. Así es como lavaríamos a la reina, si ella nos lo permitiera.

Sólo una vez me habían bañado en la pila, pero sabía que si lo hubieran intentado cuando yo estaba en ánimo de luchar contra ellas, no se los habría permitido. Levanté la barbilla para verla sentada detrás de mí, peinando mi cabello. Sonreía.

—Lo hiciste bien —dije—. Gracias.

—Tan sólo asegúrese de comer —dijo—. O volverá a enfermar.

Enrolló mi trenza en un nudo simple, cuando lo abrochó se disculpó por no tener habilidad para peinar, y me ayudó a secarme y vestirme. Volví al jardín del agua y me senté bajo la sombra hasta que el sol desapareció detrás de las murallas. Entonces la maestra de la henna me encontró y me condujo al interior con entusiasmo.

—Señora bendita, debemos apresurarnos —me dijo—. Está muy bien que ya se haya bañado y vestido porque hoy no tendremos tiempo de hacerlo.

—¿Qué ha sucedido? —pregunté. Le permití que me llevara hacia un asiento y la observé encender las lámparas y extender sus tarros y pincel sobre un trapo.

—Ha llegado una caravana y pidieron audiencia con Lo-Melkhiin —me dijo—. Él se las ha concedido y dijo que tú debes acompañarlo.

Debía cumplir mi papel de reina, era a lo que él se refería. Ya había pasado suficiente tiempo perturbada por Lo-

Melkhiin ese día. No seguiría así, a menos que me diera una buena razón.

La maestra de la henna dibujó sus diseños con rapidez. Sólo marcó mi piel donde pudiera verse, en vez de trazar los símbolos secretos debajo de mi vestido como lo había hecho antes. Aunque era veloz, su trabajo no era descuidado. No dio ningún pincelazo fuera de lugar. Al instante en que terminó, se arremolinaron a mi alrededor las mujeres encargadas de peinarme y vestirme, como si estuviera parada al centro del rebaño con un salegar en las manos y las cabras al fin se dieran cuenta. No charlaban mientras hacían su trabajo, y en sus manos no encontré el suave consuelo que había anhelado, pero eran eficientes y cuidadosas; muy pronto estuve entintada, vestida y con el velo puesto, presta para salir y enfrentar lo que fuera que me esperara.

Me calcé unas zapatillas tan finas que podrían haber sido hiladas por arañas de la seda. La maestra de la henna me besó el entrecejo, el único sitio de mi rostro que mi velo no cubría.

—Está lista —me dijo—. Siéntese erguida. La observarán y sólo verán un velo, incluso el rey. Escuche todo lo que digan y recuerde que si sonríe o gesticula, ellos no la verán. Solamente permanezca en silencio y nadie conocerá su corazón.

Por supuesto estaba en lo correcto, y me relajé. El velo que ahora usaba era más pesado que el que tenía puesto cuando Lo-Melkhiin venía a mis aposentos. Aquél era de gasa y murmullos, con la intención de no ocultar nada. Como me encontraba vestida ahora, estaba escondida de todos. Podrían mirarme por una hora entera, admirar la fina tela roja de mi dishdashah y el bordado dorado brillante que delineaba el dobladillo y el cuello, pero nunca sabrían cuáles eran mis pensamientos.

Una criada me condujo al salón en el que Lo-Melkhiin ofrecía audiencia. No lo hacía a menudo, prefería reunirse con los peticionarios de manera informal. Pero yo sabía el verdadero motivo de eso. No necesitaba impresionar a sus propios súbditos, que ya le temían. Lo que debía hacer era tocarlos para tener influjo sobre ellos, pero eso se dificultaba en la sala de audiencias. Quien fuera que visitara el qasr esa noche, seguro no era de la ciudad.

Lo-Melkhiin estaba de pie junto a la puerta, esperándome. Su túnica era dorada, bordada en rojo, y sus pantalones también eran rojos. Nuestros atuendos combinaban, y le recordaríamos a quien nos mirara que el oro y la sangre eran dos cosas que Lo-Melkhiin poseía a raudales.

—Estrella de mis cielos, robas el aliento de mi cuerpo —dijo y me ofreció su brazo. Lo tomé—. Ven, observa lo que es ser reina.

Me condujo por la puerta hacia un salón amplio e iluminado que no había visto durante mis exploraciones por el qasr. Cientos de lámparas, algunas colgando del alto techo y otras sobre las mesas o sujetas de las columnas, refulgían con luz clara. Diseños geométricos conformados por cientos de piezas de vidrios, la mayoría no más grandes que la uña de mi pulgar, relucían en las paredes. El piso era de una piedra blanca, tan pulida que brillaba, y los tapetes sobre él estaban confeccionados con la seda más fina.

Era un desperdicio caminar sobre ellos.

Lo-Melkhiin me llevó a una tarima donde había un cojín grande. Me colocó a un lado de él y una criada que apareció de la nada me ayudó a arreglar la falda de mi vestido y se aseguró de que mi velo estuviera bien afianzado. Después él se sentó a mi lado. Cuando se hubo acomodado hizo un gesto al hombre que estaba de pie junto a él. El hombre llevaba un largo báculo de madera, más grande que el de un pastor; a la señal de Lo-Melkhiin, dio tres golpes acompasados al piso con él. En el extremo del salón los grandes portones fueron abiertos. Seis hombres se encontraban ahí de pie, y cuando vieron claro el camino que andarían, se internaron despacio en el salón. Me resultaba difícil verlos con gran detalle a través de mi velo cuando estaban lejos, pero pude discernir que no eran hombres de la ciudad. Sus capas eran del color que usaban los hombres que cruzaban el desierto en caravanas.

Aquellos hombres venían a menudo a la ciudad. Las criadas hablaban acerca de los mercados y bazares cuando me peinaban. Pero no dijeron que algunos comerciantes venían al qasr, y ciertamente no habían mencionado que ningún mercader tuviera audiencia con Lo-Melkhiin.

Pensar en él me provocó mirar hacia donde estaba. Como me había dicho la maestra de la henna, no me moví de mi posición erguida, sino que deslicé la mirada debajo de mi velo. La sonrisa de víbora estaba de nuevo en su boca, aunque suavizada por algo que no pude reconocer. Quizá no podía ser del todo cruel en ese lugar, donde hablaba con hombres que llevaban riquezas con su comercio. Quizás el punto oscuro en su mente era más fuerte aquí, en el salón donde Lo-Melkhiin debería servir a su gente.

Cuando miré de nuevo al frente, los hombres de la caravana estaban de rodillas ante nosotros, con sus rostros mirando al suelo. Sus capas llamaron mi atención de nuevo. Ahora que se encontraban lo bastante cerca para verlos con claridad, me di cuenta de que reconocía los patrones a lo largo de sus orillas, aunque estaban cosidos con hilo púrpura, que era un color costoso para usar en el desierto.

—Bienvenido, líder de la caravana —dijo Lo-Melkhiin—.
Y bienvenidos sean tus hijos.

Levantaron su mirada del suelo y vi a los ojos de mis hermanos y mi padre.

vi

Cuando los de mi especie comenzamos a capturar, cuando arrastramos a las tejedoras de sus lechos y a los herreros de sus fraguas, yo era lo bastante joven para preguntarme por qué resultaba tan fácil hacerlo. Los más viejos me dijeron que era porque los hombres son débiles, porque no podían luchar contra nosotros. Vivían para servir.

Pero yo no estaba tan seguro.

Mi primer tejedor era anciano y no gritó cuando lo alejé de su mujer. Coloqué una imagen de ella frente a él, más joven y con menos arrugas alrededor de los ojos, y él tejió felizmente para mí sin detenerse a comer ni beber. Al final, sus dedos sangraban y mancharon la tela, pero me agradaba el patrón que había creado, así que lo corté de la urdimbre antes de prender fuego al telar, con todo y el tejedor.

Mi primer herrero era viejo, pero aún podía soplar el aire y levantar el martillo. Trabajaba sin crisol ni tenazas cuando le mostré a sus hijos, aún vivos. En realidad, habían muerto en una tormenta de arena y lo habían dejado solo con su oficio y su vejez. Cuando terminó, ya no tenía manos, pero yo poseía oro hermoso.

Mi primer maestro de vidrio se quedó ciego en los fuegos que prendía para esmaltar su trabajo. Mi primera hilandera usó los huesos de sus propios dedos como huso. Y todos ellos vinieron a mí sin resistirse, cuando pensaron que yo poseía algo que deseaban.

Lo-Melkhiin fue mi primer desafío: la primera vez que supe que yo estaba en lo correcto y que mis mayores se habían equivocado. Él no deseaba servirme y yo pensé que no era solamente porque ya era un rey. Lo-Melkhiin se resistió hasta que le mostré a su madre, consumiéndose hacia la muerte en la arena ardiente. Fue esa imagen, la idea de su muerte, lo que lo debilitó lo suficiente para poder asirlo, y después sólo fue cuestión de tiempo hasta que lo encerré dentro de su propia mente.

Después, con las manos de Lo-Melkhiin y la voz de Lo-Melkhiin, todo fue fácil. Los mercaderes se pisaban unos a otros con tal de complacerme y yo los recompensaba. Los hombres hicieron grandes obras y yo supe que era porque yo fungía como su patrón. Mi ejército era fuerte y mis arcas estaban llenas, y si me hubiera importado con quién compartía mi lecho, lo que tenía era perfecto.

Pero no era a mí a quien servían, y yo no podía olvidarlo. Creían que servían a Lo-Melkhiin.

Eso me irritaba. El hombre que yo había tomado en el desierto no había desaparecido, un espectro que gritaba y cuya voz me deleitaba sólo a mí, y aun así se contaban historias sobre su poder y sabiduría en las tierras que yo gobernaba. Había hecho muy bien mi trabajo, con tanta discreción que nadie sabía lo que había hecho. Los de mi propia especie, conformes con permanecer en el desierto y tomar artesanos uno a la vez, no conocían mis logros y yo no tenía nada más que las manos y el nombre de un hombre.

Pero ella sabía, la joven que había encontrado en el desierto y desposado. La que no murió. Ella sabía que yo era más de lo que aparentaba ser. Eso también me enfurecía, que pudiera saber que yo no era un hombre y de todas formas ahí se sentaba, tejiendo, mientras yo la observaba. Ella podía yacer a mi lado por la noche y no temer que la matara. Me provocaba el deseo de acabar con su vida por rencor, pero entonces me quedaría a solas con mi secreto una vez más.

Fui a visitar a las mujeres en el salón de hilado, pero no habían hecho grandes cosas. Sus hilos se retorcían y sus tejidos arruinaban los telares en los que trabajaban. Ella había pasado demasiado tiempo con ellas, y ahora eran parte de su mundo, el de las mujeres. Yo había cometido un error y no lo haría de nuevo.

Hice lo que habían hecho los de mi especie, tomar artesanos uno a la vez para hurtar su trabajo y sus manos y su sangre. Luego, tomé a un rey, y su reino se había postrado a mis pies. Así era como debía proseguir ahora. Debía comenzar con ella, y cuando fuera mía entonces traería a las mujeres tras de sí.

Ella se resistiría a mí, lo sabía en los huesos de Lo-Melkhiin. A él le daba esperanzas y eso me divertía enormemente. Él sabía que esta joven me desafiaría y lo llenaba de júbilo. Estaba casi más complacido que ella al ver a su familia. Muy pronto podría aplastarlo de nuevo. Primero debía poseerla y no lograría tomarla desde su interior.

Debía hacer lo que siempre había hecho, lo que mi especie siempre había hecho sin darse cuenta de ello. No tomábamos a los hombres porque desearan servirnos. Los tomábamos porque nos seguían hacia el fuego por algo que creían que les ofrecíamos. Una esposa más joven. Una familia restaurada. Riqueza. Honor. Fama. Eso era con lo que siempre habíamos tentado a los hombres.

Y ahora la tentaría a ella de la misma forma. Le daría una opción que no lo era, así que con cualquier cosa que eligiera podría tomarla, y todo lo que trajera consigo cuando hubiera terminado. No se consumiría como las otras, y tampoco me serviría. La había llamado ordinaria, pero era mejor que sus parientes que se arrastraban sobre la arena. Ya no mataría más niñas. Ésta sería mi reina.

veintiséis

Estaba contenta por llevar el grueso velo, y aún más agradecida porque la maestra de la henna me había recordado que si me mantenía en silencio nadie podría descubrir mi estado de ánimo. Me mordí la lengua fuerte, para no gritar. Había echado de menos a mi hermana, a mi madre y a la madre de mi hermana, por supuesto, pero hasta ahora que tenía frente a mí a mi padre y mis hermanos supe lo mucho que los había extrañado a ellos también. Mi padre nos favoreció mucho después de que perdió al hermano de mi hermana en la riada, e incluso las burlas de mis hermanos me recordaban mi hogar. Verlos y contemplarlos de rodillas ante nosotros me provocó alegría y temor al mismo tiempo. Pensar en lo que Lo-Melkhiin podría hacerle a mi familia me heló la sangre.

—Gran señor, Lo-Melkhiin —dijo mi padre. Su voz era como un viento calmado sobre la arena y me mordí la lengua de nuevo para detener las lágrimas que habrían nublado mis ojos—. Este humilde comerciante te agradece por otorgarle una audiencia junto con sus hijos.

—Noble líder de caravana —le dijo Lo-Melkhiin. Su voz era alta y fría—. ¿Cómo podría negarme a que tú, entre todos los hombres, acudas a mi salón? Ven y acércate, padre de mi corazón.

Mi padre titubeó por sólo un segundo —con los pies sobre un camino familiar antes de aventurarse a uno desconocido— y luego se levantó y se acercó. Lo-Melkhiin había puesto su mano sobre mi hombro cuando le habló a mi padre, y yo no me retraje. Miré a mi padre y deseé que pudiera ver mis ojos y encontrar algún consuelo en ellos.

—Entonces es verdad —murmuró cuando se acercó. Hablaba como alguien a quien le han contado algo miles de veces, pero duda de la verdad hasta que está delante de él. Hasta que estoy delante de él. No se dirigía a Lo-Melkhiin, aunque Lo-Melkhiin escuchó sus palabras. Se dirigía a su pequeño dios—. Mi hija todavía vive.

—Es verdad, padre de mi corazón —dijo Lo-Melkhiin—. Tu hija es mi reina.

Mi padre se arrodilló de nuevo. Era como si sus piernas lo hubieran sostenido todo el camino hasta ahí, pero ya no tuvieran fuerzas para hacerlo. Ahora estaba sentado en la tarima, justo frente a mí. Sin pensarlo extendí mi mano. Él la tomó y la besó. Sentí el polvo del camino, los cabellos de su barba y las lágrimas tibias que caían de sus ojos.

—Acérquense, hermanos de mi corazón —dijo Lo-Melkhiin a mis hermanos, que estaban arrodillados en su sitio.

Vinieron a sentarse al lado de mi padre y tomaron mi mano, uno a la vez. No lloraron por verme, pero apretaron fuerte mi mano y supe que me amaban. Deseé con desesperación que nos permitieran hablar, sin importar cuál fuera la petición de mi padre. Quizá tan sólo deseaba ver con sus propios ojos que seguía con vida. Quizás había algo más. Si se reunía a solas con Lo-Melkhiin tal vez dejaría a mis hermanos conmigo y yo podría preguntarles acerca de mi hermana, mi madre y los demás en las carpas de mi padre.

—¡Té! —demandó Lo-Melkhiin, y vi que la criada que me arregló el velo se apresuró para cumplir sus órdenes—. Y trae comida también. Estos hombres de mi corazón han atravesado la arena caliente y enfrentado el golpe de los rayos del sol para vernos. Debemos darles la bienvenida.

Trajeron almohadas y una mesilla para poner las copas y el pan. Cada uno de mis hermanos cargaba su propia botella de aceite y su tazón de aceitunas. Antes siempre lo habían compartido.

—Padre de mi corazón —dijo Lo-Melkhiin, cuando el té estaba lo bastante tibio para beberse y cuando mi padre había comido cuatro aceitunas y colocado las semillas con cuidado en el tazón—, mi corazón se alegra de verte, y sé que el corazón de mi esposa siente lo mismo. Pero he de preguntar, ¿por qué has venido a visitarnos?

Mi esposo era la cortesía encarnada. La sonrisa de víbora había desaparecido. En cambio, ahora era un león que ostentaba su orgullo como si fuera dueño del desierto entero y pudiera darse el lujo de ser generoso con él. Le hablaba a mi padre como si hubiera acudido a sus carpas a pedir mi mano, como si hubieran negociado una dote y bebido aguamiel en el festín matrimonial para celebrarlo. Mi padre era un comerciante demasiado bueno como para mostrar en su rostro la incomodidad que sentía, pero sus ojos se movían demasiado rápido y lo delataron.

—He venido a pedirle un favor, Lo-Melkhiin —le dijo mi padre. Su voz aún era un viento calmado, con sólo un mínimo indicio de la tormenta por debajo.

—Pídemelo, entonces, padre de mi corazón —dijo Lo-Melkhiin—. Si está en mi poder, y muchas cosas lo están, te lo concederé. Haría esto por cualquier líder de caravana en mi territorio que trabaje tan duro por la gente de sus carpas, pero en especial por ti, porque tu hija se sienta a mi lado.

Mi padre inclinó la cabeza al escuchar el halago y dio un sorbo a su té. Le había visto hacer eso cuando enseñaba a mis hermanos la manera de comerciar, pero no me gustó verlo en ese momento. No me agradaba pensar qué tendría mi padre que le pudiera interesar adquirir a Lo-Melkhiin.

—Como sabe, gran señor —dijo mi padre—, tengo dos hijas. Una se encuentra sentada a su lado y la otra permanece en la carpa de su madre, aunque no vivirá ahí una vez que pase la luna llena.

Contuve mi aliento. Mi hermana había estudiado las artes sacerdotales con mi madre y su madre. Mi padre no podía permitir que fuera desposada e irse a vivir a la carpa de su esposo. No habría nadie que se hiciera cargo de nuestros muertos.

—Mi esposa, estrella de mis cielos, me ha contado mucho sobre su hermana —dijo Lo-Melkhiin. Posó su mano sobre mi hombro y la dejó así por un largo momento.

Mi hermano mayor pasó un brazo por encima de los hombros del menor, quien estaba sentado junto a él en la mesa, y lo mantuvo quieto, como si atrapara a una cabra que intentara escapar. Sonreí tras mi velo, donde nadie podía verme. A mis hermanos no les importaba dónde estaba sentada y la manera en que él me tocaba, pero al menos algunos eran lo bastante sabios para intentar ocultarlo y para refrenar a los demás cuando quisieran protestar.

—Ella es muy hermosa —dijo mi padre a Lo-Melkhiin—. Su madre y la madre de su hermana le han enseñado los quehaceres sacerdotales, y por ese motivo yo no creí que se casaría y abandonaría nuestros sitios sagrados.

—Pero afirmas que partirá de la carpa de su madre —dijo Lo-Melkhiin.

Pude haber gritado, pero me aferré al silencio que ocultaba mis sentimientos. El discurso cortés me volvía loca, y cuando estaba acompañado por las palabras vinculadas al comercio era aun peor. Hablaban de mi hermana, no acerca del clima o de un camello. Yo quería saber, y tenía poca paciencia para su lenguaje adornado. Mi hermano mayor, quizás al adivinar que advertí su movimiento, me miró fijamente, como si pudiera ver mi rostro. Muy despacio me guiñó un ojo. Yo inhalé profundo y me obligué a permanecer quieta.

—Lo hice, señor mío —dijo mi padre a Lo-Melkhiin—. Mis hijos y yo viajamos muy lejos en nuestra última caravana. Fuimos al norte, a través del desierto de arena y matorrales, porque escuchamos los rumores de la existencia de un puesto de comercio ahí, cerca de las montañas.

—También he escuchado sobre eso —dijo Lo-Melkhiin. Su mano apretaba mi brazo. Me pregunté si les diría cómo lo sabía.

—En ese lugar hicimos buenas ventas —dijo mi padre— y conocimos a un viajero que deseaba retornar con nosotros. Traía su propia talega y cargaba su propia agua, así que no pude negarme.

Estaba mintiendo. Podía verlo en sus ojos y en la forma en que mis hermanos se movían. No sabía si Lo-Melkhiin lo había notado. Quizás el viajero llevaba sus propias cosas, pero ése no era el único motivo por el cual había accedido a llevarlo de regreso por el desierto.

—Cuando llegamos a mis carpas el viajero conoció a mi otra hija —dijo mi padre—. No soy poeta para hablar del amor en palabras floridas, pero incluso yo pude vislumbrar el amanecer en sus ojos cuando la vio, y los pasos de mi hija se suavizaron al caminar hacia él.

—Padre de mi corazón —dijo Lo-Melkhiin, con la voz cálida que usaba al hablarle a su madre—, el amor a todos nos convierte en poetas.

—Se casarán —dijo mi padre—. Levantarán su carpa junto a la mía y criarán a sus hijos en mi wadi. Mi otra hija seguirá ocupándose de nuestros sitios sagrados, pero ahora no vivirá sola.

Otra vez mis ojos se llenaron de lágrimas, y esta vez no intenté contenerlas. No podía ser culpada si lloraba por la felicidad de mi hermana, cuando había creído que al envejecer no tendría a nadie más que a los muertos. Ahora formaría una familia.

—Padre de mi corazón, ésas son noticias magníficas —dijo Lo-Melkhiin—. Pero aún no has solicitado el favor que deseas.

—Gran señor —dijo mi padre—, conoce los peligros del desierto y sabe lo bien que debo protegerme de ellos para lograr el renombre y éxito que poseo. Le ruego que me permita llevar a su esposa al casamiento de su hermana y devolverla cuando haya terminado.

Yo no podía respirar. Lo-Melkhiin nunca lo permitiría. No podría estar seguro de que yo volvería. Podrían decirle que había muerto en la arena, debido a una mordedura, a un accidente o por abrasión. Podían esconderme por siempre.

—Padre de mi corazón, conoces la seriedad de esta petición —dijo Lo-Melkhiin. Hincó los dedos en mi brazo—. Debo considerar la seguridad de mi esposa, la estrella de mis cielos. Sé lo mucho que ama a su hermana, pero el peligro es grande.

—Estamos preparados para realizar todo con la mayor seguridad —dijo mi padre—. He traído a mi mejor y más firme camello para ella. La bestia nunca me ha fallado. Nunca se ha colapsado sobre la arena ni se ha desviado de su guía. Sus hermanos la cuidarán, y le juraré por su vida, una vez más, si lo desea.

Deseaba reírme de ellos. Ya una vez había cruzado el desierto sobre el lomo de un caballo, y sólo mi voluntad y una pizca de sal me habían mantenido en la montura, y hablaban de mí como si yo fuera tan frágil cual una flor de agua dulce a punto de marchitarse en el calor del desierto. Caminaría y me arrastraría si eso significaba ver a mi hermana una vez más.

—Padre de mi corazón, me has conmovido —dijo Lo-Melkhiin—. Has tomado tiempo de tu caravana para venir a verme y has preparado todo con gran esfuerzo para que conceda tu petición. Te ruego que me otorgues una hora para conversar con mi esposa, estrella de mis cielos, con el fin de tomar nuestras propias medidas para su seguridad.

—Será como diga, gran señor —dijo mi padre. Se inclinó en una reverencia ante Lo-Melkhiin.

Lo-Melkhiin batió las palmas de las manos. Aparecieron hombres vestidos en la misma tela blanca que usaban las criadas, aunque en túnica y pantalones.

—Éstos son el padre y los hermanos de mi corazón —dijo Lo-Melkhiin con gestos solemnes—. Han viajado desde muy lejos para verme a mí y a mi esposa, quien ilumina cada uno de mis días con su sonrisa como el sol ilumina el cielo del desierto. Condúzcanlos a los jardines para huéspedes y provéanles de todo lo que necesiten. Me temo que las ropas de viaje serán demasiado pesadas para el aire de los jardines. Asegúrense de que les muestren los cuartos de baño y les entreguen ropas más finas para que puedan apreciar el qasr plenamente mientras permanecen aquí como nuestros invitados.

Los hombres se inclinaron en una reverencia y esperaron a que mi padre y mis hermanos se levantaran. Una vez más estiré las manos hacia mi padre y una vez más él las besó. Esta vez no hubo lágrimas, tan sólo la fuerza de sus manos en las mías. Luego nos dejaron, y Lo-Melkhiin apartó el velo de mi rostro.

veintisiete

—Entonces, estrella de mis cielos —me dijo Lo-Melkhiin—, ¿me suplicarás?

Me habría lanzado a abrazar sus rodillas y le hubiera prometido todo lo que me pidiera, pero no creí que eso fuera lo
que quería. Él deseaba que fuera a la boda, por alguna razón,
o no habría sido tan cortés con mi padre. Tal vez pensaba que
yo no me daría cuenta. Tal vez olvidó que yo era la hija de un
maestro en la oferta y la contraoferta, aunque acabara de des-
pedir a mi padre del salón. Me pareció extraño porque conocía demasiado bien a Lo-Melkhiin.

—No —dije—. Si quisieras llantos y lamentaciones, encontrarías una mejor manera de obligarme a suplicarte.

Rio, dejando ver sus dientes blancos y brillantes.

—Sí, esposa mía, lo haría.

Me devolvió mi velo e intenté ponerlo en su lugar. Sentí
unas manos frías sobre las mías, que tomaron el velo y lo colocaron. Era la criada que seguía ahí.

—Por supuesto, mi madre te acompañará —me dijo Lo-
Melkhiin como si la criada no estuviera ahí—. No ha abandonado el interior de estas paredes desde que fue curada de su
enfermedad. Pienso que el viaje le hará bien.

—Y ella se asegurará de que yo regrese —le dije.

—No, estrella de mis cielos —me dijo—. Tengo una mejor forma de asegurar que vuelvas.

Al principio pensé que se refería a dejar a uno de mis hermanos en mi lugar. Pero después vislumbré la respuesta. Por supuesto que volvería. Si lo abandonaba, él se casaría de nuevo; su esposa moriría y él estaría a punto de marcar todas las aldeas del mapa, lo que significaba que podría comenzar de nuevo. Mi hermana, ya casada, estaría a salvo y yo viviría escondida, pero no podíamos esconder a todas las jóvenes en edad casadera.

—Ve y dile a tus hermanos, amor mío —dijo—. Pediré que empaquen tus cosas y las de mi madre.

—¿Vendrás tú también?

Si lo hacía, sería desastroso. Dudaba que mi hermano mayor pudiera controlar a los menores por mucho tiempo, y nada que se arrastrara por las arenas del desierto o que volara sobre ellas podría controlar a mi hermana, no ahora. Pero si no lo hacía, yo perdería mi poder y enfermaría de nuevo, y no habría nadie que me sanara.

—Ay, amor mío, no me es posible —sonrió con malicia—. Aunque disfrutaría mucho ver a tus hermanos morderse la lengua mientras intentan mantener la cabeza fría, hay muchas cosas que debo hacer aquí.

Entonces se fue y yo me levanté para volver a mi alcoba. No me reuniría con mi padre y mis hermanos vestida así. Era demasiado para todos nosotros. Al menos, quería un velo más ligero. Habían venido de muy lejos y debían ver mi rostro. Una vez me perdí en corredores que nunca antes había transitado, pero terminé en la cocina, así que por lo menos sabía cómo llegar ahí.

—Señora bendita —me llamó el cocinero cuando iba pasando—, ¿le llevaría un tonel de aguamiel a su hermana?

Siempre me impresionó la rapidez con que las noticias viajaban en este lugar. Al parecer, volaban más veloces que el viento. Le dije al cocinero que con gusto llevaría su aguamiel, uno de los orgullos de su cocina, y mandó a un muchacho para que lo cargara hasta donde estaban las jóvenes que empacaban mis cosas.

Al fin llegué a mis aposentos. Me cambié aprisa. Este vestido no tenía amarres, a pesar de su elegancia. Su belleza radicaba en el bordado y en la forma en que el hilo dorado captaba la luz. Me lo quité y después me saqué las perneras, y me quedé de pie con el fondo puesto. Me pregunté qué dishdashah enviarían para que usara en la boda de mi hermana. No podía ser demasiado fino. No debía opacarla el día de sus nupcias. Tenía la esperanza de que quien lo empacara pensara en eso.

Encontré un vestido simple, de lino azul, pero sin ningún bordado, y me lo puse sobre el fondo. Éste llegaba hasta mis pies y no necesitaba usar perneras. Me calcé las zapatillas, que eran lo bastante resistentes para los senderos de los jardines, y salí de nuevo para ir a ver a mi papá.

Cuando encontré a mi padre y mis hermanos, ya habían salido del cuarto de baño y estaban sentados bajo la sombra con un tablero de backgammon, aunque ninguno jugaba.

—¡Hermana! —gritó mi hermano menor al verme.

Corrió y me tomó por los codos, me levantó al aire y me dio vueltas mientras besaba mis mejillas y mi nariz. Mi zapatilla izquierda salió volando hacia un arbusto.

Mis otros hermanos me dieron palmadas con afecto de forma similar, aunque no me cargaron al hacerlo. Mi hermano menor fue por mi zapatilla y yo me balanceé sobre su hombro parada con un solo pie para ponérmela sin agacharme. Luego fui hacia donde se encontraba mi padre, aún bajo la sombra, y me incliné en reverencia ante él.

—Padre —le dije—, gracias por venir y pedir a Lo-Melkhiin que me permita asistir a la boda de mi hermana. Tiene algunas condiciones, pero mis cosas ya están siendo alistadas para el viaje.

Mi padre guardó silencio un momento y yo levanté la vista para mirarlo. Seguro había querido que yo obtuviera el permiso de mi marido, incluso si no se hubiera atrevido a esperarlo. Posó sus manos sobre mis hombros y me mantuvo a cierta distancia durante un instante; súbitamente me jaló hacia él y me abrazó tan fuerte que pensé que aplastaría mis costillas.

—Hija mía —dijo—, lo siento tanto.

—Padre —dije—, no había nada que pudieras hacer. Si hubieras estado en la aldea y luchado contra ellos, te habrían matado a ti y a mis hermanos, y de todas formas me habrían llevado. ¿Y entonces quién cuidaría a mi madre y a la madre de mi hermana? ¿Quién saldría con la caravana?

—Hija mía —dijo—, eres muy sabia y bondadosa.

—Aquí soy una reina, pero yo soy como me han enseñado a ser —dije—. Soy como aprendí a ser en tus carpas.

Me soltó y mis hermanos se acercaron para sentarse a la sombra. Nos sentamos todos y me contaron del hombre con el que se casaría mi hermana.

—Es tan pálido como lana sin teñir —dijo mi hermano menor—. Puedes ver su sangre circulando por todo su cuerpo.

—Mi hermano menor es un tonto —dijo el mayor—. Yo puedo ver mis propias venas. No es un milagro.

—Su cabello es del color del sol, pero sus ojos son cafés, ordinarios —dijo el más alto de ellos.

—Hijos míos, parlotean peor que los cuervos de arena —dijo mi padre, pero había risa en su voz—. Su hermana pensará que su hermana va a desposar a un fantasma. Mejor digan que su piel es pálida y que su cabello es del color del pan mezclado con azafrán. Sin embargo, están en lo correcto respecto a sus ojos, hija mía. Son cafés como los nuestros.

—¿Es verdad que proviene de las montañas? —les pregunté—. La madre de Lo-Melkhiin, quien deberá viajar conmigo, es originaria del gran desierto azul. Eso también está muy lejos.

—En verdad viene de ahí —dijo mi hermano mayor—. Trajo consigo un metal plateado que no se parece a nada que yo haya visto.

—Les ruego que no hablen más acerca de eso aquí —dije, y se sorprendieron—. No puedo explicar por qué. Tan sólo no digan nada más sobre ese metal dentro de estas paredes, o cerca de cualquier persona de la ciudad que los pueda escuchar.

—¿Incluso a ti, hermana? —preguntó el mayor.

—Yo no soy de la ciudad —les dije—. Lo-Melkhiin ha decidido que soy su reina, pero eso no quiere decir que yo pertenezca a este lugar.

—Te llamó la estrella de sus cielos —este hermano era el más callado. No hablaba a menudo y bromeaba con que los demás hablaban lo suficiente por él, pero cuando lo hacía incluso mi padre escuchaba sus palabras. Ahora yo las escuché.

—Solamente lo hizo porque ustedes estaban ahí para oírlo —dije.

—Se burla de nosotros —dijo mi hermano menor—. Y se burla de ti también.

—Shhh —dijeron tres de mis hermanos al unísono, y entonces ninguno volvió a hablar por un rato.

Había pasado la mayor parte del tiempo en visiones en busca de mi hermana. Quizá debí haber buscado también a mis hermanos de vez en cuando. Hervían de rabia e impotencia, como una olla con lentejas sobre las brasas de la fogata. Me pregunté qué habrían tramado cuando estaban en la caravana, más allá de los ojos vigilantes de cualquiera que supiera dónde estaba el qasr de Lo-Melkhiin, por no hablar de cualquiera que pudiera hablarle. Por un instante los vi en el desierto, vendiendo especias en paquetes envueltos en tela púrpura y envolviendo metales extraños en retazos más grandes del mismo color.

Sin duda mis hermanos pensaban usar la boda de mi hermana como escenario para llevar a cabo mi rescate. Deseé que mi padre fuera más sabio y actuara con firmeza para disuadirlos de su plan. Yo debía volver al lado de Lo-Melkhiin o nunca obtendría el suficiente poder para derrotarlo. Llevando conmigo a la madre de Lo-Melkhiin, ellos no podrían hacer demasiadas maldades, pero yo aún temía que cometieran alguna imprudencia.

Crucé la mirada con mi padre y me di cuenta de que él comprendía mi preocupación, pero no entendía por qué motivo debía regresar. Él temería represalias sobre los que vivían en sus carpas, y yo esperaba que eso fuera suficiente para evitar que la tormenta de sus ojos siguiera creciendo. También esperaba que eso fuera suficiente para atemperar la furia de mis hermanos.

Una criada llegó al jardín y tosió. No se acercaría más estando ahí mis hermanos, así que yo fui hacia ella. La piel de su rostro era rosada bajo el velo. Supuse que mis hermanos eran bastante bien parecidos como para llamar la atención. Después de todo, tres de ellos ya estaban casados.

—Señora bendita —me dijo en voz baja—, sus cosas estarán listas cuando la hora más calurosa del día haya pasado. Entonces podrá partir, si le parece bien a su padre.

—Espera un momento —le dije, y volví a donde mi padre estaba sentado—. ¿Habrás descansado bien cuando el sol se oculte detrás de la muralla, para continuar el viaje? —le pregunté—. ¿Habrán descansado los camellos?

Mi padre entornó los ojos y volteó hacia el cielo. No pensaba mirar el reloj de agua, si es que sabía lo que era. Tampoco era mi costumbre revisarlo, porque ya llevaba mucho tiempo viviendo ahí. Aún calculaba la hora por la posición del sol en el cielo.

—Sí, hija mía —me dijo—. Estaremos listos, y los camellos pueden encontrar su camino bajo las estrellas.

Volví con la criada y le dije que partiríamos esa tarde. Ella se inclinó en reverencia, echó una ojeada rápida a mis hermanos y partió para continuar con sus labores. Cuando volteé y los vi, mis hermanos se sonreían con aire de suficiencia unos a otros.

—¿Debo decirle a sus esposas que la ciudad les pareció tan agradable? —le dije al mayor de los tres. Él rio y me besó otra vez.

Les dije que los vería junto a las puertas cuando el sol hubiera llegado a la altura de las murallas y después fui de vuelta a mis aposentos para revisar que empacaran las últimas cosas. Quería asegurarme de que no hubieran guardado ropas demasiado finas. Encontré que la maestra de la henna se había hecho cargo, aunque no era precisamente su papel. Me mostró el dishdashah que había seleccionado para el festín de la boda y el baile. Asentí en aprobación.

—Señora bendita, ¿su hermana querría casarse con uno de sus vestidos? —preguntó la maestra de la henna. Era una oferta sincera, pero negué con la cabeza.

—No, maestra —le dije—. Se casará con un dishdashah que ha cosido ella misma, como yo. Es más afortunado. Pero te agradezco tu generoso pensamiento.

Se inclinó en reverencia ante mí y me dejó para ir a seleccionar los zapatos de montar. Pronto, enviaron todo para subirlo en los camellos y amarrarlo. Caminé hacia los portones con la madre de Lo-Melkhiin a mi lado y el murmullo del desierto ante mí.

veintiocho

Esta vez al atravesar la ciudad, las calles estaban rebosantes de gente que había venido a ver a la esposa de Lo-Melkhiin. Los hombres observaban los camellos de mi padre conforme pasaban caminando despacio. Niñas pequeñas agitaban pedazos de tela púrpura como banderas. Sus madres enroscaban la tela alrededor de sus dedos. Cuando yo iba pasando, besaban la tela y levantaban las manos. No podía desentrañar de dónde la habían obtenido. De todos los productos que vendía mi padre, el pigmento púrpura era el más caro, y aún así noté que había mucho, tanto dentro como fuera de mi trance.

Mis hermanos no podían verme, sorprendidos como estaban por el vitoreo que yo recibía en las calles, porque estaban muy ocupados con los camellos. Lo-Melkhiin había enviado para mi hermana y su futuro esposo regalos suntuosos, pero también le había dado regalos a mi padre. Eran una sombra de lo que habría pagado al negociar con justicia el precio de una novia, pero de todas formas valían una pequeña fortuna. Cántaros llenos del aceite transparente que ardía en las lámparas del palacio, fardos de seda fina e hilos de seda, vino de uvas que solamente crecían cerca del desierto azul y una piel de león. No les diría lo que había costado esta última. Todos pensaban que era una maravilla y mi hermano menor no dejaba de acariciarla. Yo recordaba demasiado bien al león en mi visión, cuando aún vivía.

La madre de Lo-Melkhiin montaba a mi lado, sentada en su propio camello, tan erguida como yo. Ambas llevábamos doseles sobre nuestras cabezas y velos para cubrir nuestro rostro. Ella también portaba un abanico, ya que no tenía necesidad de usar las manos: un muchacho guiaba al camello por ella. Yo tenía una mano en la rienda del hocico del camello y la otra sobre el cuerno de la montura, pero no necesité un abanico una vez que estuvimos en medio del viento del desierto. Me había preocupado que ella se pudiera irritar por tener que viajar, sobre todo tan repentinamente, pero parecía complacida: mostraba una verdadera sonrisa conforme se balanceaba de atrás hacia delante, al ritmo del andar del camello. Lo-Melkhiin la besó cuando partimos, y no mostró su expresión viperina cuando lo hizo. Salimos por los portones, los guardias estaban formados en filas rectas y sus armaduras brillaban con el sol conforme pasábamos; luego nos internamos en el desierto.

No podíamos atravesar la arena como lo hicieron los caballos de Lo-Melkhiin el día que llegué al qasr, porque los camellos no se mueven tan rápido. Su andar es constante, lento y pesado. Un caballo puede llevarte a cualquier lugar velozmente, pero no puedes cargar mucho contigo. El camello se tomará su tiempo, pero también cargará a tu caballo si se lo pides de buena gana. Entonces nos dirigimos hacia el lecho del wadi y seguimos su camino sinuoso entre las flores de adelfa. El aroma era abrumador, pero sabía que no debía acercarme a ellas. Las flores tenían veneno, y aunque no podían matarte por olerlas, sí podían enfermarte. Me di la vuelta para decírselo a mi criada, y a la criada de la madre de Lo-Melkhiin, pero iban sentadas sobre sus propios camellos y no se inclinaron hacia las flores.

Los camellos caminaban con lentitud y pronto el sol naufragó en el horizonte. Mi hermano mayor se acercó con agua y pan, y primero se lo ofreció a la madre de Lo-Melkhiin, como era apropiado hacerlo, pero no se detuvo.

—Hermana mía —dijo—, caminaremos durante la noche oscura. Brillarán suficientes estrellas en el cielo para guiarnos. ¿Puedes mantenerte sobre tu montura?

Yo sabía que podía hacerlo, y él también. Además, me daba cuenta de que le incomodaba dirigirse a la madre de Lo-Melkhiin. A mis hermanos podría haberles gustado la piel de león que Lo-Melkhiin le regaló a mi padre, pero sentían distinto acerca de una mujer que usaba melenas de león sobre su cabeza.

—Madre de mi corazón —le dije, ignorando la mueca que hizo mi hermano cuando escuchó cómo me dirigía a ella—, ¿te parece bien? ¿Está bien para el muchacho que guía a tu camello?

En realidad, él era quien me preocupaba más. Estar sentado en un camello es complicado e incómodo si no estás acostumbrado, pero no cansa tanto como caminar.

—Él montará conmigo si se cansa —me dijo la madre de Lo-Melkhiin. El muchacho levantó la vista, sorprendido—. No pretenderé usar mi posición de nobleza en el desierto. Al sol no le interesa quién eres cuando te hornea.

—Continuaremos —le dije a mi hermano. Él asintió y fue a ofrecerles agua a los dos que montaban detrás de mí.

El sol se fue hundiendo en el horizonte y tiñó el desierto de anaranjado amigable y luego de rojo profundo. Poco a poco anocheció, desvaneciendo todo color del horizonte, hasta que sólo quedó la arena blanca bajo nuestros pies y el cielo oscuro por encima de nosotros. Detrás de mí, la criada se movía con incomodidad. No le gustaba la oscuridad vacía de la noche del desierto. Volteé y le sonreí. Sabía que ella no podría verme, pero deseé que escuchara la sonrisa en mi voz cuando le hablé.

—No te preocupes —le dije—. La noche del desierto toma un momento para despertar, pero una vez que lo hace pensarás que nunca has visto nada tan hermoso.

Aún no había aparecido la luna, pero nuestros ojos seguían deslumbrados por el resplandor del sol sobre la arena. Sabía que tardaría unos momentos más en disiparse. Cuando mis ojos al fin se aclararon, miré hacia arriba y no me decepcioné. Todo era tan hermoso como lo recordaba.

La criada suspiró y entonces supe que ella también lo había visto. En la ciudad se veían las estrellas, por supuesto. Yo había asistido a una fiesta específicamente para observarlas, y había visto cómo brillaban ahí. Pero la mayoría de las noches no habíamos salido, y si lo habíamos hecho sólo íbamos al jardín donde la vista del cielo estaba bloqueada por los árboles y las murallas. Las criadas se iban a dormir temprano para levantarse antes de que saliera el sol; si salían a visitar a su familia a la ciudad, el cielo estaba velado por la luz de las antorchas y brumoso por la luz de las lámparas.

Ahora no había nada de eso. El cielo estaba encendido sobre nosotros, habitado de estrellas más allá de la cuenta de cien Escépticos, incluso si tuvieran cien años para contarlas. De un extremo al otro del horizonte la gloriosa bóveda celeste se alargaba, como si un gran tazón oscuro hubiera sido puesto boca abajo sobre nosotros, sellando las luces desde dentro para que sólo nosotros pudiéramos verlas. Decidí que era una verdadera belleza, mejor que las telas más finas y los bordados más elegantes, mejor que toda la comida y la cerámica impecable en la que era servida. Esto era algo que Lo-Melkhiin no podía comprar ni copiar o robar. Me inundaba de una gran paz mirar este cielo, y también me invadió de esperanza.

El camello que montaba era una bestia dócil y confieso que no lo guie durante nuestro camino. Contemplé el cielo, y no el camino frente a mí, pero el paso del camello era tan estable como mi padre le había prometido a mi marido, y no fallaba un solo paso, incluso cuando había rocas al fondo del lecho del wadi. Junto a mí, la madre de Lo-Melkhiin le dijo al muchacho que montara con ella después de que se tropezó por tercera vez, al intentar mirar el camino y los cielos al mismo tiempo. Trepó para sentarse tras ella, inclinado hacia la montura, pero sentado sobre los cuartos traseros del camello, y la miró boquiabierto cuando ella tomó las riendas. Al fin me encontré balanceándome demasiado en la montura y mi padre ordenó que nos detuviéramos. Me deslicé hacia abajo, le habría ayudado a levantar las carpas como solía, pero la criada se acercó a mí con una lámpara y me hizo mil preguntas sobre el cielo. Para cuando hube terminado de responder la mitad de ellas, el trabajo ya estaba hecho.

—Hija mía —me dijo mi padre, y yo fui hacia donde él estaba de pie, frente a la carpa que por lo regular él usaba. Era grande porque la había obtenido cuando mis madres todavía viajaban con él en la caravana.

249

—Gracias, padre —le dije, y volteó a ver que la madre de Lo-Melkhiin ya estaba junto a mí. La mujer anciana que era su acompañante, y mi propia criada, estaban paradas detrás de ella. El muchacho había desaparecido.

Las cuatro entramos en la carpa. Mi padre había puesto tapetes para que no durmiéramos sobre la arena, y había afianzado las paredes de los lados con rocas del wadi para que ninguna criatura nos molestara por la noche. La anciana encendió las lámparas y nos sentamos mientras ella y la criada extendían nuestros colchones.

—Tu padre es un buen hombre —me dijo la madre de Lo-Melkhiin—. Cuida bien de su caravana y es amable con las mujeres ancianas.

—Es sabio —le dije—. Si es amable con la madre de un hombre, entonces es más probable que el hombre comerciará de manera justa con él.

—¿Él piensa que mi hijo comerciará con justicia? —preguntó.

—No —respondí, después de pensarlo por un momento—. Tal vez sólo sea un hábito suyo.

—O quizá no juzga a la madre de la forma en que juzga al hijo —me dijo.

—Es una suposición sabia, señora madre —le dije—. Ya que él me ha enseñado cómo vivir en el mundo, y yo tampoco juzgo a las madres por las acciones de sus hijos.

—Pero creo que me agradará tu madre, y la madre de tu hermana, por lo que he visto de ti y tus hermanos —me dijo.

—Espero que así sea —le dije—. Mi madre es una mujer amable, y la madre de mi hermana también, aunque no sabía lo mucho que me amaba hasta el día en que tomé el lugar de su hija y vine a desposar a tu hijo.

—Es fácil amarte, hija de mi corazón —me dijo. La miré, sorprendida por sus palabras, pero no moraba falsedad en su corazón—. Pienso que incluso mi hijo te ama, a su manera.

Permanecí en silencio por un largo momento, mirando cómo desenrollaban los colchones y acomodaban las almohadas. La manera de amar de Lo-Melkhiin era usar y consumir. No era como mi hermana y la madre de mi hermana y mi padre. Podríamos trabajar juntos, él y yo, pero era peligroso hacerlo, y yo no entendía cómo es que eso podía llegar a buen término.

—No estoy segura de si eso significa que tengo menos motivos para temerle —le dije al fin—. En todo caso, quizá debería temerle aún más.

—Entonces eres tan sabia como te ha enseñado tu padre —me dijo.

—Los camellos habrán descansado en unas horas —le dije—. No deberíamos desperdiciar nuestro propio tiempo de descanso con una conversación sobre el miedo.

Asintió e hizo señas a la mujer que la acompañaba. La mujer se acercó a su lado y con cuidado levantó la melena de león de su cabeza y la colocó con veneración en una esquina de la carpa donde no la patearíamos o pisaríamos en caso de salir en la oscuridad a hacer de las aguas. La madre de Lo-Melkhiin sacudió su túnica de viaje y la dejó caer sobre los tapetes antes de que la mujer pudiera tomarla. No miró hacia atrás cuando se recostó en su lecho, pero yo lo hice, y vi el cuidado con el que la mujer la dobló. La madre de Lo-Melkhiin poseía la lealtad de su gente, y eso me alegró.

Fui a mi propio lecho y dejé que la criada me quitara la túnica de viaje antes de recostarme para que no se llenara de arena mientras dormía. Ella la acomodó, dobló la suya detrás, y gateó hasta el colchón junto al mío. La escuché murmurar cuando comenzó a decir sus plegarias y me pregunté qué pequeños dioses tendría su familia. Pero antes de que pudiera preguntarle me di la vuelta y vi su túnica de viaje donde la había puesto, junto a la mía. En el puño de la túnica, donde ella presionaba los labios cuando montaba sobre el lomo del camello, había un delgado retazo de tela púrpura.

Entonces cerré los ojos y dormí. Y por primera vez en semanas no tuve miedo de morir.

veintinueve

Supe que estaba soñando porque me hallaba con mi hermana, y cosíamos un nuevo vestido de bodas. Esta vez, la tela era amarilla. Era un color común, no tan costoso como el púrpura y no tan impactante como el anaranjado, pero le sentaba muy bien. El tejido era muy fino, yo podía ver dónde había dado puntadas y dónde las había quitado, inconforme con la calidad del trabajo que había realizado.

—No es lo mismo cuando tú no estás —me dijo—. Mis puntadas se vuelven descuidadas cuando no estás a mi lado para ayudarme a mantenerme concentrada en mi labor.

—Lo siento, hermana mía —dije—. No pude pensar en una mejor manera de salvarte.

—¿Crees que le temía? —preguntó—. ¿Piensas que me asustaba Lo-Melkhiin o su lecho nupcial? Yo sé que a ti te asustaban. Y sé que aún lo hacen.

—Tú nunca has temido nada —le dije, y mis palabras lo convirtieron en realidad—. Ni al león ni a la víbora o al escorpión. Pero eso no te habría salvado si te hubieras marchado con él para convertirte en su esposa.

—¿Y qué te salvó a ti, hermana? —preguntó—. ¿Por qué has vivido estos días y estas noches, cuando las que te precedieron murieron?

—Si vivo, hermana —le dije—, es por el trabajo que has hecho por mí.

Hasta que dije estas palabras, en mi visión estábamos sólo ella y yo, y el dishdashah. Ahora podía ver el santuario que había hecho para mí en su carpa, los tapetes en los que estábamos sentadas y la lámpara que nos bañaba de luz.

—No lo olvides —me dijo.

—No lo haré —le dije.

La remembranza se situó entre mi pesadilla y yo. Hasta entonces, no había tomado nada. Todo había sido un regalo.

Cosimos en silencio por un rato. Bajo nuestras manos, el dobladillo estaba lleno de flores y viñas entrelazadas sobre las costuras. Mi aguja era de bronce, un leve destello a la luz de la lámpara. La aguja de mi hermana lanzaba un brillo plateado conforme jalaba el hilo.

—Hermana —le dije—, ¿qué fue lo que el hombre pálido de las montañas le prometió a nuestro padre si le permitía desposarte?

Ella sonrió, una sonrisa de leona que mostraba sus dientes y su lengua.

—El precio era mayor que si yo dejaba las carpas de nuestro padre —me dijo—. Lo amo mucho, pero debe aprender las costumbres del desierto. No puede arrear a las vacas, ni siquiera las ovejas, sin que uno de tus hermanos o de los niños le ayude. No sabe qué víboras pueden comerse y cuáles deben ser quemadas. No puede prever el camino que tomará el juego. Debe ser cuidado, por eso el precio fue alto.

Yo no podía desentrañar por qué ella lo amaba. Cuando habíamos cosido el dishdashah púrpura e impregnado en su tela, puntada a puntada, nuestros secretos, ella me había dicho que su marido sería un hombre como nuestro padre, que tendría su propia caravana y rebaños y carpas. Mi padre tenía la posición social para encontrar a ese hombre, y mi hermana poseía la belleza para capturar su corazón. Había sido su deseo que su marido tuviera un hermano cercano en edad que yo pudiera desposar. De esa forma, nuestras carpas siempre estarían cerca la una de la otra. No me había alejado de su lado por tanto tiempo como para pensar que sus sueños hubieran cambiado tanto.

Mi aguja se quedó inmóvil mientras un frío punzante se extendió por todo mi cuerpo. Le había dicho a Lo-Melkhiin que mi hermana se casaría con un comerciante que mi padre conoció cuando estaba de viaje con la caravana. Había dicho que provenía de un lugar lejano. Había dicho que tendría el metal brillante, como la aguja con la que mi hermana cosía. Había creado un hombre completo a partir de mis palabras y después lo había llevado hasta mi hermana. Había hecho que ella lo amara.

—¡Hermana!

Brinqué y clavé la aguja en mi piel. Una gota de sangre roja y brillante cayó sobre el dishdashah y observé con horror cómo manchaba la tela y el bordado.

—Lo siento —dije—. Lo he arruinado.

—No, hermana —dijo—. Nadie lo verá, es muy pequeño. Y es mi culpa por sobresaltarte, pero no me respondiste cuando te hablaba.

—Es el pequeño dios —dije—. A veces me pierdo a mí misma.

—Si ése es el precio de mantenerte a salvo de tu malvado esposo, entonces está bien —dijo—. Ven, ya casi hemos terminado.

Cosimos otra vez conforme el silencio crecía entre nosotras. Me mordí la parte interior de la mejilla para no internarme de nuevo en el trance. Mi hermana se equivocaba acerca del precio de mi vida. No lo había pagado, al menos no de la forma que ella creía. Ella había pagado más que yo; su vida entera se había desviado, como si una roca en el lecho del wadi hubiera obligado al agua a encontrar un nuevo curso. Si una roca era lo bastante grande, podía desplazar todo el curso del wadi. Cualquier aldea que dependiera del wadi podría sufrir por la necesidad de agua. Los pozos se secarían y no habría más que maleza para que se alimentaran ovejas y cabras. La gente debería mudar sus carpas y dejar atrás a sus muertos, o se quedarían y morirían para unirse a ellos. Ella me había convertido en un pequeño dios y yo le había hecho esto.

Pensé en rezar para que mis acciones no provocaran demasiado daño, pero no tenía a nadie a quien hacerlo. Nuestro pequeño dios había desaparecido, ignorado por la llegada del nuevo, y su espíritu descansaba al fin. No podía rezarme a mí misma, no había consuelo para mí.

La lámpara ardía despacio mientras desanudábamos nuestros hilos, y entonces mi hermana me miró.

—Hermana mía —dijo—, te veré por la mañana.

—Me ves ahora —dije, antes de recordar que soñaba. Traté de tocarla, pero no así nada—. ¡Hermana! —grité, pero había desaparecido, al igual que el dishdashah, la carpa y la lámpara. Desperté en la negrura de la noche, sentada y manoteando en la carpa de mi padre, en el sitio en el que la había erguido.

—Señora bendita —dijo la mujer que viajó con la madre de Lo-Melkhiin.

—Estoy bien —dije, aunque mi corazón palpitaba veloz y mi respiración bullía en mis pulmones.

—Estás con tu familia, señora bendita —me recordó—. Estás más a salvo aquí que cuando duermes en el qasr de piedra.

—Sí —dije—. Lo recuerdo. Soñaba, eso es todo. Por favor, vuelve a dormir. Lamento haberte molestado.

—Está bien, señora bendita —dijo—. De todas formas ya no duermo mucho.

Me recosté y me cubrí el rostro con el cabello. No sabía por cuánto tiempo había dormido. Con las paredes de la carpa cerradas para protegernos del frío de la noche era imposible saber la hora. Reí lo más quedo que pude. Me había vuelto dependiente de las velas del tiempo y el reloj de agua, aunque me había basado en la posición del sol lo más posible cuando estaba en el qasr. Sin esos objetos, y sin ver el cielo, no podía conocer el tiempo.

Escuché a los camellos mover las patas sobre la arena. La mayoría de ellos ya se habría arrodillado para dormir. Si ahora estaban de pie significaba que ya habían descansado. Respiré hondo y percibí el aroma del tapete y del aceite quemado en la lámpara y los perfumes que usaba mi acompañante, pero al borde de esos olores estaba el fuego junto al cual estaría el vigilante. Olía a flamas, hacía rato que no añadían combustible para evitar desperdiciarlo cuando el fuego ya no se necesitara.

Si el alba no se aproximaba, entonces estábamos cerca del momento en que mi padre desearía partir. No intentaría dormir otra vez.

En el sueño, mi hermana no sabía que yo le había llevado al hombre con el que se casaría. Quizás ella pensó que el poder del pequeño dios sólo era suficiente para mantenerme viva. No había visto mentiras al dormir, pero me pregunté si, para cuando la encontrara en el mundo de la vigilia, ella se habría dado cuenta de lo que yo había provocado. No podría soportar su furia y su odio si no le agradaba el control que había ejercido sobre su vida, pero sabía que los tenía merecidos. Si ella me desdeñaba, yo lo comprendería.

No era solamente el hecho de haber encontrado en mis sueños al hombre pálido y lograr que llamara la atención de mi padre, aunque eso era bastante grave. Provoqué que ella lo amara, y él a ella. Le había dicho a Lo-Melkhiin que el hombre que desposara a mi hermana tendría un fuego que sólo ella podría revelar. No adivinaba cómo ardería, entonces, si la decisión de ella era lo que lo conducía a él. No podía saber eso y tampoco sabía cómo me transformaría su determinación de convertirme en un pequeño dios.

Una vez más deseé poder rezar, pero no había nadie que escuchara mis palabras. Incluso si las hubiera ofrecido en mi propio santuario, temía el poder que desatarían si las pronunciaba. Como si yo fuera un cántaro de agua casi lleno cuando el cubo hubiera salido del pozo y en vez de verter el agua en otro recipiente o de vuelta al pozo, más agua se siguiera llenando. Debía haberme desbordado, derramando el precioso líquido en la arena donde las raíces avariciosas lo encontrarían, pero en vez de eso me seguía llenando. Sabía que pronto me inflamaría por la presión, pero el agua debía desparramarse. Ya estaba demasiado condensada en el cántaro.

El hermano que estuviera cuidando el fuego lanzó un silbido estridente tres veces largas, y luego tres veces cortas. La criada despertó y se desconcertó porque había olvidado dónde dormía, luego recordó y soltó un suspiro. La madre de Lo-Melkhiin se revolvió en su colchón y la anciana fue a encender la lámpara.

—Ésa es la señal para despertar —les dije—. Debemos alistarnos para continuar el camino cuando el silbato vuelva a sonar.

—Sí, señora bendita —dijo la criada.

Fue por el cántaro de agua y sirvió un poco en una copa para mí y para la madre de Lo-Melkhiin. Para cuando mi padre vino a levantar la carpa, los colchones ya estaban envueltos, los tapetes enrollados y la criada había ido en busca de los baúles donde empacaría las almohadas, lámparas y otros objetos.

—Hija mía —dijo mi padre—, pronto continuaremos el camino, antes de que el sol termine de elevarse por encima del horizonte.

—Estaremos listas para entonces, padre —dije.

—Te elogio, jefe de la caravana —dijo la madre de Lo-Melkhiin a mi padre, cuando él se había dado la vuelta para volver a sus labores. Él se volteó para mirarla. La luz del amanecer hacía que la peluca de melena de león brillara pálidamente.

—Tus carpas son tan confortables como cualquier sitio donde haya dormido —dijo—. Mi hijo tenía razón en confiarte el cuidado de su amada esposa y el mío.

—Gracias, madre del rey —dijo mi padre y se inclinó ante ella—. Sus palabras me honran e iluminan mi corazón. Había temido que no pudiera descansar bien en medio de la arena del desierto.

—Aquí no es más peligroso que cualquier lugar —dijo la madre de Lo-Melkhiin.

Mi padre asintió y fue a levantar la carpa. Pronto todos estábamos montados sobre el lomo de los camellos. Mi corazón se sentía ligero y pesado con cada latido. No sabía qué me esperaba. Sólo sabía que cada paso que daba me acercaba al lugar donde mi hermana se casaría.

treinta

Llegamos a una parte del wadi en la que reconocí cada curva y cada piedra. Conocía las pendientes del wadi y dónde encontrar los estanques. Vimos ovejas y cabras que habían sido llevadas a beber por los niños cuyo trabajo era cuidar los rebaños. Voltearon a vernos cuando pasamos y saludaron con la mano a mi padre y a mi hermano, pero guardaron silencio por el asombro al verme. Eso me entristeció —no había pasado tanto tiempo lejos como para que olvidaran a quien les enseñó a cuidar los rebaños—, pero entonces recordé quién montaba a mi lado.

En el qasr, la madre de Lo-Melkhiin tenía una presencia imponente, su peluca de melena de león y su postura erguida eran símbolo del palacio. En el desierto, era una imagen impresionante. El color de la peluca era de rubio dorado bajo el sol y reflejaba la arena como si fuera un león viviente sobre un camello, y no una mujer. El muchacho que montaba detrás de ella, consciente de las miradas dirigidas cerca de él, se enderezó también, pero me pregunté si se habría divertido más al deslizarse de su montura para ir a jugar con los niños que cuidaban de los rebaños.

Cada tanto, uno de mis hermanos casados sacaba a su camello de la fila y lo ponía de rodillas. Entonces un niño, uno de sus propios hijos, trepaba sobre el lomo y volvían al camino. Las esposas de mis hermanos eran de diferentes aldeas con las que mi padre comerciaba cuando salía con la caravana y no compartían una carpa como mi madre lo hacía con la madre de mi hermana, pero sus hijos corrían libres en el desierto juntos, y a veces era difícil recordar qué niño le pertenecía a cada uno de mis hermanos.

Había bastantes niños en el campo para cuidar de las ovejas y las cabras. Me di cuenta de que no sólo eran nuestros rebaños los que pastaban. La marca de mi padre estaba en los flancos de muchos animales, pero había al menos ocho rebaños más. Parecía que la boda de mi hermana sería un suceso grandioso, con invitados provenientes de corriente arriba y corriente abajo del wadi, y del otro lado del desierto.

Pasamos la ladera rocosa con las cavernas donde enterrábamos a nuestros muertos. Miré, un tanto temerosa de encontrar a un pequeño dios lanzándome una mirada fulminante —a la joven humilde que había robado su poder— y lo que vi casi me provoca dar un tirón a las riendas y detener mi camello. Era una tradición que, cuando las aldeas se reunían, al menos los miembros sacerdotales de cada clan llevaban una piedra del lecho de su wadi para dejar en el camino que conducía a las cavernas. Debido a las marcas en las ovejas que yo había contado, esperaba tal vez unas ocho o diez, ciertamente no más de una docena. Pero no podía contarlas, había demasiadas. Cientos de piedras, guijarros que podría cargar un niño y rocas del tamaño del puño de mi padre flanqueaban el camino. Sólo si hubiera venido cada hombre, mujer y niño que mi padre hubiera conocido desde que salía con la caravana, sólo entonces podrían haber traído tantas piedras. No comprendía por qué habían sido invitados.

Mi padre era un hombre orgulloso, pero no era tonto. No intentaría impresionarme, sin importar cuál fuera mi nuevo estatus, y no sabía que vendría la madre de Lo-Melkhiin, así que no habría buscado deslumbrarla a ella tampoco. A mi padre no le importaría que yo le contara a Lo-Melkhiin sobre la boda que le había regalado a mi hermana, porque sabía que él nunca podría igualar el esplendor del qasr. El hombre pálido de las montañas que mi hermana desposaría no tenía familia cercana, ni vínculos en la caravana distintos de los de mi padre y mis hermanos, así que los invitados no eran tantos debido a él.

Vimos las carpas antes de que hubiera terminado de descifrar mi desconcierto. Estaban dispuestas a lo largo del wadi en ambas direcciones, tendidas alrededor de los pozos y las letrinas con el espacio suficiente entre ambos para que éstas no ensuciaran el agua limpia. Vi innumerables fogatas donde se cocinaban alimentos, el humo de cientos de cabras asándose llenaba el aire. A donde quiera que mirara, las mujeres amasaban pasta para el pan o molían grano para hacer más harina. Niños más pequeños que los que cuidaban los rebaños llevaban canastos con dátiles, higos y granadas, caminando entre las fogatas en busca de su madre. Unos hombres destazaban reses y otros construían jaulas para resguardar a los animales que habían venido con los invitados.

Cada carpa estaba marcada con una tira de tela. Pensé que, como con una oveja, eso era para que una persona supiera a quién pertenecía la carpa, pero en ese momento sentí una brisa cruzar y observé que todas las banderas eran iguales. Tela púrpura —no demasiada, porque era muy costosa— marcaba todo el campamento. Detrás de mí, la madre de Lo-Melkhiin miraba a su alrededor, con una expresión de preocupación en el rostro. Me di la vuelta para preguntarle qué sucedía, pero entonces mi camello se arrodilló y escuché un grito que conocía tan bien como mi propio corazón.

—¡Hermana!

Y ahí estaba ella, corriendo a través de la arena con su cabello volando tras de sí como no debería portarlo una novia. No me importó lo que la madre de Lo-Melkhiin pensara de nosotras o si nuestras madres nos regañarían más tarde por ese comportamiento tan escandaloso. Yo había bajado del camello casi antes de que su vientre tocara el suelo. La arena caliente me quemaba las zapatillas de suela delgada, pero no me importó. Los brazos de mi hermana me rodeaban y los míos a ella, una vez más.

—Te he extrañado, hermana mía —susurré a sus oídos—. Estoy feliz por venir a verte.

—Hermana —dijo—, estoy feliz de que estés aquí para que yo te vea.

Las ovejas y cabras nos rodearon, conforme los niños se acercaban a tocarla. Traía buena suerte tocar a una novia, pero debió ser más difícil para ellos, ya que las novias debían permanecer en las carpas de nuestras madres hasta el momento de la boda. Yo no sabía si era de buena suerte tocar a un pequeño dios, pero esperaba que lo fuera. Los niños se apretujaron contra mí en su camino hacia ella. Ya no había forma de que nos confundieran a una por la otra. Su mirada sonriente ya no estaba en su rostro, como la mía. Su cabello estaba suelto debajo de su velo, mientras que el mío estaba trenzado y abrochado en mi cráneo. Y mi dishdashah era mucho más fino que el suyo, aunque la calidad del bordado era más o menos la misma.

—Ven —dijo, mientras se liberaba de las pequeñas manos que trataban de tocarla—, te llevaré con tu madre.

La seguí, y mis pies encontraron su antigua forma de caminar sobre la arena caliente e inestable como si nunca la hubiera dejado. Me condujo a través de las carpas, cada una con la bandera púrpura, y cada una con hombres y mujeres que yo no reconocía parados cerca de ellas. Al caminar percibimos el fuerte aroma a comida cocinándose, pero otro olor comenzó a tomar su lugar. Fuego, no para cocinar, ardía cerca de nuestro destino. Cuando estuvimos lo bastante cerca para verlo, observé un pequeño brasero construido sobre el fuego y un tazón sobre él. A su lado estaba de pie un hombre de piel pálida y el cabello color azafrán mezclado con agua, y supe que era el hombre que mi hermana desposaría. Miró dentro del tazón, esperando algo, y aunque yo no podía mirar más allá del borde, sabía que el tazón estaba repleto del metal brillante de las montañas y que él le daría forma cuando pudiera hacerlo.

Mi hermana no lo miró por mucho tiempo, para ser una joven enamorada. Parte de mí se alegró por eso, si es que eso significaba que aún me amaba, pero parte de mí se preocupó. Si yo había provocado que ella lo amara, entonces tal vez sólo lo sentía cuando yo deseaba que lo amara.

Hice a un lado esos pensamientos cuando mi hermana me jaló, pasamos a un lado de su prometido y entramos en una carpa que me resultaba tan familiar que la hubiera reconocido con los ojos cerrados. Mi madre y la madre de mi hermana esperaban ahí dentro, y ambas soltaron el llanto al verme, retiraron el velo de mi rostro para besarme y me abrazaron como si nunca más me fueran a dejar partir.

—Madre —les dije—, madres de mi corazón, las he extrañado mucho.

No hablaron, tan sólo me abrazaron con fuerza mientras mi hermana esperaba tras de mí. Cuando me hubieron guardado lo suficiente en sus recuerdos, me soltaron para ir junto a mi hermana y nos sentamos en el tapete como alguna vez lo hicimos, cuando cosimos nuestros secretos en la tela.

Entonces mi hermana había sonreído, y ahora también lo hacía, y cuando nos sentamos supe que deseaba decirme un secreto. Sin embargo, antes de hablar acarició mis trenzas, sintiendo cada broche que ajustaba el peinado.

—Puedo enseñarte cómo peinarlo, si quieres —dije—. He aprendido a hacerlo; la joven que ha venido conmigo me ayudará. Te puedo prestar mis broches.

—No quiero nada de Lo-Melkhiin cuando me case —dijo. El tono de su voz era amargo, como la fruta amarilla dura que mi padre compraba cuando comerciaba cerca del desierto azul.

—Me tendrás a mí —le dije—. Y yo soy suya.

—Tú eres mía —dijo—. Y yo soy tuya. Hemos hecho demasiado y ni siquiera un demonio podrá separarnos.

En ese momento supe que ella había visto, al menos en parte, las visiones que yo había tenido, y que cuando vi el vestido con el que se casaría, el hilo tendría mis puntadas y el dobladillo estaría manchado con mi sangre.

—Hermana —dije—, debo volver a él.

—¿Te gusta tanto el qasr? —preguntó.

—No me agrada —respondí—, pero si no vuelvo él desposará a otra joven y ella morirá.

—No me importa —dijo mi hermana—. Lo-Melkhiin no vivirá para casarse con otra después de eso.

Entonces lo vi claramente bajo la luz del sol del desierto. Supe por qué la madre de Lo-Melkhiin había estado preocupada antes, al bajarse del camello. Sabía por qué habían venido los rebaños y por qué los hombres, mujeres y niños habían dejado tantas piedras en el camino hacia las cavernas donde enterrábamos a nuestros muertos. Supe por qué asaban tantas cabras y tantas canastas rebosaban de dátiles, que no se estropearían aunque los dejaran expuestos al sol.

Mi padre había ido al qasr y rogado a mi esposo que me permitiera asistir a una boda, pero había mentido. La paz que yo había luchado por mantener mientras vivía en el qasr estaba en riesgo en el desierto y yo no podía detenerlo. Mi esposo me había permitido venir, consciente o no de ello, no importaba. Lo que importaba era que yo estaba con mi familia, mi hermana y mi madre, la madre de mi hermana y mi padre, mis hermanos y sus hijos, y todo hombre y mujer y niños que mi padre hubiera conocido alguna vez cuando estaba de viaje en la caravana. Todos bailarían y se darían un festín. Jugarían backgammon y hablarían de los fuegos de los veranos pasados. Pero esto no era una boda.

Era una guerra.

vii

*L*os humanos que se arrastraban por la arena creían que eran muy listos. Pensaron que si enterraban sus asuntos en la arena y los llevaban lejos de las murallas de mi ciudad yo no sabría lo que hacían.

Se equivocaban.

Yo no requería ojos y oídos para que los hombres espiaran para mí, aunque tenía ambas cosas a mi disposición. Los de mi especie todavía acechaban el desierto y asediaban a los hombres como les placía, aunque ninguno había llegado tan alto como yo. Yo me había alejado de ellos para evitar que siguieran mi ejemplo y me suplantaran, pero ahora me abría de nuevo. Fueron ellos quienes me trajeron las noticias, susurradas en mi mente, donde sólo Lo-Melkhiin podía escucharnos. Y él no podía detenernos, así que no me importó.

Las ratas del desierto se reunían para una boda que no era tal.

Cuando el padre de mi esposa vino a mí y trajo a sus hijos consigo para pedir mi prebenda, tuve una opción. Ansiaba su sangre para derramarla a los pies de ella, más de lo que ansiaba la luz del sol y cosas hermosas. Pero si la hubiera bañado con la sangre de sus familiares, ella nunca habría vuelto a mí, su rebelión podría haber fallado sin ellos, pero no habría muerto.

Tenía que dejarlos ir, permitir que todos se fueran. Ni siquiera me había quedado con un rehén para jugar con él y mutilarlo, o tal vez entregarlo a uno de mi especie cuando se hubieran ido. Envié con ellos a la madre de Lo-Melkhiin, como se esperaba de un rey humano al mandar a su mujer al desierto. Cuando partieron, encontré el qasr vacío sin ellos. Sin ella.

No reuní a mi ejército. Me negué a usar una fuerza de hombres para sofocar este levantamiento en el desierto. Los hombres al fin verían quién era yo en realidad. Yo mismo podría haber cubierto su desierto con desperdicios pero eso me habría tomado tiempo que no deseaba desperdiciar, y habría consumido buena parte de mi poder. Entonces busqué a los de mi especie y me encontré con ellos por la noche, donde una vez escuché a uno de mis Escépticos hablar sobre las estrellas. Ellos vieron que ahora era muy poderoso y escucharon mis palabras con oídos hambrientos.

No me tomó mucho tiempo convencerlos de unirse a mí.

Ansiaban la sangre al igual que yo, y esta vez no importaba mucho que mataran con premura en vez de regocijarse en cada herida. Habría suficiente sangre de todo tipo para saciarlos, y un poder más allá de lo que fueran a conocer jamás.

—Pero a mi reina no deben tocarla —les dije—. Será mía completa, en cuerpo y alma, cuando esto termine y el desierto se tiña de rojo con la sangre de su familia.

Surgieron algunas quejas silenciosas respecto a que yo eligiera a una mascota para regodearme en el sufrimiento mientras los de mi especie eran forzados a otorgar una muerte rápida y misericordiosa a quienes capturaran. Los dejé murmurar. No debían adivinar el motivo por el cual la quería. No debían tomarla, como yo había hecho con Lo-Melkhiin. Si se trataba de tomar su mente, para eso era mía, pero deseaba controlarla por otros medios.

Casi me embelesaba al pensar en lo que podríamos lograr juntos. Podía forzar a la gente a hacer lo que yo quisiera, pero debían estar lo bastante cerca para tocarlos. Ella podía llegar a todo el desierto y hacer su trabajo tan fácil como yo tomaba más pan de la mesa durante la cena. No me había preocupado en aprender acerca de los pequeños dioses cuando tomé a Lo-Melkhiin, pero quizás era momento de hacer que Sokath, Sus Ojos al Descubierto, tuviera grandes pensamientos sobre ellos. Su corazón podría estallar cuando terminara, que era por lo cual evitaba el contacto con él para favorecer a los Escépticos más jóvenes. Él era casi inteligente sin mi ayuda. Pero para ello arriesgaría su muerte. Tenía a muchos más a mi entera disposición.

Pero primero: el desierto. Llevaría a los de mi especie a la arena y la bañaríamos con sangre. Los hombres no cantarían sobre la batalla que peleáramos ahí. La susurrarían en sus fogatas nocturnas. Temerían hablar de ella en voz alta, para no desatar la ira de los victoriosos sobre ellos. Las mujeres llorarían en el desierto, de luto por sus esposos e hijos muertos. Se aferrarían a los hijos que no hubieran muerto por ser demasiado jóvenes para pelear, si es que no los matábamos de todas formas, por supuesto. A veces era difícil controlar a los de mi especie.

Lo-Melkhiin estaba preocupado por su madre al escuchar nuestros planes. Sabía que yo salvaría a la joven a cualquier costo, pero no pensaba que fuera a esforzarme para traer a su madre de vuelta a la seguridad del qasr. Me impresionó darme cuenta de lo mucho que le importaban las dos. Un hombre podía amar a su madre y no ser juzgado como débil por otros hombres. La mayoría de los hombres no se daba el lujo de amar a sus esposas, al menos no pronto, después de casarse.

Y él no la amaba, no realmente. Pero la tenía en muy alta estima. Le impactaba su valentía y su negativa a transformar su espíritu del desierto al vivir entre las murallas de la ciudad. Él pensaba que su poder era misterioso, pero no terrorífico como el mío. Deseaba ser capaz de conocerla mejor, como a sí mismo, sin que yo estuviera de por medio entre los dos como espectador. Él pensaba que ella había nacido para ser una reina.

Era muy distinto a la forma en que yo la codiciaba. Esperaba el día en que pudiera restregárselo en la cara, el hecho de que él sólo podría tenerla a través de mí. Yo la tocaría con sus manos y usaría su boca para besarla, y cuando yo lo hiciera ella pelearía contra su cuerpo con todas sus fuerzas.

Pero ahora tenía trabajo que hacer. Mi ejército no era demasiado grande, pero teníamos mucho poder. Haríamos retroceder a los rebeldes con la fuerza que obtendríamos al devorar a sus propios ancestros. Libraríamos al desierto de su perfidia.

Y en cuanto termináramos, yo volvería al qasr con mi esposa, lo deseara ella o no.

treinta y uno

Mientras yo había estado soñando con el pasado de mi hermana, observando las estrellas caer del cielo e hilando inútilmente en el qasr de Lo-Melkhiin, mi padre y mis hermanos habían estado ocupados. Al volver de la caravana encontraron que yo ya no estaba, pero mi madre y la madre de mi hermana no les permitieron lamentarse, como lo dictaba la tradición. Yo vivía —y mi hermana estaba segura de ello—, y para que yo siguiera viviendo ellos debían ir con sus camellos al desierto y comerciar una vez más. Esta vez, con cada rollo de tela, vasija con miel y bulto de mirra que intercambiaran deberían contar lo sucedido y lo que mi hermana planeaba hacer.

Sé que mi padre no se afligió. Mis hermanos habían vivido abrumados bajo el régimen de un rey que vivía muy lejos y era muy cruel. Dos de ellos tenían hija. Cuando volvieron a viajar al desierto regatearon con la misma astucia de siempre, pero en cada negociación contaron sobre mi matrimonio: cómo yo había hecho que Lo-Melkhiin se fijara en mí en lugar de mi hermana. Mi padre les dijo a los hombres con quienes comerciaba que yo era valiente. Mis hermanos dijeron que yo era inteligente, que había hecho que Lo-Melkhiin me amara y que por eso no había muerto.

Y a donde quiera que fueron construyeron un santuario donde dejaron un trozo de tela púrpura y rezaron.

Pronto, descubrieron que las mujeres venían a comerciar con ellos, en lugar de los hombres. Las mujeres escucharon la historia de mi casamiento con una atención que los hombres no habían prestado. Para entonces mi padre y mis hermanos rara vez tenían que construir santuarios para mí. A menudo ya estaban construidos, anidados en la arena o en la esquina de una carpa, o incluso en las cavernas donde se encontraban enterrados sus muertos, aunque yo no hubiera muerto. Dejaban la tela púrpura como regalo, decían, para el pequeño dios viviente en el que me había convertido.

Justo cuando estaban a punto de regresar, cuando alcanzaron las orillas del desierto de arena y el desierto de arbustos y contemplaron las líneas azules que delineaban las montañas del norte, conocieron a un hombre pálido que llevaba consigo un metal brillante como ninguno que hubieran visto. Se preguntaron si estaba enfermo por su piel tan blanca. Usaba su mascada como lo haría una mujer, cubriendo su rostro. Los hombres sólo lo hacían si el aire portaba demasiada arena o para evitar contagiarse si alguien estaba enfermo.

—Si permanece demasiado bajo el sol, su piel se quema del color de un carbón al fuego —me dijo mi hermana cuando me contaba todo lo sucedido después de que partí—. Su piel se descarapela y él dice que cuando eso sucede se siente muy mal. Al principio tus hermanos se reían, porque sólo una mujer se preocuparía por cuidar su piel, pero él les mostró sus manos y la forma en que se quemaban; después de eso contuvieron sus lenguas.

Mi padre compró todo el metal brillante que podía cargar. El hombre pálido tomó a cambio miel, especias, pigmentos, cosas ligeras que no le pesarían mucho a su camello, y dijo que si mi padre deseaba más metal, tan sólo debía regresar en un mes. Mi padre no podía descifrar cómo sabía que se necesitaría el metal, sólo sabía lo que el pequeño dios le había dicho. En todo caso, mi padre volvió a nuestro wadi con historias extrañas que les narró a mis madres y a mi hermana, y con canastos de metal brillante en forma de cuchillos, puntas de flecha y broches.

Mi hermana me dijo que la cautivaron las palabras de mi padre acerca del hombre pálido, así como el metal refulgente que había traído. Le rogó a mi padre que volviera por más y que trajera al hombre pálido con él, si es que él estaba dispuesto. Mi padre la escuchó y salió al desierto con la caravana mucho antes de que fuera necesario volver a comerciar.

Donde se detuviera para permitir el descanso a sus camellos, mi padre descubrió nuevos santuarios construidos para mí. Había ofrendas de raíces de ciruelo encurtidas y flores de agua dulce, aunque el desierto quemaba a su alrededor. Las jóvenes cantaban nuevos himnos ante los santuarios, sus voces ligeras llevadas por el viento. Por las noches, cuando estaban alrededor de las fogatas y tejían, cantaban plegarias en vez de canciones para trabajar; aunque mi padre no podía escucharlas, sabía lo que decían.

Al fin, mi padre volvió a la orilla del desierto de arbustos y encontró ahí al hombre pálido. Esta vez, el hombre tenía con él dos camellos cargados con metal y mena, y dijo que podía moldearlo de la forma en que mi padre deseara.

—Ven conmigo a nuestra aldea —le dijo mi padre—. Es un largo viaje, pero tus camellos parecen fuertes y haremos todo lo posible para protegerte de nuestro sol. Te prometo que comerciarás bien mientras estés ahí.

—Venerado jefe de caravana —le dijo el hombre pálido a mi padre—, había esperado que me invitaras. Deseo conocer mucho tu desierto.

Y así partieron, mi padre remontó sus pasos de vuelta a sus carpas. Les mostró el metal a todos los hombres que encontró, pero el hombre pálido no quiso comerciar.

—Vengan con nosotros —les decía el hombre a la gente—, vengan y verán lo que podemos hacer.

Para entonces ya corría el rumor del pájaro que atacó y derrumbó a Lo-Melkhiin. Mi hermana dijo que me había dirigido plegarias sin cesar, para que yo ayudara a que muriera. Yo no podía decirle que había hecho lo opuesto, pero ahora sabía de dónde había provenido el aumento de mi poder. Estaba amarrada bastante como esposa de Lo-Melkhiin. No deseaba estar más amarrada, ni siquiera a mi hermana.

—Otros han sido atacados por los pájaros —le dijo mi padre a los hombres con los que comerciaba y a las mujeres que escuchaban sus palabras—. ¿Entonces por qué Lo-Melkhiin se ha enfermando tanto cuando a nadie más le ha sucedido?

—Los pájaros son de las montañas, al igual que yo —dijo el hombre pálido—. Los he visto beber agua que proviene de las cavernas donde obtengo mi metal. Los he visto afilar sus enormes garras en las laderas, y las garras relucen con más brillo que las dagas que yo fabrico.

—¿Es posible que el metal sea lo que enferme a Lo-Melkhiin? —preguntó mi hermano más callado.

Mi padre permaneció en silencio por un largo rato.

—Si es así… —dijo entonces mi hermano menor, que no era tan sabio, pero sí más amable—, entonces podríamos salvar a nuestra hermana.

Las palabras no eran verdaderas cuando las pensé, pero en el silencio que hubo entre lo que pensé y lo que dije, las convertí en realidad.

—Si es así —dijo mi padre al fin—, entonces podremos salvar a todos.

No podían probar el metal contra el rey, por supuesto, pero podían probarlo contra otros metales. Era mucho más duro que la plata. Era bastante más fuerte que el cobre, aunque no brillaba tanto. Doblaba el bronce, que era con lo que la mayoría de la gente fabricaba sus armas. Las flechas que los arqueros de Lo-Melkhiin usaban, y las dagas y espadas atadas a sus cinturas, eran de bronce. Si mi padre podía obtener suficiente metal, y el hombre pálido pensaba que llevaba bastante con él, entonces podía hacer armas que el ejército de Lo-Melkhiin no resistiría.

Ahora, en vez de comerciar, mi padre estaba reclutando.

—Ven con nosotros —le decía a los hombres que conocía—. Ven y trae a tus mujeres e hijos y a tus rebaños. Tráelos a mi wadi, donde estarán a salvo, e iremos a buscar a Lo-Melkhiin y lo detendremos para que deje de robar a nuestras hijas para morir siendo sus esposas.

Muchos de los hombres que conocíamos eran de aldeas que ya habían dado sus hijas a Lo-Melkhiin. Aquéllos que aún no lo habían hecho, sabían que tendrían que ofrecerlas pronto si yo moría. Al principio se unieron despacio a la causa de mi padre, pero mi hermana dijo que sus propias mujeres les rogaban que lo hicieran. Yo no lo dudaba. Los hombres prosperaban bajo el gobierno de Lo-Melkhiin, y si eso les costaba perder una hija, no era peor que las vidas que cobraba un duro invierno. Sin embargo, las esposas y madres lloraban cada pérdida y rezaban ante mis santuarios para evitar más bajas. Insistieron a los hombres para que vinieran con mi padre, y después de un tiempo ellos vinieron.

Cuando mi padre volvió a sus carpas a lo largo del wadi, su caravana ya era tan larga que según mi hermana podía mirar hacia atrás y no ver dónde terminaba. Entonces sonrió y dijo que no había mirado demasiado tiempo porque cuando vio al hombre pálido que montaba con mis hermanos olvidó que la caravana estaba ahí siquiera.

—Supe que debía ser el hombre con el metal brillante —me dijo. Sus ojos refulgían con amor por él y yo retrocedí como si me hubiera golpeado. Yo había provocado eso en ella y temía que me odiara si lo sabía—. Nadie más podría tener esa apariencia —dijo—. Era tan pálido que me di cuenta de por qué tus hermanos pensaban que estaba enfermo. Se había quitado su mascada y no le cubría los ojos. Más tarde me dijo que deseaba ver las carpas de mi padre, pero que había olvidado hacerlo porque se quedó mirándome mientras yo estaba de pie, esperando.

—Hermana —le dije—, ¿por qué lo amas?

Ella miró sus manos, que estaban delineadas con henna para la boda. No escuchó la desesperación de mi voz.

—Al principio no sabía el motivo —respondió—. Lo vi y me pregunté si solamente lo amaba porque era tan diferente de cualquier hombre que hubiera visto.

Al fin, esas palabras sí sonaban a mi hermana. Siempre había sido más aventurada que yo. Era coherente que conociera a un hombre tan extraño y lo amara por ello.

—Habló acerca de sus montañas y del tiempo que pasó en el desierto —me dijo—, y sentí mi corazón pleno. Pensé que tenía intenciones de volver a su hogar en el norte. Pero me dijo que deseaba permanecer en el desierto. Podía irse y traer más mena para fabricar más metal, pero quería hacer del desierto su hogar.

—Entonces estuve realmente contenta, hermana mía —dijo—. Porque si lo desposaba podía quedarme aquí con mi madre y tu madre, con tus santuarios y con nuestros muertos. No dejaría las carpas de mi padre y mi esposo no me pediría que lo hiciera.

No había respondido mi pregunta. No me había dicho que amaba sus ojos o el sonido de su voz. No había dicho que su tacto encendía lumbre en su piel. Entonces me di cuenta: lo amaba porque él no deseaba transformarla. Si yo lo había provocado, o si mi padre lo había encontrado, eso no importaba. Mi hermana tendría un esposo que no la obligaría a sentarse en su carpa, cubierta con velos, a tejer. No tomaría otra esposa, como había hecho mi padre. Ella sería de él, y él sería de ella, nada más. Por eso ella lo amaba, y escucharlo alegraba mi corazón.

—Ven —me dijo mi hermana—, te enseñaré cómo pondremos fin al gobierno de tu esposo.

Mi alegría se endureció dentro de mi pecho. A su alrededor ardía el fuego cobrizo de cientos de plegarias.

treinta y dos

Mis hermanos habían llevado a la madre de Lo-Melkhiin a una carpa y la dejaron ahí, con el muchacho y la anciana y tres guardias fuera. Las cortinas de la carpa estaban cerradas y debía ser sofocante dentro, pero yo sabía que nadie podría entrar a verla a menos que mi padre lo ordenara. Cuando mi hermana me llevó alrededor del campamento y me presumió como si fuera su vaca premiada, le rogué que me permitiera ir a ver a la madre de Lo-Melkhiin.

—¿Crees que no ha contado la cantidad de hombres que están aquí, al igual que yo? —le pregunté—. ¿Piensas que no ha adivinado lo que tu casamiento implica? ¿Crees que ella no ha sufrido también?

Mi hermana cedió y me llevó a la carpa. Los hombres nos siguieron con la mirada conforme caminábamos hacia allá, mi hermana con sus ropas sacerdotales blancas y yo con mi fino vestido de la ciudad. Nos habíamos vuelto muy diferentes en muy poco tiempo.

—Aquí está la madre de Lo-Melkhiin —me dijo cuando llegamos a la carpa—. Permaneceré afuera y esperaré a que salgas, hermana. Ven conmigo cuando hayas dicho lo que tengas que decirle.

Asentí y levanté la cortina para entrar. La carpa estaba bien amueblada y menos caliente de lo que temía. La madre de Lo-Melkhiin no se marchitaría en el sofocante calor del desierto. Había tapetes en el piso y ardía un incienso de olor suave, como si alguien creyera que se ofendería por el olor de tantas ovejas y cabras y hombres. Alguien le había traído té y dátiles, como se hacía con todos los visitantes que venían a las carpas de mi padre, aunque yo no sabía si alguien se había quedado a beber con ella en una bienvenida formal. Aunque ya no moraba con mi familia, aún estaba atada a sus obligaciones con sus invitados.

—Bienvenida, señora —le dije con una reverencia y luego me senté frente a ella—. Bienvenida a las carpas de mi padre.

El té se había terminado, pero le extendí el tazón con dátiles y ella tomó uno. Yo también tomé uno y luego le ofrecí con un gesto al muchacho, quien se abalanzó sobre el tazón como si no hubiera probado bocado en días. La madre de Lo-Melkhiin tosió discretamente y el muchacho recordó llevarle al menos una de sus recompensas a la anciana, quien sonreía al comer.

—¿Entonces deberíamos discutir sobre las tormentas del desierto? —preguntó la madre de Lo-Melkhiin—. ¿O quizá sobre el estado de los rebaños? Parece que hay muchos aquí.

—Madre de mi corazón, no hay motivo para ocultarte los propósitos de mi familia —dije—, porque los has visto con tus propios ojos. Es verdad que desposarán a mi hermana, como ha dicho mi padre, pero también conspiran en contra de tu hijo.

—No son los primeros —me dijo—. Los primeros murieron tan rápido que su sangre ni siquiera manchó el piso de mármol dentro del qasr. ¿Por qué tu padre piensa que tendrá mejor suerte?

—Tiene muchos amigos que lo ayudarán —dije—. Y poseen un nuevo metal de las montañas del norte traído por el hombre pálido que será el esposo de mi hermana.

—Ah —dijo—, ¿el mismo metal que el Escéptico dijo que estaba en las garras de la gran ave que atacó a Lo-Melkhiin?

—Ese mismo —dije—. Hay dagas hechas con él, y flechas que volarán certeras.

—¿Lo bastante certeras para caer en Lo-Melkhiin? —preguntó—. ¿Lo bastante certeras para matar a todos sus hombres?

—Señora madre —dije—, no creo que él luche con hombres.

La anciana se levantó de prisa y jaló al muchacho hacia su regazo. Él se resistió, quizá pensando que era demasiado grande para ser tratado de esa manera, pero ella era más fuerte que él. Puso sus dos manos sobre sus orejas para que él no nos escuchara. Él se resistió unos momentos más y luego se rindió, al igual que las cabras cuando se daban cuenta de que no podían escapar de nosotros y las sosteníamos por su propio bien. Él se calmó, esperando, y ella no se relajó.

—¿Crees que otros demonios vendrán con mi hijo? —preguntó la madre de Lo-Melkhiin.

—Lo sé —dije, aunque hasta que pronuncié las palabras, no podría haber dicho cómo lo sabía.

Lo-Melkhiin nunca había dicho directamente que existían más seres de su especie, pero me había dado indicios. Había dicho que encontraría una forma de tomar a mi hermana, y yo sabía que él no podía hacerlo por sí mismo, ya que estaba atado a las leyes de los hombres. Pero estaba tan seguro de poder hacerlo, si deseaba provocarme sufrimiento, que supe que tendría otros demonios a su disposición para llevarlo a cabo. No serían tan fuertes como él, tal vez porque vivían en el desierto, pero yo sabía en mis huesos que serían más fuertes que mi padre y mis hermanos, y todos los hombres que pelearan junto a ellos.

—No quiero que mi hijo muera —dijo la madre de Lo-Melkhiin—. Es un buen hombre.

—Quizá lo fue, mi señora madre —dije—. Pero el demonio ha usado su piel por demasiado tiempo, ha usado sus manos para cometer muchas atrocidades. ¿Cree que todavía es un buen hombre? ¿Cree que cuando se libere del demonio su corazón estará completo?

A veces los hombres enloquecen bajo el calor del sol y golpean a sus hijos como si fueran sus cabras y ovejas. Mi padre nunca toleró ese comportamiento en sus carpas, porque aquellos niños a veces también se volvían crueles al crecer. Temí que Lo-Melkhiin, el verdadero, hubiera estado encerrado tanto tiempo con un monstruo que él mismo se convirtiera en uno, incluso si se alejaba al demonio de él. Ya teníamos a un demonio como rey, no deseaba remplazarlo con otro. Pero había visto la parte oscura de su mente y sabía que no debía temerle. Quizás el deseo de la madre de Lo-Melkhiin no fuera tan desesperado, pero yo quería estar totalmente segura.

La madre de Lo-Melkhiin tenía una tira de tela púrpura alrededor de su muñeca. Ahora que extendía sus manos hacia mí pude verla. Su rostro estaba iluminado por las lámparas que ardían dentro de la carpa, y la peluca de melena de león despedía un aura ambarina a su alrededor.

—Rezaré —dijo—. No a los pequeños dioses de mi familia, como he hecho antes. Están lejos de aquí, cerca del desierto azul, y quizás estén demasiado ocupados con los problemas de ese lugar como para escucharme. Rezaré al pequeño dios que está en mi carpa. Y que yace con mi hijo.

Yo no me sorprendí de que lo supiera. Parecía que mi hermana había hecho bien su trabajo y difundido la historia de mi pequeño dios a todo aquél que la escuchara, justo como lo había prometido el día que Lo-Melkhiin me llevó para convertirme en su esposa.

—Señora madre —dije—, yo no puedo luchar una guerra.

—Hija de mi corazón —dijo—, has estado peleando una guerra desde que decidiste tomar el lugar de tu hermana. Sólo continúa luchando y veremos quién queda de pie al final: demonios o pequeños dioses.

Salí de la carpa hasta donde mi hermana me esperaba. No le pregunté si había escuchado la conversación. No me importaba si lo había hecho. Miré su rostro y vislumbré una luz de esperanza, una que cantaba para que la sangre y la lucha tuvieran el fin que ella esperaba. Yo estaba menos dispuesta a enfrentar otras muertes, excepto la mía. No sabía por qué habíamos cambiado tanto desde que me separé de ella, pero sabía que yo había causado que ella cambiara.

Volvimos a la carpa que nuestras madres compartían y encontré que ahí había una tinaja con agua cristalina. Me detuve, confundida al verla, y mi hermana se rio de mí. Su risa aún era la misma.

—Hermana mía —me dijo—, aún me casaré esta noche.

Nuestras madres se acercaron y nos lavamos juntas. No era tan fácil como en los baños del qasr, pero era familiar. Compartíamos el cuenco de agua y el suave jabón hecho de cenizas y de grasa de ovejas. Nos enjuagamos la espuma del cuerpo. Mi madre nos cantó —las canciones antiguas, ninguna de las nuevas que se entonaban para mí— y cuando el aire del desierto terminó de secarnos, comenzamos a vestirnos.

Como mi hermana había dicho, no usaría mis broches para peinarse. Su cabello colgaba hasta la cintura, lacio, negro y desenrollado. Colocamos su velo en su cabeza y lo aseguramos con los broches de hueso que ella había usado el día anterior. Su dishdashah era amarillo, como lo había visto en mi sueño; si miraba bien, encontraría la mancha de sangre. No miré. Ella no llevaba zapatos, así que también me quité los míos. De cualquier manera no resistirían bailar sobre la arena del desierto.

Mi vestido era azul, tan simple como pude. La criada lo había traído, pero la mandé de vuelta a esperar con la madre de Lo-Melkhiin y le dije que mi hermana y mis madres serían de suficiente ayuda para mí. Tampoco me trencé el cabello, lo dejé suelto, igual que el de mi hermana. Era impropio que una mujer casada usara el cabello suelto bajo su velo, pero pensé que si cualquier hombre intentara criticarme, sólo le recordaría contra quién buscábamos librar la guerra.

Mientras nos vestíamos y mi madre cantaba, las palabras de la madre de Lo-Melkhiin pesaban en mi espíritu. Ella estaba muy segura de que él era un buen hombre. Yo había visto destellos de eso, o había creído verlos, pero no estaba convencida de que aún quedaría lo suficiente de él para resucitarlo. Si mi padre y sus hombres tenían éxito, habría un rey muerto y nadie que tomara su lugar. Sería como había temido Sokath, Sus Ojos al Descubierto: un rey muerto y nadie, sino los comerciantes avariciosos y los señores mezquinos, podría tomar su lugar. Lucharíamos hasta que envejecieran los niños que cuidaban de las ovejas, si es que no morían antes peleando.

Mi vestido era muy simple, aunque proviniera del qasr, porque no deseaba opacar a mi hermana en el día de su boda. Si pudiera pensar en una solución tan simple como el vestido sería lo mejor para todos, pero mi mente estaba demasiado impregnada de preocupación como para pensar. Cuando cerraba los ojos para enfocarme veía la sangre de mi padre en las manos de Lo-Melkhiin y los hijos de mis hermanos sin padres que los cuidaran. Había demasiadas personas aquí, y mucho ruido. Podía sentir el fuego cobrizo ardiendo en mi interior, pero no era capaz de dirigirlo. Cuando intentaba hilarlo, se desenrollaba. Cuando intentaba tejerlo, se enredaba.

Mi madre pintó mi rostro con kohl, lo mismo que el de mi hermana. Tenía que pasar el momento del banquete y el baile de la boda; luego, cuando la noche estuviera quieta, intentaría encontrar una buena senda para conducir mi fuego cobrizo. Si me enfermaba, Lo-Melkhiin no estaría aquí para sanarme, pero no podía hacer nada respecto a eso. Parecía que debía tomar decisiones difíciles a cada instante, pero no todavía.

Mi madre me ayudó a ponerme de pie y me dio la vuelta despacio hasta que estuve de frente ante ella.

—Aquí están mis hijas juntas de nuevo —nos dijo—. Y me siento feliz.

Mi hermana sonrió y su corazón vibraba en sus ojos. Traté de hacer lo mismo, pero sólo logré sonreír. Rápido me acomodé el velo y me escondí de todos.

treinta y tres

No recuerdo las palabras que el sacerdote pronunció en la boda de mi hermana. No habló mucho, estoy segura, porque ya casi se ponía el sol cuando mi hermana se paró a su lado, y él no podía desposar a nadie en medio de la oscuridad. Estos rituales deben ser completados cuando el sol aún es visible en el cielo.

El hombre pálido vestía una túnica y pantalones al estilo del desierto, pero con un cinturón ancho proveniente de su tierra que no se parecía a nada de lo que nosotros confeccionábamos. Pensé que le quedaba bien. Tenía hombros más anchos que los de mi padre o hermanos, y el cinturón los resaltaba. Aún se veía pálido, pero de pie, al lado de mi hermana, no parecía algo que el desierto pudiera consumir o secar o llenar de polvo.

Cuando las palabras fueron dichas y la primera aguamiel vertida, mi hermana trajo la copa a mi padre y a su madre, y después a mi madre. Ellos bebieron y ella nos ofreció la copa a mí y a mis hermanos. Derramó un poco en la arena, por su hermano que la riada se llevó cuando éramos pequeñas, y luego lo hizo otra vez por los pequeños dioses, aunque el guiño que me dirigió cuando lo hizo contradecía sus movimientos sagrados. Ahora la copa debía ser ofrecida a la familia del hombre pálido, pero no había nadie acompañándolo, así que mi hermana la pasó al sacerdote, quien bebió hasta que la vació.

Luego mi padre batió las palmas y las mujeres trajeron la cabra asada y los canastos con higos dulces y dátiles. Había canastos con pan y vasijas con miel. Todos pretendían que no notaban cuando los niños comían sólo dulces, pero cuando mi hermano menor hizo lo mismo se rieron de él. Era una fiesta alegre, pero no podía olvidar el ejército en medio del cual estaba sentada.

—Hermana, aleja tus pensamientos —me dijo mi hermana. Su mirada danzaba y su rostro estaba iluminado de júbilo—. Hay centinelas y guardias en abundancia. Sabríamos si Lo-Melkhiin marchara hacia nosotros esta noche.

No le dije que yo no estaba tan segura de ello. No me habría creído, y aunque lo hiciera, no podría ayudar. Recordé que estaba usando un velo y que si fingía nadie conocería la expresión de mi rostro. Sólo debía asegurarme de que mi cuerpo se sentara de la forma en que lo haría una joven feliz en la boda de su hermana. Miré frente a mí, del otro lado de la fogata donde estaba sentada la madre de Lo-Melkhiin. Si ella podía hacer esto, sabiendo lo que sabía, entonces yo también.

Trajeron un tambor y flautas, y mi padre se puso de pie para comenzar la danza. Mis hermanos se le unieron y caminaron de arriba abajo por las filas donde la gente estaba sentada comiendo. Sus pasos eran calculados y me resultaban familiares, las danzas que mi familia realizaba para dar la bienvenida a una nueva persona. Había visto a mi padre danzar en todas las bodas de mis hermanos y en el nacimiento de cada bebé. Después de que hubieron concluido un circuito completo, mi hermano mayor jaló al hombre pálido para que se les uniera. Sus pasos no eran perfectos, pero había un trabajo admirable al intentarlo, así que le aplaudimos y lo animamos desde nuestras posiciones.

Cuando terminaron, el golpeteo de los tambores fue más rápido. Esta vez todos los hombres, desde el más anciano hasta el más niño, que apenas comenzaba a caminar, se pusieron de pie y danzaron. Sus pasos eran simples, no eran especiales para la familia de nadie, pero compartidos entre todos los que llamaban a un wadi su hogar. Ésta era la danza de los hombres en el desierto, aquéllos que eran lo bastante fuertes para vivir aquí, aquéllos que no temían la inclemencia del sol. Sentí frío al observarlos, aunque nunca dejé de aplaudir y animar. Sabía que si ellos peleaban contra Lo-Melkhiin, muchos morirían.

Los hombres danzaron hasta que se ocultaron las estrellas y la luna había desaparecido del horizonte. Entonces se sentaron de nuevo y cayeron sobre el banquete como si no se hubieran saciado media hora antes. Trajeron aguamiel y agua fresca del pozo, y rieron mientras bebían.

Mi madre y la madre de mi hermana sacaron panderetas hechas de conchas de tortuga y cuentas de cobre y las agitaron mientras estaban sentadas. Los hombres se rieron cuando mi hermana tomó una y me arrojó la otra. Debía habérsela dado a una de las esposas de mi hermano, pero supuse que nadie aquí consideraba que yo seguiría casada por mucho tiempo. La madre de Lo-Melkhiin no protestó. Sólo parecía un poco triste cuando me levanté para ir al lado de mi hermana.

Sólo una vez habíamos hecho esta danza, cuando mi tercer hermano se casó. Era la primera vez que teníamos la edad suficiente para hacerlo, pero lo habíamos visto muchas veces antes y mi madre y la hermana de mi madre se aseguraron de que supiéramos los pasos. Yo sabía que mi hermana rezaba a mi pequeño dios como un hábito, pidiendo que los broches permanecieran fijos y que las amarras de su dishdashah resistieran. Una vez más, mis plegarias se me atoraron en la garganta, así que decidí llamar al fuego cobrizo y usarlo para fijar los broches y las amarras para las dos. En el qasr de Lo-Melkhiin había pensado en esas cosas como una armadura, la única forma en que una mujer puede ser protegida. Ahora sabía que era verdad.

Mi hermana golpeó su pandereta cuatro veces sobre la palma de la mano y yo golpeé la mía cuatro veces a manera de respuesta. Esto instaló el ritmo en nuestros huesos y la sensación de la danza en nuestra sangre. Golpeamos cuatro veces juntas y luego comenzamos a girar.

Caminamos en un círculo amplio, con los pies ligeros sobre la arena y el cabello volando detrás de nosotras bajo los velos. Arrastramos los dedos de los pies en los lugares adecuados, delineando la forma de una carpa al movernos, y luego nos internamos dentro del área marcada para continuar danzando. Ahora las mujeres que estaban sentadas y nos miraban tenían el ritmo y comenzaron a aplaudir.

Habían colocado antorchas ardiendo porque las lámparas no eran lo bastante luminosas y vi refulgir la luz de las cuentas de cobre cuando mi hermana agitaba su pandereta. Yo me emparejé en todos sus movimientos, girando sobre la arena, conforme delineábamos la carpa y las cosas que contendría. Aquí estaría el fogón para cocinar de mi hermana, y aquí pondría su telar. Cuando nacieran los niños, dormirían en la esquina, y mi hermana y su esposo dormirían cerca de la puerta. Tendimos tapetes para evitar que la arena ensuciara todo, y alineamos los lados con almohadas pesadas para mantener fuera las criaturas que pudieran dañar a quienes ahí durmieran.

Yo era cuidadosa al bailar, no para llevar cuenta de mis pasos sino para controlar mi fuego cobrizo. No deseaba que ninguna de las cosas por las que danzábamos cobrara realidad. La boda de mi hermana era lo bastante grandiosa sin tener que añadir nada inesperado, y temía que si lo hacía estaría demasiado enferma después como para razonar con nadie sobre su plan de ataque. Así que mejor mantuve el fuego cobrizo dentro de mí, lejos de la danza y oculto en mis pensamientos. Descubrí que podía hacer los pasos sin pensar en ellos y me concentré en mantener el fuego donde estaba. Los hombres comenzaron a aplaudir también, y con el ritmo añadido por ellos me hundí por completo en el fuego, sin que mis pies perdieran los pasos.

Ya no danzaba sobre la arena, o más bien, sí lo hacía, pero también estaba por encima de ella. Como un cuervo de arena, rodeé las carpas en la oscuridad, viendo dónde ardían las antorchas y cómo a los hombres que hacían guardia les daban asado y agua, pero aguamiel sólo suficiente para atraer la buena suerte. Observé la nueva carpa que había sido levantada para mi hermana y su esposo. No era la carpa en la que vivirían, pero estaba bien mientras elegían un lugar para fincar sus estacas. Miré hacia abajo y me vi a mí misma, danzando acompasadamente junto a mi hermana, y luego lancé una mirada al desierto para ver qué venía hacia nosotros en la noche.

Los guardias no los hubieran visto. Yo lo sabía, de la misma forma en que sabía que tampoco hubieran podido detenerlos. Sólo había un hombre entre ellos, quien cabalgaba sobre un caballo y marcaba el paso. Era Lo-Melkhiin. Aquéllos que venían con él no eran hombres. Por alguna razón los demonios que trajo consigo no caminaban en cuerpos de hombres. Supuse que de esa forma eran más fuertes. O porque querrían tomar los cuerpos de los hombres que encontraran aquí, ofrecidos como el banquete que mi padre había servido para la boda de mi hermana.

Sentí la pandereta temblar y estaba de vuelta dentro de mi cuerpo, la danza completa. Mi hermana estaba parada junto a mí, erguida, aunque yo sabía que también le faltaba el aire, como a mí, y sonrió bajo su velo.

—¿Ves, hermana? —me dijo—. Esta noche tenemos toda la suerte que necesitamos.

Una vez más, me mordí la lengua. Podría haberle dicho que los demonios estaban en camino, pero cuando mirara al desierto sólo vería a Lo-Melkhiin a caballo, y podría intentar matarlo ella misma. Ella nunca había carecido de coraje y esa idea me atemorizaba hasta los huesos.

—Sí, hermana —le dije, llamando al fuego cobrizo de nuevo, deseando que así fuera—. Esta noche tenemos buena suerte.

Mi madre tomó las panderetas y las demás mujeres se pusieron de pie para realizar su propia danza en el mismo lugar donde habíamos pisado la arena. No tomé las manos que me invitaban a bailar y me alejé de todas ellas cuando pudieron haberme jalado de vuelta a la danza. Me alejé también de las fogatas, más allá de los suspiros y los sonidos y los aromas de la boda, y me interné en la oscuridad, donde podría aclarar mi mente para pensar.

Quizá si iba con Lo-Melkhiin, él me tomaría y se daría la vuelta, satisfecho por mantenerme como rehén en el qasr. Si llevaba a su madre conmigo, tal vez tendría mayores oportunidades de lograrlo. Pero cuando fui a buscarla, vi que estaba sentada con cuatro hermanos de mi madre y sus esposas. No la perderían de vista, aunque viniera conmigo. Si yo iba al desierto, lo haría sola.

Volví a la carpa de mi padre y me quité mi fino dishda shah y mi velo. Las ropas sacerdotales blancas de mi hermana estaban ahí y me vestí con ellas. No temí blasfemar. Ella las había usado cuando le rezaba a mi pequeño dios. Se me concedía vestirlas ahora. Me abroché el velo blanco y me calcé las zapatillas que completaban el atuendo. No llevaría conmigo ningún objeto del santuario, como hubiera hecho mi hermana. No necesitaba un trozo de la tela púrpura o la lámpara de cáscara de huevo o ninguna de las flores que habían sido ofrendadas. Me bastaba a mí misma.

Dejé tras de mí el sonido de las danzas y la celebración. No recé ni canté al caminar. Sólo reuní el fuego cobrizo en mi pecho y sentí la madeja desenrollarse. Hilos de fuego viajaron hasta cada uno de los dedos de mis manos y pies. Mis ojos florecieron con su luz y aguzaron mi escucha en mis oídos. Esto era toda la armadura que necesitaba ahora, o eso esperaba.

Y me interné en el desierto sola para encontrarme con mi esposo, donde al fin él cabalgaba llevando tras de sí mi destrucción.

treinta y cuatro

Escuché a Lo-Melkhiin reírse y supe que me había visto donde caminaba. Las ropas sacerdotales blancas de mi hermana estaban recién lavadas y brillaban a la luz de la luna. No era difícil verlas. Cuando escuché la risa de mi esposo me detuve y esperé. Ya había caminado hasta aquí. Mi muerte podía venir a mí.

—Estrella de mis cielos, no tenías que salir a darnos la bienvenida —dijo Lo-Melkhiin cuando estuvo tan cerca de mí que no necesitaba gritar. No había ningún indicio en él de un buen hombre. Si yo deseaba uno, tendría que crearlo, como había hecho con el hombre pálido para mi hermana—. Estamos muy contentos de caminar a través de las carpas que tu padre ha levantado a lo largo del wadi. Deseamos verlas.

—Por favor —le dije—, llévame de vuelta al qasr y mantenme como rehén ahí. Pídeles que traigan a tu madre. Diles a todos que nunca deberán rebelarse o de lo contrario me matarás.

—Las vidas humanas no significan nada para nosotros —dijo uno de los demonios de Lo-Melkhiin—. A nuestro hermano no le importa tu vida, aunque tenga un cuerpo humano y te haya desposado en un rito humano.

—Mis hermanos dicen la verdad —dijo Lo-Melkhiin—, excepto que yo encuentro cierto valor en tu vida. Te tomaré y aun así haré arder a tu padre, tus hermanos y a todos los que permanezcan a su lado hasta que sean cenizas que se mezclen con la arena del desierto.

—Por favor —le dije de nuevo—, perdona su vida y te daré todo el poder que poseo.

—Los humanos no tienen poder —dijo otro de los demonios de Lo-Melkhiin—. O al menos su poder no se compara con el nuestro. De lo contrario, ¿cómo podríamos tomarlos y gastar sus vidas con tanta facilidad?

Ahora podía verlos con más claridad. Al principio parecían una neblina blanca alrededor de Lo-Melkhiin, como el vapor que ascendía de las brasas de carbón en los cuartos de baño del qasr al verter el agua directo sobre ellas. Ahora podía ver figuras en la neblina. Eran altos, con brazos y piernas demasiado largos, y aunque no podía ver sus rostros definidos, no me agradaba lo poco que veía.

—Ésta tiene poder —les dijo Lo-Melkhiin—, pero no me lo puede dar. Aunque no hay de qué preocuparse. Si lo usa demasiado, enferma y sólo yo puedo curarla.

—Por favor —le dije por tercera vez—, déjanos, vete, Lo-Melkhiin, regresa con los tuyos al lugar de donde viniste.

Al escucharme todos rieron y el sonido trepó como un chillido por mis nervios.

—Nunca nos iremos —me dijo Lo-Melkhiin—. ¿Por qué lo haríamos, cuando aquí tenemos todo lo que deseamos? Tu gente podrá luchar y levantarse en contra de nosotros de vez en cuando, pero nosotros no morimos. Los aplastaremos. Podemos destruirlos ahora mismo si decidimos hacerlo.

Lo-Melkhiin desmontó el caballo y caminó hacia mí. Ninguno de los suyos me siguió. Me tomó de los hombros e hincó sus dedos en mi piel, pero yo no me crispé.

—Esposa —me dijo, sólo yo podía escucharlo—. Ésta es la única oferta que recibirás de mí esta noche. Pelea conmigo, derrota a mis hermanos aquí en el desierto donde estamos parados ahora mismo y dejaré en paz a tu gente. Les dirás que la rebelión ha terminado, que eres mi rehén y que no deben volver a levantarse en mi contra. Sólo ayúdame a derrotar a los míos primero y yo salvaré a los tuyos.

Yo no dudaba de que pudiéramos lograrlo. Incluso el roce más ligero de mis dedos sobre mis brazos soltaba una descarga de poder, y ninguno de los dos estábamos esforzándonos. Los seres en la neblina estaban formados a medias. Yo sabía que mi fuego y la luz fría que Lo-Melkhiin tenía a su mando serían suficientes para refundirlos en la arena por siglos, si ambos hacíamos el esfuerzo. Mi familia estaría a salvo. Yo estaría a salvo. Pero Lo-Melkhiin todavía tendría un demonio dentro de él y me causaba escalofríos pensar lo que el demonio pudiera lograr teniendo mi poder junto a él.

—¿Cómo puedo confiar en ti si traicionas a tu propia especie? —le dije. No me comprometería más con él. Me había dado lo que necesitaba y la boda de mi hermana había aportado el resto. Aquí yo era más fuerte que en el qasr, mi poder se había alimentado por los danzantes que rodeaban las fogatas encendidas entre las carpas de mi padre—. ¿Cómo puedo darle la seguridad de mi familia a alguien que no le importa su propia gente? Ni siquiera has preguntado por tu madre. Nunca me uniré a ti.

—Muy bien —me dijo, y volvió a su caballo. Lo montó y se dirigió a la niebla—. Mi esposa ha abandonado a su propia gente al desdeñar mi oferta. Vayan a las carpas de su padre. Tomen lo que deseen de ellos.

Entonces grité, pero no podía detener la niebla. Se alejó de nosotros en la oscuridad de la noche, hacia el lugar donde mi familia bailaba en la boda de mi hermana. Imprimí algo del fuego cobrizo en mi grito, para enviarles alguna advertencia, pero no les ayudó en nada. No fueron capaces de detener la niebla que aventaba a los niños a las fogatas y enterraba hombres vivos en la arena.

—¡Lo-Melkhiin! —grité—. ¡Te lo ruego, esposo, haz que se detengan!

—No puedo —me dijo, con la víbora en su mirada. Su madre estaba equivocada. Ya no existía ahí dentro el muchacho que ella había amado—. Están enloquecidos, ¿no te das cuenta? Nada puede detenerlos. Observa cómo arde tu mundo, luz de mi corazón. Mañana encontraremos otro y también lo haremos arder.

Le di la espalda y lancé mi fuego cobrizo hacia todas partes. Él no me detuvo, o no pudo hacerlo, y yo fui hacia las carpas de mi padre, a la ruina y el terror que presencié ahí. Saqué a mi hermano mayor de la arena. Él tosió, escupió granos de arena en todas direcciones, y luego se quedó recostado. Sofoqué todo el fuego que encontré, lámparas y velas, hogueras y fogones para cocinar, pero muchos de los niños ya estaban quemados. Mi hermana estaba parada con un brazo alrededor de mi madre y otro alrededor de su madre, y la niebla las rodeaba. No podía imaginar que hubieran decidido perdonarles la vida, pero entonces miré bien y vi que cada una portaba un collar hecho del metal brillante.

—Hermana —le grité, esperando que me pudiera escuchar—, el metal las protegerá. ¡Toma todo el que puedas!

Ella me escuchó porque vi que empezó a correr. Yo no podía permanecer con ella, había muchos otros que habían sido quemados o enterrados. Yo no podía salvar a todos.

—Después de todo no eres tan humana —me dijo la niebla, con innumerables voces y sin rostro alguno—. Y sin embargo, no lo suficientemente poderosa para combatirnos. Sólo sirves para limpiar el desastre.

Necesitaba más manos, pero incluso con el fuego cobrizo, sólo tenía dos. No era justo. Ellos eran demasiados y yo estaba sola en el desierto, sin tener nada con qué vencerlos. Una bola de madera rodó hasta mis pies. Una lámpara estaba junto a ella. Y un rollo de tela anaranjado con hilo dorado. Escuché en lo alto a una gran ave graznar. Supe que los había creado, no los había llamado ni encontrado. No existían, entonces los deseé y cobraron vida. Si quería ayuda, tendría que crearla.

Reuní todo el fuego cobrizo del que fui capaz y lo lancé hacia el desierto. Los demonios no conocían bien el desierto aunque hubieran vivido ahí. No lo usaban como mi gente lo hacía. No conocían sus humores y su temperamento: qué animales eran comunes, qué secretos guardaban esas criaturas. Lucharía contra ellos con las mismas cosas que ellos desdeñaban, y el desierto mismo estaría en mis manos.

Encontré a los lagartos que se quemaban al sol y se arrastraban hasta las adelfas por las noches. Había unos muy grandes, del tamaño de una oveja adulta. Encendí un fuego en sus vientres y las incité a librar la batalla para mí. Estaban tan calientes que corrieron a toda velocidad contra la niebla y la abrasaron. Escuché los gritos de los demonios, y para mis oídos el sonido fue como la risa de mi hermana.

Tomé a los caballos que los comerciantes más sureños habían traído con ellos. Eran muy veloces y podían correr en la arena incluso durante la parte más calurosa del día. Les di cuernos hechos del metal del hombre pálido para golpear con ellos los cuerpos semiformados de los hermanos de Lo-Melkhiin, y ahí donde perforaron la niebla se derramó un fluido negro sobre la arena.

Desperté a los cuervos de arena y los llamé desde sus nidos. Cuando los hermanos de Lo-Melkhiin los derribaron, éstos se prendieron en fuego y emprendieron de nuevo el vuelo, con sus garras herradas con el mismo metal brillante que sus primos del norte portaban. Con ellas rebanaron la niebla y la alejaron de mi gente.

Las cabras vinieron a mí, curiosas y ansiosas, y tomaron ingenio de mi fuego cobrizo como si fuera un salegar y lo sostuve para ellas. Hicieron trampas para encerrar la niebla en canastos y los encerraron en carpas. La niebla aulló con furia, pero mis valientes cabras se reían de ellos y continuaron haciendo travesuras.

Otra vez se habían encendido fuegos, que ardían fuera de control, y fogones y hogueras. Llamé a los sapos del wadi, quienes siempre sabían cuando la riada venía en camino, y les hice manos para acarrear el agua. Extinguieron las flamas y cuando vertían el agua sobre la piel quemada, ésta sanaba.

Por último, desperté a los panales y llamé a las abejas. No podían ver en la oscuridad, así que usé mi fuego cobrizo para iluminar su camino. Se acercaron a todas las personas que pudieron encontrar y les llevaron pequeños trozos del metal brillante del hombre pálido y se aseguraron de que todos estuvieran protegidos en contra de la niebla.

Me retumbaba la cabeza, mi garganta estaba seca. Las criaturas que había creado luchaban para mí y yo estaba de pie en la arena y lloraba de dolor y agotamiento. Mi gente gemía y lloraba sus pérdidas, se lamentaba por aquéllos que no había podido salvar de ser enterrados vivos o de la furia del fuego.

Deseaba matar a Lo-Melkhiin por lo que había hecho a mi familia. Finalmente, compartí la furia de mi hermana.

Lo-Melkhiin estaba cerca de mí, y de alguna forma el conflicto asomó en su rostro. Su cuerpo estaba inmóvil y su mente luchaba contra sí misma. Su caballo había muerto: el corazón de la pobre bestia había estallado de terror. Alrededor nuestro, la lucha comenzaba a disminuir. Si es que íbamos a encontrar la paz, sería pronto. Había una daga brillante, no de cobre, en mi mano.

—Señora bendita —dijeron mis abejas—. La niebla está encerrada, ¿dónde debemos ponerla?

Sólo podía pensar en un lugar en el que los hermanos de Lo-Melkhiin estarían bien guardados. Era tan lejano que no sabía si mi poder sería suficiente para el viaje, pero sabía que debía intentarlo, aunque fuera demasiado. El cuchillo se desvaneció. Había escogido mi fin.

—Al norte —les dije—. Llévenla a las montañas donde el metal brillante yace en el suelo. Éste los atará por los siglos de los hombres.

—¡Hacia allá vamos! —dijeron las abejas y los cuervos fieros y los lagartos, a los que les habían crecido alas de sus vientres ardientes.

Se elevaron en los cielos y Lo-Melkhiin gritó al verlos partir, pero no podía alcanzarlos. Observé cómo desaparecieron de mi vista, pero pude sentir cuando aterrizaron en las montañas. Los hermanos del Lo-Melkhiin se retorcieron de dolor al despertar ahí, y no podían escapar.

—Estrella de mi corazón —su rabia había desaparecido, pero aún era una víbora—. Ahora sólo nos tenemos el uno al otro.

No volvería con él. Primero muerta. Mi muerte ya no era suya, yo moriría aquí, en mi desierto, sobre la arena bajo el cielo estrellado. Nunca le pertenecería.

Mi fuego cobrizo había mermado. Sólo restaba suficiente para unas cinco palabras más, la historia más corta jamás contada, hecha con hilos que se deshilacharan antes de ser pronunciados. Podía salvarme con ellos, lo sabía. O podía salvar a Lo-Melkhiin.

Pensé en el qasr sin un rey. Pensé en los comerciantes a quienes no les importaba lo que hiciera el desierto. Pensé en mi padre, que merecía una buena vida, y en mi hermana, que merecía lo mejor. Pensé en una bola y en una lámpara y en un rollo de tela, todos creados porque yo deseaba que existieran. No me importaba si la madre de Lo-Melkhiin estaba equivocada. Podía hacerlo para que estuviera en lo correcto.

Cinco palabras más y entonces podría dormir. Mi cabeza dejaría de palpitar de dolor. Mi garganta ya no me ardería. Habría silencio y quietud. Quizá soñaría con las criaturas que había creado. Me habría gustado ver en qué se iban a convertir cuando saliera el sol. Los artesanos de Lo-Melkhiin habían creado tantas maravillas nuevas, pero no pensaba que hubiera nuevos animales desde el nacimiento del mundo: ahora, yo había creado seis nuevos animales. Esperaba que pudieran hacer el bien cuando yo hubiera partido.

Cinco palabras más. Podía sentirlas en mi lengua. Habría paz en todo el desierto, no sólo en algunas partes. No sólo para los nobles de la corte de Lo-Melkhiin, sino también para la gente ordinaria del qasr. Para todos. La caravana de mi padre. La carpa de mi madre. A lo largo de todo el desierto de arena. En cada aldea y en cada distrito dentro de las murallas del qasr. Yo hablaría por ellos. Cinco palabras más y estaría hecho.

Lo-Melkhiin es un buen hombre.

treinta y cinco

Había un león arriba de mí cuando desperté, un león con el rostro de mujer, así que creí que soñaba.

—Hija de mi corazón —me dijo la madre de Lo-Melkhiin—, tienes mi agradecimiento.

Me senté. Pensé que la cabeza se me partiría en dos, pero después de un momento el suelo dejó de dar vueltas y el dolor abandonó mi cuerpo. Intenté reunir el fuego cobrizo en mi interior, pero había desaparecido. Ya no quedaba nada que pudiera consumir.

—¿Hermana? —la lámpara que iluminaba el rostro de mi hermana ardía con una luz clara—. ¡Hermana, estás viva!

Yo estaba tan sorprendida como ella al saberlo. Pero podía sentir mi corazón y escuchar mi respiración. Había enfrentado a Lo-Melkhiin y sobrevivido, una vez más. Deseaba correr y bailar sobre la arena, pero no estaba segura de si mis piernas me sostendrían.

—Hija mía —dijo mi padre—, permítenos cargarte de vuelta a tu carpa.

Se inclinó para cargarme como no lo había hecho desde que salí de la carpa de mi madre por primera vez, pero le tomé una mano.

—¿Dónde está Lo-Melkhiin? —les pregunté—. ¿Dónde está mi esposo?

—Está muerto —dijo mi hermana—. Hermana, los has matado.

—No —le respondí—. Él vive, estoy segura de ello. ¿Dónde está su cuerpo?

La madre de Lo-Melkhiin señaló hacia donde se encontraba él y yo me arrastré hacia ahí. Mi padre estaba sorprendido y no pensaba ayudarme. El rostro de Lo-Melkhiin estaba cubierto de cenizas. Su labio sangraba y su respiración era tan leve que tuve que escuchar durante casi un minuto antes de escucharla.

—¡Está vivo! —les dije—. ¡Por favor, ayúdenme!

Me miraron como si hubiera pasado demasiado tiempo bajo el sol y mis pensamientos se hubieran asado, todos excepto la madre de Lo-Melkhiin, quien miró hacia el suelo.

—Hermana —me dijo mi hermana—, ¿por qué?

—Lo he salvado —les dije. Elevé la voz tanto como pude, para que cualquiera que estuviera cerca pudiera escucharme—. Observaron la batalla que se libró. No lucharon contra hombres. Pelearon contra demonios, al igual que yo. Observaron el poder y las nuevas criaturas que fueron creadas. Se los digo, se ha salvado. Cuando despierte volverá a ser un buen rey. El demonio se ha ido y ya no nos molestará.

Mi padre lo cargó, dejando a mi hermano mayor conmigo, aquél cuyos pulmones habían sido limpiados de la arena. Muchas de las carpas estaban caídas por haber sido golpeadas durante la lucha, pero suficientes estaban en pie para dar refugio a los heridos y los muertos; había una para mí y Lo-Melkhiin.

Nos colocaron ahí y después todos salieron, excepto mi hermana y la madre de Lo-Melkhiin. El muchacho entró, tenía los brazos quemados, y detrás de él la anciana y la criada. Lloraron al verme y yo los besé. Luego me di la vuelta hacia donde yacía mi esposo y esperé que despertara.

Fuera de mi carpa, mi madre y la madre de mi hermana comenzaron sus ritos para los muertos. Todos los que hubieran muerto ahí serían enterrados con los huesos de mis familiares, incluido mi hermano menor y los hijos de mi hermano mayor. Les tomaría más de una noche hacerlo, incluso con la ayuda de otros visitantes que vestían ropas blancas sacerdotales, pero lo harían.

—Lo siento, hermana mía —le dije—. No era mi intención convertir tu boda en un funeral.

—No digas tonterías, hermana —me dijo—. Si no fuera por ti todos estaríamos muertos y no quedaría nadie para realizar los rituales.

Después salió para buscar a su esposo. No podía ayudar a su madre y a la mía porque yo vestía sus ropas sacerdotales.

El muchacho me trajo una rebanada de melón. Calmó el ardor de mi garganta y se lo agradecí. Se alejó corriendo y se escondió detrás de la anciana. Ella lo jaló hacia su regazo de nuevo —esta vez él no se resistió— y comenzó a cantar. Era un cántico sobre la mañana, y aunque el sol aún estaba a horas de aparecer en el cielo, yo me sentí contenta al escucharla. No deseaba albergar pensamientos oscuros.

Sentí un zumbido cerca de mi oreja. Miré y ahí estaba una de mis abejas, que ya no era tal. Aún era dorada, pero tenía forma de persona. Tenía un báculo minúsculo en vez de aguijón, como pastor de ovejas miniatura, y dejaba un rastro de polvo dorado tras de sí. Un sapo del wadi estaba agazapado a mis pies. Sus manos estaban palmeadas pero no eran las de un sapo, y sus rodillas se doblaban, como las de un anciano. Sostenía un cántaro con agua, pero antes de que pudiera tomarlo, una de mis cabras lo hizo. Ahora caminaba en dos patas, con extremidades finas y blancas que brillaban a la luz de la lámpara, y vertió el agua sobre el rostro de Lo-Melkhiin. Las demás criaturas no cabían dentro de la carpa, pero escuché el graznido de un cuervo exaltado y percibí el olor del azufre que dejaba en el aire al volar. Escuché las pisadas de mi nuevo caballo con cuernos y sentí el calor que provenía del vientre de mi lagarto. Mis criaturas aún estaban con nosotros y harían el bien.

Lo-Melkhiin tosió y abrió los ojos. Miré dentro de ellos temiendo encontrarme con un vacío. Si descubría locura o crueldad tendría que matarlo y no sabía si podría hacerlo. Los ojos que me miraban eran gentiles. Podía ver a su madre en ellos, su esperanza y sus anhelos. Podía ver lo que seguro era su padre, el rey ingenuo que de todas formas todos amaban. Y podía ver la sabiduría y la paz que eran sólo suyas. Aunque habíamos estado casados por casi tres lunas y lo había visto casi todos los días, sentí que veía a mi esposo por primera vez.

—Al-ammiyyah —me dijo. Común. No decía aquel viejo insulto con malas intenciones y juzgué que era un buen comienzo.

—Permanece recostado —le dije—. Debes descansar y beber más agua.

El sapo del wadi ahora caminaba y no saltaba, fue a llenar su cántaro y volvió sin derramar nada de agua, como mi hermana y yo cuando cargábamos un cántaro entre las dos.

—Ve —dijo la madre de Lo-Melkhiin—. Dile a tu gente lo que has visto.

Salí de la carpa y los vi. Les dije que Lo-Melkhiin viviría, que su corazón estaba restaurado y que sería el buen rey que recordaban que era. Les dije que cuando los muertos estuvieran enterrados podían irse a casa y anunciar a todos los que encontraran que la paz había llegado. Le dije a mi hermana que el día de su boda sería sagrado, el día que los hombres recordarían cómo había sido ganada la paz. Mis nuevas abejas volaban a mi alrededor mientras hablaba, dejando rastros de su polvo dorado en el aire, y nadie dudaba de mis palabras.

Fui con mi padre y mis hermanos que aún vivían y los abracé. Mi madre y la madre de mi hermana aún estaban trabajando, así que debía esperar a hablar con ellas, y mi hermana se había ido a su carpa con su esposo, así que no podíamos juntar nuestras cabezas y hablar como lo habíamos hecho alguna vez. Yo sabía que aquellos días habían quedado en el pasado. Ahora tendríamos otros secretos y otras tareas que atender mientras los susurrábamos.

Por tres noches mi madre y la hermana de mi madre enterraron a los muertos, y por tres noches Lo-Melkhiin se recuperó. Al fin terminaron su trabajo y él mejoró. Me acerqué a ellas y les agradecí, y me abrazaron y lloraron. Sabían que me perderían de nuevo, pero esta vez yo partiría porque así lo deseaba.

Intercambié tres vasijas del polvo dorado por cinco caballos. El muchacho lo había recolectado para mí, persiguiendo a las abejas como si fuera el mejor juego que hubiera practicado jamás. Lo-Melkhiin tomó el caballo capado y sentó al muchacho frente a él para cabalgar juntos. Yo tenía un caballo negro y la madre de Lo-Melkhiin y las otras dos mujeres montaban yeguas color marrón. Nos enfilamos para cruzar el desierto como lo habíamos hecho antes, pero esta vez mi hermana no rezó cuando partimos. Esta vez miré hacia atrás las carpas de mi padre hasta que estuvieron fuera de mi vista, y cuando Lo-Melkhiin me prometió que podría ir a visitarlos, supe que cumpliría su palabra.

Llegamos a la ciudad a la hora del ocaso. Los guardias en los portones se sorprendieron al vernos. Dijeron que habían visto unas luces extrañas en el desierto la noche en que sucedió la batalla y que no creyeron que Lo-Melkhiin fuera a regresar. Algunos de los señores de la ciudad habían pensado lo mismo, pero una vez que fue claro que el rey estaba de vuelta guardaron la compostura.

Lo-Melkhiin llamó a Firh Tocado por la Piedra y le dijo que ya no debía esculpir la piedra si no lo deseaba. También le devolvió todas sus esculturas y le dijo que podía hacer lo que deseara con ellas. Yo no pregunté qué fue de ellas, pero las estatuas desaparecieron de los jardines de la noche a la mañana y deseé que las hubieran convertido en polvo. Una estatua apareció en mi jardín de agua al mismo tiempo. Era otro gran gato, pero esta vez era una leona, no un león, y sus ojos no estaban poseídos como los de las otras estatuas.

—Ésta es suya, señora bendita —me dijo Firh Tocado por la Piedra—. La esculpí con tu bendición, y no haré otras.

—Es hermosa —le dije, porque lo era—. Y estoy profundamente agradecida.

Se inclinó en una reverencia y partió. Yo me senté a mirar la estatua hasta que otra sombra llegó al jardín: era Lo-Melkhiin.

—¿Te quedarás conmigo, Al-ammiyyah? —me preguntó—. No te obligaré a hacerlo. Los Escépticos dicen que no es forzoso que la boda tenga validez y que puedes volver a las carpas de tu padre y casarte con alguien que él indique, o con nadie, si tú lo deseas.

—Me quedaré, esposo —le dije—. Me he acostumbrado al qasr y a la gente que vive aquí. Creí que el desierto era mi hogar, pero ya no lo es. Tu hogar es mi hogar ahora y aquí viviré.

—Entonces permíteme convertirte en una reina verdaderamente —dijo—. Cásate conmigo de nuevo, si lo deseas. Te daré una corona y un lugar en mi consejo.

—Los señores mezquinos nunca lo permitirían —le dije.

—Te tienen miedo —dijo—. Temen por lo que las mujeres del palacio dicen que has hecho. Si les contamos lo sucedido, entonces lo harán.

Consideré sus palabras. Cuando había vivido antes aquí tenía pocas cosas que hacer para ocupar mi tiempo, pero había pensado que tomaría parte en dirigir las tareas domésticas solamente. Un asiento en el consejo —escuchar a los peticionarios y aconsejar sobre la sentencia me agradaba mucho más, aunque no había creído que estuviera a mi alcance. Una abeja dorada volaba entre las flores de mi jardín de agua. Mis criaturas me habían seguido hasta la ciudad e incluso vivían dentro de las murallas del qasr. Les recordarían a todos lo que yo había hecho.

—Entonces sí —le dije—. Te desposaré de nuevo y tomaré el lugar que me ofreces a tu lado.

Lo-Melkhiin sonrió y tomó mi mano. Yo había probado el poder y lo había consumido todo, pero ahora obtendría más de otro tipo. Lo compartiríamos y nos mantendríamos alejados de la oscuridad. El sol refulgía en el cielo del desierto y las rocas de las murallas reflejaban la luz dorada en todo el jardín, pero no hubo fuego cuando nuestros dedos se tocaron.

1

La historia ya se está transformando.

Cuando los hombres la cuentan en los zocos y en el desierto, le dan forma para adaptarla a su comprensión de las cosas. Se transmite de caravana en caravana hacia lugares donde nunca han escuchado de aquél llamado Lo-Melkhiin. Las palabras cambian el lenguaje y el significado se pierde y se gana en cada cambio de vocal. Transforman al monstruo en un hombre y la convierten a ella en algo que puede ser usado como lección: si actúas con inteligencia y eres bueno, el monstruo no te hará suyo.

No debes creer todo lo que escuchas.

Hombres buenos son derrotados por monstruos todos los días. Hombres inteligentes son engañados por su propio orgullo o por palabras bonitas. Eso es lo que le sucedió al rey en la historia que ella narra. Era inteligente y bueno, y el monstruo lo arrancó del desierto como si fuera poco más que arena. Ella también era inteligente y buena, tan buena que deseó tomar el lugar de su hermana, y tan inteligente que lo logró. Eso no es lo que la salvó del monstruo.

La historia significará distintas cosas para cada persona que la escuche. Ésa era su intención. Puedo decirte el significado que yo encontré, el nuevo propósito y la dirección de mi vida, pero no será nada para ti si no comprendes por qué ella la contó, en primer lugar.

Existe la vida y existe vivirla, y eso es lo que ella aprendió.

Contó la historia en pequeñas piezas, eso es verdad. Vino a ella en su lana cruda que podía hilar, o en hilos que podía coser o tejer. No la contaba cada noche y no siempre se la decía a la misma persona. A veces sólo se la narraba a sí misma, usando las herramientas y la fuerza que otros le daban. Eso no ocasionó que su poder fuera menor, y ese poder le dio vida.

Vivir vino después, cuando aprendió a contar la historia a propósito.

El monstruo la puso a prueba, tirando de su alma y desgarrando su espíritu. Ella se aferró a la vida, y al hacerlo pudo haberse convertido también en monstruo, pero escogió el camino que su historia seguiría. Eligió paredes de rocas blancas y una corona dorada. Eligió debatir las palabras de la ley y nunca moler su propio grano. Escogió luchar contra los hombres cada día y luego luchar contra sus hijos, que creían que eran mejores que sus padres.

Su propia leyenda fue tragada por las criaturas que ella creó. Los seis animales salieron al mundo y la gente que los vio les dio un nombre. Cada uno tenía poderes especiales que ella no les había dado a propósito, y que esperaban ser liberados mientras la gente aprendía a comunicarse con ellos. Se extendieron por toda la tierra a lugares donde no vivía ningún hombre; cada uno prosperó de su propia manera, pero nunca olvidaron a la joven que los creó.

Si oyes los murmullos el tiempo suficiente, escucharás la verdad. Hasta entonces, te diré lo siguiente: el mundo es un lugar seguro gracias a una mujer. Ella ató al monstruo y lo expulsó, y el hombre que quedó fue salvado. Por mil noches viví una pesadilla en medio de la oscuridad, pero cuando las noches contaron mil y una, la pesadilla había terminado.

Al-ammiyyah, la lengua común, salvó al rey.

Agradecimientos

Agradezco enormemente a:

Josh Adams, quien abogó por este libro antes de que fuera siquiera un manuscrito, y me llamó durante mi hora de siesta al menos cuatro veces a la semana en marzo de 2014 para hablar sobre él.

Emily Meehan, quien me tomó muy seriamente cuando le dije que no, nadie tendría nombre. También, Marci Senders: sigo asombrada por el diseño del libro y me encantaría tapizar mi casa con la portada.

Mi familia, en especial EJ y Jen, quienes me prestaron su casa de campo; Sarah y Dan, quienes me prestaron dinero para la renta, e Ian y Emily, quienes me llamaban para ver si me encontraba bien. Y a mi tía, tío y primos de Londres (¡además, al equipo Bentley!) quienes me cuidaron antes y después de mi cirugía.

Emma y Colleen, quienes leyeron cada capítulo conforme lo escribía, y Faith, Laura, RJ y Tessa, quienes lo leyeron cuando terminé y me dijeron cómo mejorarlo. También Carrie Ryan, quien me dio excelentes consejos profesionales para un autor novato, aunque ella no recuerde la conversación, y respondió con un correo electrónico súper críptico, de una manera muy provechosa.

Todos los escritores de Fourteenery y The Hanging Garden son absurdamente fabulosos y estoy muy feliz por conocerlos.

Por último, no podría haber escrito este libro sin el tiempo que pasé en Jordan, trabajando con el Dr. Michèle Daviau y el Dr. Michael Weigl, en el proyecto Wadi ath-Thamad. Cuatro años de escuela y seis veranos en el desierto y más cosas aprendidas que lo que realmente comprendí en ese entonces. Gracias.

Esta obra se imprimió y encuadernó
en el mes de enero de 2016,
en los talleres de Edamsa Impresiones, S.A. de C.V.,
Av. Hidalgo No. 111, Col. Fraccionamiento
San Nicolás Tolentino, Delegación Iztapalapa
México, D.F., C.P. 09850